美濃

kojima nobuo

小島信夫

講談社文芸文庫

目次

美濃

ルーツ　前書㈠

昭和五十二年九月一日

しばらく前から、小説家である私に、年譜が必要になってきた。履歴書の場合とおなじで、自分のことは自分がいちばんよく知っている。それだから、といってもいいが、最初は本人である私が、顔をしかめながら書いていた。もちろん作りごともまぜてはいる。といってもそれは愉しみというような性質のものではない。

私は、もともとそうでないことはないが、やがて横着になった。先輩の真似をした。私は郷里の、私よりは十歳ばかり年下の篠田賢作に、この仕事を頼むようになり、私は自分のやるべきことを彼に任せた。私はどんなにホッとしたことだろう。私はすっかり下駄をあずけた気分になった。篠田賢作の苦労と愉しみがはじまったといってもいい。

私はその頃ふとしたことがきっかけで評伝というものを書きはじめていた関係上、篠田は私にいったようである。

「ぼくはいつか、あなたの評伝を書きますからね」

「ぼくは書かれるほどのことはないよ」

「いいや、きっと書きますよ」

私はお茶をにごしてそれ以上はいわなかった。

私はこれから何も一生契約をかわしたわけではないが、もし私がほかの誰かに「一つ私の年譜を」と依頼したとしたら、たとえ出版社を通じての依頼であっても、妻以外の女性のところに泊り、歓談しながら朝食をとっているのと同様だ。

篠田は私に今後浮気はぜったい許しませんからね、と迫ったわけではない。そんなことは問題にしていないか、あるいは、私の浮気を想像さえもしていないかもしれない。こういう前置きを述べることとさえ、彼には申しわけないくらいだ。

しかし私が彼に下駄をあずけた以上は、篠田は本気になって私のことを問題にせねばならん。したがって、今後も過去の歴史についても、自分にだけはうそをつくことをしてもらいたくない。もしうそをつくようなときには、あなたが自分の口からそういったということを、私にほのめかしておいてもらいたい。それからあなたに関する資料は誰よりも私が一番沢山もつようにならなくてはならない。一等資料は私に提示すべきである。（私はこう書きながら、何か微笑を禁じ得ない。何という愚かなことを書きつづらねばならないのだろう。締切をひかえて）それから……。

あなたは、これから郷里である岐阜においての行動は、私にかくれてなさるべきではない。もしそこであなたが、将来意義のある作品の材料となるようなことをしていたのに、私（篠田）がつんぼ桟敷におかれていたとしたら、みっともないことになる。何故かというと郷里は、私が行動し、彼が認知するというこのひそかな世界においては、私と彼の二人のものだからだ。ほかの誰のものでもない。

もし郷里についてそうならば、私が住んでいる東京においても、そのほかのどこにおいても、私のことは、誰よりも彼が知っている必要がある。そのためには彼は私の情報は眼のつくかぎりは集めるようにはするが、私自身が、彼、篠田に報告するようにすべきだ。本気になって……。

彼の短かい言葉の意味は、これだけであろうか。そうでないことを、私は知っていた。私はわが郷里については、短かい小説を二、三書いているばかりだ。島崎藤村が「夜明け前」という、家の歴史というか、自伝というか、傑作をのこしている。作家は晩年に入れば、自伝を書いておいた方がいいし、書くべきである。そこで郷里は彼を認め、そうして文学碑の一つも建てるときに、文章をえらぶ材料もあるのだ。どうせ、そのさいには寄附金あつめで問題が起り、その差配をふるうのは、どうしたって年譜を書き、評伝を書いたか、これから書こうと宣言している篠田である。その問題の処理がやりやすいか、やりにくいかは、自伝にかかわる。博物館を作るとなれば、尚更のことだ。どうして一人で博物館の主となるほどの人物となっていけないのだろう。博物館が出来てどうしていけないのか。郷里の文化の振興に役立つではないか。それに誰も彼も望むのはけっきょく、立身出世ではないか。立身出世をケチな意味にだけとってはいけない。偉大な、というのが気がひけるのなら、傑作を書く人物、というふうにとればよいではないか。傑作を書くのを、どうして恥かしがるのか。それならいったい何のために文学を書くのか。涙の出るほどの問題なのだ。あなたは、このような人間であるべきではないだろうか。そのとき、郷里在住の彼のつづる年譜というものは、迫力をもつことになり、（そうなったら、どうして年譜のみにとどめておけようか）評伝も意味をもつことになる。そうなれば彼は、東京の中央文壇に対して鼻をあかしてやることが出来るし、いくぶんかは郷里に対してもそうである。

篠田は詩人であり、郷里では代表的詩人のひとりであり、東京にも知られておる。小説さえも中央の雑誌にいくつかのったことがあり、その頃ＮＨＫか東海テレビの仕事で、岐阜だけだったか、愛知、三重を含めた三県（何かというと、私の方ではこの三県がコミにされるのである）の文学碑を訪ねある記ふうの番組の一部を担当していた。あるいは、私の記憶ちがいで、グラフィックな雑誌の写真入りの連載記事だったかもしれない。

篠田自身はともかくとして私は以上のようなことに近いことを彼が思ってもおかしくないと感じた。それというのも私は、彼にすっかり下駄をあずけてしまって、楽になろうとしているということを、つまり無責任になろうとしていることを、彼もまた察しているらしいと思ったからだ。

年譜の作成の目的ということをめぐって、私自身の挙措進退について彼に下駄をあずけただけではない。何もかも、私の仕事のことまで彼に委ねてしまおうとしていると思っている気配がある。彼に任しておけば大丈夫だ。悪いようにはしまい。私の友人であり、同郷の士であり、彼は何しろ頼まれたのだ。自分の多少とも知っている人物について人物を作るのは、どんなに楽しかろう。私だって自分のことでなければ、年譜という一種の記録文学の中に閉じこめてしまってやりたい！

ああ、私という人物を、私が評伝作家として書くことが出来たら、どんなに生き生きとした文章が書けるだろう。みんなの知らないことを知っている。みんなが想像している以上のことをだ。それに私自身を料理するにはどの手をつかったらいいかも分っている。だから……私が横着になったというのは、この点においてもである。私は過去に物故作家の評伝を書いてきた。そのとき私は自分にあつかわれている作家を羨んできた。こんなにかゆいところまで手をのばしてもらえるこの作家はどんなに幸せだろう。といっても遺族の中には手紙をよこして、傷つけるものだ、という趣旨のことが書かれてあることがあった。そのとき私は実に腹が立った。事情は分っているから仕方がないと思って、ていねいな詫びの手紙をすぐ送った。

私が篠田の部屋で尊大とも見える顔つきをして坐っていたのは、いくらかは、この腹いせがあったのかもしれない。私は、もちろんよく書いたという意味ではないけれども、実質的にサーヴィスをしてきた。こんどは私がされてもいい。そのためには、わが郷里の士が先ず、そのよしみで私のことを扱ってどうして悪かろう。

私の考えでは、一般に年譜作成者は、生存中であるなら作家本人を見るに当って、きっと独特の眼つきをする。私は篠田の書斎で彼と対峙しながら思った。私が長々と書いてしまったのも、ほんとうは、私がつきあってから、はじめて見たといっていいような眼つきをおぼえているからだ。

もともと篠田（この姓は、私の姓と同じように私の郷里では非常に多い）は私が子供の頃とか戦後しばらく郷里に住んでいた頃に活字にしたものを集めていた。それから私が自分で年譜の中に書きこんでいたり、うかれた気分でいるときについ回顧気分にひたって口にした作品で、私が持っていたものは、私からとりあげていた。作者本人は、いとおしんで大事にしているかと思うと急に邪慳にあつかうのが、旧作の運命だ。戦後はじめて稿料というものをもらったある作品ののった雑誌は、近代文学館にもなくて、山形か秋田の古本屋の古書目録にあった。それを彼はとりよせた。苦労の末、手に入れた実物をみせられたとき、私はどんなに気恥かしく思ったことであろう。私がしまっていたら、彼がそんな手数をかけることはなかったのだ。そんなことを語りだしたらきりがない。何枚あっても足りゃしない。しかし、まあ序でだから書きつづけることを許されよ。どうせ、私は二十五枚か三十枚書く時間しか残っていない。私の書こうとしていた話にとどかぬうちに、筆をおかねばなるまい。今では遺憾ながら、こういう悪いくせが趣味にさえなったとみえる。私がしまっていたら、彼はわざわざ苦労することはなかったであろう。私が大切にしまいこんでいたとしたら、苦労することもなかったし、金もかからなかった。その代り私への手紙の中でそのことにふれることもなかったし、待ちかまえていたように私の前へ、罪の子をつきつけるように、礼儀正しく雑誌の天地が私の方からみて正しい位置にあるように置いてみせるときの、彼の喜びというものもあり得なかったであろう。もともと彼が私にいつでもとっちめることが出来るといったユトリを見せるのは、そういうときだ。そのうえ当然ながら、彼は心にくく諧謔をさえたのしんでいるのだ。その根柢にあるのは、発見した喜びである。喜びは誰に示すよりも、私に示すのが最も値打があり、報われる。私の過去の作品が意義のあるものであるとか、ないとか、いうことは、そもそも問題じゃあない。すでに問題のあり場所がちがうのだ。それに価値など誰がきめるのだ。当の男が眼の前にいるのだ。価値はどこからでも湧いてくる。こいつが書いたのではないか。郷里で。あるいは郷里から東京へ出て行こうとして、東京の近くの田舎へひと先ず住みついた頃に。そこには郷里がモデルになっており、主人公である作者に似た人物は、若々しく、その筆つきも同様に若々しい。それに人間は住むための一部屋とせめて一週間でも食う物があれば、それだけで幸福であり、生きているだけで幸福であると思っている人々ばかりじゃないか。

彼は大工の棟梁である父親の作った家の一室を書斎にしている。その書斎に私が彼と向かいあって坐っているのは、紹介ずみである。というより、まだ私はそのことしか、話していなかったといった方がいい。やはり父親の手による書架には、日本中の古本屋から集められた彼の好みの本が並んでいて、ネダをゆるませている。そのために書斎と前の部屋との間の襖は用はなさなくなっている。彼は私の書いたものが載っている雑誌に至るまで買っていた。貸本屋から月おくれとなったものを分けてもらうようにしていたけれども、本の重さは同じことだ。私に関する資料は、私の名を上書きした大きな紙の包み、何冊かの本や雑誌の姿がのぞいているダンボール箱や、むき出しになったものなどがある。これらはたいていつい最近出たもので、彼の眼を通ったら、世間の評価と較べたうえで、新しいダンボール箱の中におさまるはずのものである。

これらは私自身が、乱暴に私自身に対して行っていたことと似ている。私は篠田が郷里で私のものに眼を光らせて集めていることが分ってから、彼が見落さざるを得ないようなもののほかは、手荒にあつかうようになった。執筆が職業的になってからは、他人のことは知らないが、私は自分を憎むようになった。憎みっぱなしであるはずはもちろんない。私の執筆活動を、私が抱いているような憎しみと同じようなものを、私の虚をついてあるいは、私より先に公けに述べたりすると、私は決して心おだやかではない。何故、私が憎しみをおぼえるかというと、私が書きたい、書きたい、残しておきたい、どうしても世の中へ出たい、あいつよりよいものを書きたい、書こう、と思う前に、締切とか金のために（金のためならまだ救われるのだ）筆をとって、書いているうちはけっこういい気分になっていたり、書き終ったときもほっと解放感のために幸福になったりしながら、次第次第に、私を書かせたもの、書かざるを得ない事情に対して、そうして一番つよく自分に対して憎しみをおぼえるようになる。だが、この憎しみは、いわば、これまで私が自分にあたえる免罪符みたいなものだ。世間に小説家としては私のようなことをくりかえさぬ人も多いかもしれない。そう昔のことではない。林芙美子という作家は、戦後亡くなる前に流行作家時代が訪れた。それにふさわしい脂の乗りきった短篇を発表していた。その頃になっても彼女は新しい雑誌が送られてくると目次を開くのがこわかったという。自分の作品は受けとられこの雑誌に載っているはずであるが、ひょっとしたらそこにないかもしれない。載っているには載っている。おそらく、とにかく目次をひろげては見たのだろう。だが、彼女は押入れに放りこんでしまったのだ。載っていないなんてことがあるはずがない。彼女は流行作家だ。昨日今日登場してきた作家ではない。昨日今日登場してきたばかりの流行作家ならば、なおさら載っていないはずはないであろう。もし万一載っていないとしても彼女の作品のせいではない（もちろんその名前のせいではない）。けっきょくは誰の眼にもあきらかなように、彼女の一人相撲にすぎないのだ。それなら、何故ひとり相撲を彼女は晩年になってもとっていたのだろうか……。彼女だって、多少は、彼女自身を憎んでいたのだ。一度ぐらい没になっていたら、どんなに生甲斐をかんじたことだろう。もともと篠田の好みでやっていたことなのだ。と、こういうことにしておこう。それに彼は私の弟子である、という郷里の仲間の評判の向うを張っていたこともあろう。それに僅かとはいえ私を尊敬しているのかもしれない。しかし尊敬なるものほど、あやしげなものはない。厄介なものはない。尊敬とは、誰を尊敬しているのか、分ったものじゃない。それに尊敬されているとしても、誰も尊敬されていると、思う先輩もいない。他人が判断していうだけのことで、その貸借関係は、いつどんなところでバランスがくずれて爆発するやもはかりしれぬものなのである。

私は自分の家にある自分の書いたものの印刷物のうち、篠田がどんなにその気になって広告をしらべていても眼につかぬものだけをダンボール箱の中に放りこんでしまっていた。それさえも彼が入手している可能性があると思うものもないことはない。私には彼の姿がうかんでくる。私がダンボール箱の中に入れずに捨ててしまい、彼が広告を見おとしているというようなことを、私が郷里の彼の家の書斎で見出すときに、もちろん諧謔をまじえてではあるが、デリケートな雰囲気が、二人の間に生じてくる。

こうして私が書いていることは、小説など書こうと思ったことのない人や、私と物の考え方の正反対の人にはまったく興味がないであろうことをおそれる。しかし、世の中のどの世界でも、私が今まで述べてきたり、これから書き進めるようなことは共通なのだと思うがどうだろうか。戦国の大名の間にしたって、大工（建築家）の間でだって、農夫の間にだって、教師の間でだって、役人の間でだって、中国の高官の間でだってけっきょくは同じなのだ。

それで、すくなくとも生じてくるということを思ったうえで、私は舌打したくなる思いで、どちらの部類に——捨てるか、捨てざるべきかの一線を考える。相手がいなくてそんな、一種のあそびが出来るものではない。彼が私の相手なのだ。彼は郷里にいる！　そのとき東京にいる私と郷里にいる私とは、ほぼ同じ目的に参加している。利害かならずしも一つではないとはいえ……今どき共通の目的など、どこにころがっていようか。

彼が待っているところへ、私の方からあるとき送りとどけるか、まとめて私が郷里を訪ねるときに彼にとどける。私の方も投げやりであったり、それに似た心境であったりするが、彼の方もまた、私のものがとどけられることに満足しているわけではない。とどこおりなく届けられることは、事務上あたりまえである。私が語っているのは彼と一種の契約ができる前か後か、あやしくなっているが、たとえその前であったとしても、事務のようなところがあった。というよりやはり礼儀にかかわることだ。私が手をぬいていたことは、送るべきものを送らず知らせもせず彼が自発的にしようとしている行為に水をさすことだ。

しかし彼のほんとうの喜びがあるとすれば私が無名であったときとか、世の中へ出てからにしても今日このごろ印刷になったものではなくてもう二十何年も前のもので、その本は近代文学館にさえないようなものだ。本人の私自身も問題にせず、ずっと昔のことで、その本の体裁も忘れ、題名こそうろおぼえにおぼえてはいるが、間違ったまま自分で書いた年譜の中にあったり、抜けたりしている。世間に認められなかった作品だからほとんど本人が気がない。そういうものは、この世の眼につくところの何処にもない。ちょうど田舎の無名作家たちがうもれたままでいるように、私の作品は私にさえうとまれ、無慈悲なあつかいをうけている。何という薄情な作者だろう。それというのも何となく世の中に出たようなぐあいになっているものだから、のぼせあがっているが、あのときこそ一所懸命にひたすら世に認められようとして仕事をしていたのだ。そしてそこには、くりかえすが、たぶん郷里のことが顔を出していた。郷里あっての私なのだ。

もう一度いうが、契約みたいなことをかわしてからにせよ、それ以前からにせよ、彼が見おとすかどうか、と考えながらダンボール箱を前にして思案しているようなことが問題なのではない。まして、私と彼とが契約をかわしてから、私が出版社から一部ずつ直接彼のところへ送りとどけるようにしたり、し忘れたり、出版社にいい忘れたり、わざと忘れたがったりしたことなんかは、彼にとってもどうでもいいことなのだ。私がどうでもいいと思っているから、どうしようかこうしようかと考えあぐねた様子をしていたが、彼にしてみれば、私がもう出版社の犬になりさがっているように思えることがあった、と思う。

私がまとめて彼の書斎にとどけるときに、彼は怒っていたのかもしれない。彼もまた憎んでいたのかもしれない。けっきょく郷里と東京の間で手をにぎりあっているのだ、というのは全部うそではないとしても、どちらかというと、怒りあっていたといった方が実情にそっていたのであろうか。

私はもう長い間、郷里の岐阜へ行くと、先ず篠田賢作に連絡する。それからかならず彼の家の書斎かその隣りの部屋に泊る。宿の契約を何年も前からしており、これからも永久に契約したようなものである。二日のうちの一日をよんどころなく別のところに、たとえば旅館に泊るとしても、あまり望ましいことではない。私は私の父と出身地を同じうする画家の平山草太郎に私の評伝のさし絵をかいてもらっている。彼は私より十歳は年長だ。大儀だ、大儀だといっている。生きていることがそうなのか、かくことがそうなのか、私のさし絵をかくことがそうなのかどうなのか分らない。草太郎は岐阜の出身であることは心得ていたが、その出生地についてはそれ以上くわしいことは知らなかった。草太郎はヒラさと岐阜では呼んでいる。彼は月の半分を岐阜でくらし、弟子も岐阜では各種の職業に(いずれそれを紹介するときがあろうと楽しみにしている) わたっているということだ。

私は評伝をある雑誌に久しく続けてきているが、そこに私は毎月毎月この画家と名を並べている。私は時々感慨にふけることがある。彼は私の次姉の息子によく似ている。私にもよく似ているが、私以上に甥に似ている。私は彼に頭を下げて頼んだのだから彼の活字をもっと大きくするように編集部にもとめたが、さし絵の場合の画家名の活字の大きさは、本文の執筆者より小さいのが普通だ、ということだった。ただのさし絵ではない。彼自身も口には出さぬが、腹の中では、私と同じ活字にすべきだと思っていることが、明瞭なのである。しかし雑誌の方では頑としてきかない。もしそうならば、私どももまた頑としてきかないところをもつべきだ。せめて平山草太郎の画料をあげるべきだ、と私は思った。これについては、かねてから考えているのだ、という返事であり、ほんの僅かあがった。もうそろそろ大幅にあげるべきときであろう。私が書こうとしているのは、画料や稿料のことではない。

平山草太郎とその健康の支えであり、秘書役でもある夫人とそれから私と、どこへでもついて行きたがる私の妻と例の雑誌の編集者とカメラマンと、二人の父の在所である町を漫然と訪ね、そこの遺跡と明治初年からある芝居小屋の前で写真をとり、それから揖斐の天台の横蔵寺へ行き、その帰り西国三十三ヶ寺の三十三番である谷汲へよった。それから書きおとしたが、犬山の明治村へ最初によったのであった。

これらの旅はそのあと福井の方へのびた。はっきりしたあてがある旅ではない。二人のゆかりの地をめぐるというプログラムだったが、篠田も批評したとおり、いかにも恰好のつかぬプランだった

篠田は私どもと同行し、智恵もつけてくれたがずっと遠慮がちにしていた。私は彼に長

良川畔の宿へきてもらう予定にしていた。彼は彼の仲間と酒をのんでいて、もう酔いすぎて出かけられないから、こっちへ来ないか、といった。

何ということない話だ。それだけのことだ。私がいいたいのは、私が郷里を訪ねて、彼の家に泊らなかったのは、このときだけだということである。私が篠田の立場として想像すれば、私はそのとき彼を傷つけたのである。こんなことをいえば、人は笑うだろう。もし私が一人旅ならば、どうして長良川畔のもっともらしい宿に、もっともらしい様子で時間をすごしていたであろう。私だって、私の過去の作品の大きな包みがあり、ダンボール箱があり、丹念に書きこまれた私の作品のリストと行動歴があやしげに書きこまれ、一種の台本として完成しつつあり、今後ものびつつあるノートがある部屋で私は泊りたいのだ。そうせねばならん何ものかがあるのだ。それを私はその夜裏切ったのだ。

こんなことつまらん、よけいなことだ。大ゲサにいっている。そういう人があるかもしれない。ところが、私の経験上、世の中のことの十中八、九まではこんなことなのだ。隣まできてうちへ寄らずに帰ったとか、家の前まできて素通りしたとか、会合で自分にだけあいさつをしなかったとか、誰と誰とが楽しげに話していたが、世渡りが上手すぎるとか、こういうことほど人を苦しめ不幸にし、第三者を幸福にするものはない。われわれは四六時中こんな感情をどうして押えようかと思って暮している。こんな愚かな感情に煩わされる不幸よりは、死んだ方がましだと思ったことが一度もない人がいるだろうか。

篠田は昔から腹を立てると酒をのみ、酔ってしまい、「酔った酔った」といいだすと、少し危険である。いわばボツボツ無礼講になるがいいか、と宣言しているのだ。それから大荒れに荒れて自分の身も心もおき忘れてしまったようになる。

誰だって、身も心もどこかへやってしまいたくなることがある。どんなに自分が厄介なことか。だからといって荒れてどうにもなるものではない。そう思って何とか工夫しながら暮しているにすぎない。それなのに、どうして、さっきも私がいったように、

「酔った、酔った。もうどこへも出かけられない、こっちへ来てもらえんかね」

と電話口で叫ぶように甘えたようにいうのか。こっちは宿屋の部屋の電話の前で声をおとしてかけているのに、その声をおとさねばならないのは、落度があるからだといったふうにもとれる。叫ぶようにきこえれば、泣きたくなり、甘えるようにいわれれば、笑いたくなる。どうして人間というものは、そんなに思いを入れてしゃべるのか。私の方も酔っていたので、とっさにはそう感じた。泣くとも笑いともつかず、

「それはムリだよ、篠田さん」

「ほんなら、ええわ」

誰かとのんで私を待っているうちに、待ちくたびれて、こんな状態になってしまっている。それにしてもこっちへ来い、とは何ごとか。勝手なことをいうな。今夜ぐらいしんぼうしろ。こちらはこちらの事情がある。男女の間柄のことみたいだし、近松浄瑠璃のさわ

りめいてそれに前にも一度いったことで見苦しいことだが、ああ、このおれに向って、宣言しているな、と思った。

私はずっと一行と酒をのみながら食事をしているときも、ここに篠田を招んだからといって、彼は気づまりであろう。それに彼と私との間のユニークな親密さというものは、死んでしまう。それとも、やはり若い編集者をまじえた東京の一行の中にまじえ、彼が私と密なる関係にあるばかりか、郷里にとって貴重な存在である以上、東京にとっても重要視すべき存在であることを誇示した方がよいのだろうか。それを彼が望むだろうか。望むかもしれぬ。望まぬかもしれぬ。東京において一流になるべき人物である私と、郷里においてだいたい一流である彼——そして郷里で一流であるためには当然東京においても何ものかでなくてはならない。お互いにそうはいかなくとも、どうやらそういう目的に向う努力というものが、私の年譜作成という仕事と無関係ではない。無関係でなければ、十分に関係があるのとどこが違おう。

それに年譜作成ということは、それだけですむ性質のものではない。何ごとも横に数珠つなぎにつながるものだ。そもそも、横のつながりを見こしてのことではないか。

私は、そのときの篠田によって的確につかわれた、

「ほんなら、ええわ」

という私の郷里の言葉のひびきを伝えることが出来ないのを残念に思う。

私は昔、「郷里の言葉」という短篇を書いたことがある。私の郷里では、「わっちんたあ、あかんわなも」というようなときは、自分たちは駄目です、ということだが、それでいい気になっていると、その自分たちのなかにはお前たち、それから人間みんなということも含んでいるつもりだ、ということにしばらくして気がつく。私でさえ、どうしてこうした変に利口な郷里の人間のあつかいを、東京へ帰ってから思いあたることがある、というようなことで始まる作品で、やがて私の父と母のことに、私自身が両親からこの扱いを受けたような気がする（といって怨んでいるわけではない）という趣旨のことにつながって行く。

このような短篇のどこをとっても、文学碑に刻みこまれる文章なんか探し出せるものではない。もっと文学碑むきの文章を書くべきである。皮肉ではない。みんな素直に喜ぶことはいいことなのだ。そう篠田は思いながらも（どんなに正しいことだろう。それにしても、どうして私の文章はまたもや浄瑠璃めいてくるのだろう）在郷の彼の知人から「岐阜のことば」という小冊子を送らせてきている。私はこの中で一つ二つ異論があり、私の記憶の中でそこに記載されていないことばを一つ二つ書いて篠田に送ったことがある。

私や篠田は、でき得べくんばなるべく郷里の言葉をつかって会話をすべきであり、それをつかって偉大なる自叙伝を書き、悪い意味ではなく、「夜明け前」がそうであるように郷土を顕彰すべきだ。谷崎潤一郎の「細雪」や舟橋聖一の「白い魔魚」や、宇野千代「薄墨の櫻」のように、よそものに掠めとられてなるものか。

ほんとうに、彼がそう思っているかどうかは、私は知らない。そんなことはどうでもいいさ。彼だって標準語をつかって妻子や友人たちと話している。それでも、彼はいざという勝負（？）のさいには郷里の言葉をつかうというのは当然である。そのためにこそ土着の言葉というものは存在するのであって、それ以外に何の得があろうか。

「昭和五十年十二月五日のことであった。ほんとうに寒い日のことだ。私は東京からやってきたこの小説家と、やはり郷里出身の画家と一緒に県内を歩いた。画家のほうはこの小説家より前に私がよく知っており、その私生活上の秘密も郷里のものである以上、誰もが知っているのであるが、しかしこの小説家はあとから、私や私の知人を通じて私たちの眼のとどかぬ東京での会合でこの画家と知り合ったので、その秘密は知らないはずだった。

画家とその夫人は戦時中、東京から岐阜に疎開してきて出身地とは違うある市に住んでいた。そのとき北海道うまれの夫人もはじめて岐阜を知り、その後もずっと岐阜弁をつかっている。小説家の妻は二度めの人である。彼女はブーツをはいてやってきた。裾のところが折り返しになった帽子をかぶってきた。画家の夫人は、例によって私たち以上に岐阜弁をつかいづめだったが、六十をすぎているのに、背筋がしゃんとのびて、小説家が私に、奥さんは、女学生のころ走り高跳の選手だったそうですよ、ビールの晩酌をかかさないそうだよ、といった。

寒いといっても私がそう思ったわけではない、私は小説家が私の家へきて泊った翌朝は、厳寒でも、二、三時間は窓をあけっぱなしにする。小説家が、

『篠田さん、しめようか』

といっても、すぐにはしめないことが多い。

私は汗っかきだからだ。

私は東京の連中はもちろん岐阜の連中も知らない沢山のことを知っている。小説家と関係があり、将来秘密となり、難解と称される彼の作品を解く鍵ともなる事実を知っている。年譜も将来もし彼が死ねば、もっと完全なかたちで発表することが出来る。短かい言葉の中にエッセンスを盛りこむのである。そうして私は評伝を書く。この日にあったことをノートしておこう。私が何を考えながら、車の中で黙っており、彼ら一行について歩いていたか。何もかも知っているはずの小説家さえもそのわけを忘れていたのは笑止だ。彼らは、気楽に郷土をあらしにきたのだった……」


（『文体』第一号）

ルーツ　前書(二)

昭和五十二年十二月一日

本来なら私は、たとえば、先ずわが郷里の岐阜の周辺を歩きまわっているところを楽しげに書きすすめ、筆のすべりもよく浮世の苦労というものは皆無だといった気分でいるはずであった。その分だけ読者を喜ばせているところだった。信じないかもしれないが、読者を喜ばせることこそ年来の望みだった。私は、(いつもの悪いくせではあるが)、もう既に蜿蜒《えんえん》と続く作品とするつもりになりかかっている。もしこの雑誌がやめてくれといったり、同人が交替する時期までにこの作品の結着がつかぬ場合は、私はよその雑誌に乗りかえるかもしれない。どちらの場合も生じなくて、先きをつづけたくても発表させてくれるところがないとしたら、どんなに私は幸福だろう。作品はそのように見放され、自分ひとりのものとなったとき、ちょうど人知れずローソクの下でつづられた遺書のように、存在理由をもつのだ。そのときをこそ私は待っていたのだ。

これはよけいなことだ。しかし正直いってこのよけいなことまで考えていたのに、一方私の身体の中のどこかが痛みはじめつつあった。心だとか頭だとかいった体裁のいい部分のみではない。肩から首筋から背骨から腰から足首まで痛みはじめたのだ。そうして私は今回は旅をしているどころか、執筆中の現在に立ちもどり、これから述べるような有様である。

私はこの前の「ルーツ前書」の原稿を渡したあと何日かたって、郵便配達夫のバイクの音がヘリコプターのように山の中にひびきわたり、それから静かになった。そのとき親愛と希望とそれにほのかな絶望さえ感じるとはどういうわけか。

「もうあなた一人ですか、いつまでおるのですか」

郵便配達夫はまじめにきいた。事務上の問題である。このように自分のことに関心をもってくれる相手と対面しながら、さっきの感情が自分の中に三つともたゆたい、相手との空間に、そうされることが許されでもするかのように、出しゃばりはじめるのを知った。しかし行動に移るべきなので、そういうことには私はそれ以上かまうことをやめにした。それに私は自分の中のそうした感情の出しゃばりにはあまりよい気持がしなかった。

けっきょく私はうなずいて予定を告げながら、転送された郵便物の中にはさまって直接ここあてになっている篠田賢作の手紙に眼をくばっていた。ドアがしまる音がしたとき、私は郵便配達夫とただこれだけのことで別れてしまわねばならぬことに、やるせない気がした。郵便配達夫と篠田賢作との二人のうち、篠田の方に気を奪われていることが、つらかった。しかし配達夫をどうしてとめておくことが出来よう。私に面白い話でもあれば、五分ぐらいは油を売って行ったであろうけれども。——いや話はあることはある。いくらでもあるさ。私の中で声をあげるものの気配がした。

ヘリコプターの音が去るように走って行ったバイクの音は、今では蜂の音のようにも思われる。もともとここでは蜂もヘリコプターもバイクの音も同じにきこえるのだ。それに私も郵便配達夫となって、バイクに乗って、手紙をくばって歩きたいくらいだ。

篠田賢作の手紙は、非常に読み易い丸々とした文字で書かれて、私の眼の前にあった。眼の前にあるはずだ、私自身が取り出していたからだ。さっきもいったように眼をつけて(しかもそのことに全存在をかけて)それに私は千里眼のように見通そうとしているというか、もう見通してしまっているのだ。それなら手紙などわざわざ届く必要がないといわないでもらいたい。(どんなに見通せぬ手紙を待ちこがれているかもしれぬのに)

冠省、(冠省・あきらかにこれは私のマネであるがこれがはじめてなのか、前にも書いてきたことがあったのだろうか。待てよ、私がマネたのじゃないか。もうどちらにしても同じことだ。)

「ルーツ 前書」とかいう題名でムリヤリ急いでイヤイヤながら書かれた作品の中で、私のことを虚実おりまぜてお書きになったということですが、私は何を書かれてもいいのです。一つには茫漠としているのです。私がうまくあなたをつかめないのは、残念ながら、長野県の山の中におられるからです。私にはどんな家であるやら、その山の中というのが、どんなふうのものであるものやら、分らないのです。意外に町と同じであるようにも思われるし、うっそうたる林の中のようにも思えぬことはないし、花の咲き乱れた高原にあるようにも思えるのです。しかし花とあなたとはどうしても結びつかないのです。これはあなたに責任があります。それだけなら何ですが、私はあなたがどういう服装をして何を着こみ何をはいて歩いておられるのかも想像できないのです。モンペをはき焼き物師のような恰好をしておられるとも、あるいはひょっとしたらジーパンをはいておられるような気もするのです。髪型やその長さも二色も三色も想像できるのです。眼鏡についてもそうだし、歩き方にしてもそうです。ことによったら別の声を出しておられるのではありませんか。要するに、私にとってあなたは抽ヽ象ヽ的な存在で、山の彼方にある人、というふうに感じられるのです。ですから、私のことについて何をお書き下さっても、そのこと自体が何か夢のようにしかつかめぬのです。

おかしないい方ですが、あなたは私どもにとって、すくなくとも私にとっては、時にわが郷里にあらわれる存在であるか、でなければあくまで東京におるべき方なのです。それが不意に夏場だけとはいいながら「山の中」へ移り住むというのは、……

これを要するに（と篠田はもう一度くりかえしている）あなたは私の中にある何某という存在ではなくして、見も知らぬまったく別人であるというふうにも思えるのですが、如何なものでしょう。

あなたがその「山の中」で私たちに操を立てるかのように誰ともつきあわず奥さまと二人で純粋無垢な生活を守っておられる由、妻はここのところをくりかえし読んでいました。

「あなた、これはどういう意味やろうね」

とききました。愚かな妻の質問をお笑い下さい。

ある意味ではあなたは私の妻や私の家族のものでもあるのです。あなたは家内の手になる岐阜流の五目めしや煮こみうどんに舌づつみを打って下さいます。私の家の裏庭の溝川のセリを用いたことは御存知のとおりです。そしてあの里芋は裏の小さい畑からとったものです。あなたが私どもの前で、日本中で岐阜というところほど野暮なところはない。批評精神がかっているところだという話だけれども、岐阜で食べさせる食物は煮つけみたいなものばかりだ。してみると、ここ育ちの文学者の批評精神と称するものは煮つけか、煮こみのことなのか、と書いた小説家のことを話しておられたことを思い出して下さい。あのときあなたは、そう書いた当人の流行作家に、あるパーティで会ったとき、口頭でくりかえし同じことをきかされたと笑っていました。パーティの会場で何も反駁されなかったそうですが、あれは私どもにとってただ笑いすてるだけではすまされぬことでもあるのです。あれは好意をこめた、東京での社交辞令だよ、とあなたはいわれたけれども、それはあくまで東京でのことでしょう。あなたが私の書斎で一泊されて、話し足りんが東京のことも気がかりだし、それにぼくの過去と関係のあるところへ行きたいとは思うが、さてどこへ行ったらいいか分らんしなあ、と呟かれたあと、私が沈黙（これには深い意味があるのですが。あなた流にいうと、一つの動作には必ずそれ相応の理由があり、理由がないときは、理由がないという理由があるのですから）を守っていると、「じゃあ帰るとしようか」といってから、「何某は、篠田賢作の書斎から只今帰りんさるやわ」と自分の名をあげてこういう岐阜弁でくりかえすと、立ちあがって鞄のチャックをしめ、それをもちあげて出て行かれたが、おぼえておいでであろうと思います。

あなたが私のことについて何を書かれていても私はいい、むしろ本望だ、というのは、あなたを信用しているからです。ただいくぶんかは、あなたが私どものあなたであるということが失なわれているように感じるものですから、この「信用」に実感がともなわないだけのことです。

しかし、あなたはあくまであなたのはずです。私は首をふって妄想を放り出そうとしていることだけはお分り下さい。

（読者よ、篠田はほんとうに放り出そうとしたであろうか？　それにさっきの——原稿用紙にして一、二枚さきのところの……のところは裏切行為だという文句をあてはめるとちょうどよいように思われる。）どうせ前のところをふりかえって読み合わせてみる人もいなかろうから、サーヴィスしてもう一度書きうつしてみることにすると、こうなる。

それが不意に夏場だけとはいいながら「山の中」へ移り住むというのは、裏切行為といわれてもいたしかたがない。

裏切行為！　いや、裏切行為という文句なんかどうでもいい。こんな紋切り型の文句におそれるものはなくなっている。それよりも私が考えているのは、「不意に」「夏場だけ」「とはいいながら」「『山の中』へ」「移り住む」「というのは」それから「……」という一つ一つの言葉と符号を彼がどのくらいの速度で、どのくらいのイメージで、そのイメージと言葉との間に、どんなつながりかたをさせながらつづっていたか、ということである。不意でないわけに行くものか。どんなことでも、相手からみると不意なのだ。篠田賢作は不意に対してそんなに怨みがましい考え方をするのか。私など不意をこそ求めている。自分が死ぬようなハメになっても、不意に訪れる死のことだって求めている。それは不意というか、意外性をそなえているからのことだ。できれば私をこそ意外性の御本尊であることを求めているといってもいいのだ。

たとえば、私が不意に死ぬことになった。といったとしたら、賢作は、それは水くさいとか裏切だとかいうだろうか。夫婦ともどもにいうだろうか。

夏場だけではない。冬場も年中山の中に住みついて、永久にそこで暮し、ただ生きに生きる。もちろん生きつづける代りにそこに住みついて途端にこの世を去ってもいい。それなら尚更いい。いっそのこと、あの岐阜の揖斐の山奥の天台の横蔵寺にあるミイラのように——あれは富士の山麓で生仏となったものである。横蔵寺や谷汲の華厳寺のようなものは、いうなれば篠田賢作の縄ばりである。彼は谷汲山の裏手から峠ごえをするハイキング・コースを一番歩きをしてルポを書いている。私と彼との関係にしぼっていえば、ミイラもまた彼のものといってもいいほどのものだ。もし私がこの山の中でミイラにでもなるのであったら、どんなに彼を喜ばせることが出来よう。それは私だって求めるところのものだ。事情さえ許すなら、私だってもう東京へも岐阜へも行かず、見も知らぬ人々の中で、彼が驚くかもしれないが、花の咲く間は花を賞で、紅葉するときにはこの世の極楽か地獄かしらぬが、どちらかにいるような気持にひたりきり、長く生きのびるつもりでいたのに、早々と死んでしまう……賢作は私との特別の親しさにあり、私は彼であり、彼は私でありもするのだから、まっさきにここへくるだろう。どこで乗りかえたらいいとか、どこの駅で下車したらいいとか、冬は何度であるとか、下車駅からここまでタクシー代はどのくらいかかるとか、どのタクシー会社の車でなければこの山の中の家に辿りつくことが出来まいとか、そんなこまかいことをいちいちこちらから聞かなくとも自分の力でさがしあてやってくるだろう。その理由は簡単だ。苦労することこそそのときの生甲斐でありたのしみだからだ。それに詩の一つは書けるだろう。たぶん中位の出来のものとなる。そうなれば、見舞いにくるだろう。私が早々と死ぬといっても、長わずらいをせぬというわけではないからだ。あまり早く死んでは、うまくやったと賢作は思わぬであろうが、わずかとはいえ私に関心のあるものたちは思うであろう。きっと賢作は悲しむ。手放しで泣く方だからだ。隣りの部屋か、廊下で一番すなおな泣き方が出来るのは彼だ。私は彼に何といってやろう。眼と眼とを見合わすだけというのがよい。しかし、彼は「眼と眼を見合わしただけだった」と正確な印象をもつだろうか。

小説家である私が「ルーツ 前書」という作品を書いたあと、とても後悔した。編集氏がよく知っている。といっても私自身にさえ分らぬ理由を、たとえくどくどと電話口で愚痴ろうと分るわけはない。私が自分の方で電話を切ったのは、いい尽したからではなくて、自分にも分らぬことをいい続けているのに絶望したからだ。それにしても私はこのごろ、前にはつかったこともない絶望という文字をどうして若者のように用いるのであろう。私はこう判断した。それは、篠田賢作ということが少くとも本人の篠田賢作に分り、彼を知る多くの人に分ると彼自身が想像するようなことを、私が書いたからである。そんなことは書きはしなかった。いや、書いた。書いた。お前は書いてしまったぞ。お前というやつは、どうもそういうことを書かないではすまされぬやつだ。どうして賢作のことを書いてしまったのだろう。彼はただ私の随筆的文章に顔を出して案内役をしてくれるだけでよかったのだ。一言か二言しゃべるだけでもいいし、しゃべりまくってもいい。世の中には他人にしゃべらせず自分ばかりしゃべりまくって、自分がほとんど何もいわなかったのだ、と思っている人も多いから、しゃべるのは僅かでも多くても、同じようなものだ。賢作の中へ入りこんではいけない。

要するに私は山の中で夜になると、賢作ゆえにうなされた。(賢作は笑うがいい)すくなくとも私は夜中にベッドの上に起きあがってそういいきかせ、朝になると、そう結論を下した。

私はつぶやいた。口に出すと楽になることは分っていたので、私は父親がやっていたように、声に出した。寝ているのは私ひとりではないので、小さい声でくりかえしつぶやいた。大きな声も出せぬことを情けながった。私はその自分の声が何かに似ているような気がした。考えてみると昼間高原の草叢の中ですだいている、あの、カンタンという虫の声であった。連続的な、精力的な、必死の(何というバカげたやつであろう)、どこか天地と対抗してみせているような、それでいて、何か二十代初めの、それも薹たけた女と寝ているような気配のただよう声である。実物は見たことはないが、私は何だか実物を見たいと思わない。山の中へ持ちこんだ十冊本か十二冊本かの百科事典の写真で見たことは見た。一冊欠本になっているが、幸い「カ」に当るものは欠けてはいなかった。私はこよなくこの虫を愛する。すくなくともそういうと気持がよい。ということは何ものかである。

どうしてか群れをなしているらしいのも、悪い気持がしない。大勢の女が寝ている感じなどしないのである。

とにかくこういうときわれわれの年齢である通常の人間は、自分が泥まみれになっているように思えるのは、ただ溝におちこんだからで、立ちあがって井戸端で水で洗いおとせばそれですむものだ、ということに思い及ぶものである。

私は「ルーツ 前書」というのを書きながら何となくこのタイトルのように運ぶというより、そう運びつつあることがよく分っていながら締切に合わせて書き進め、ふみとどまる暇もなかったものだから、卑怯未練でもあるいいわけの文句を書き入れておいた。

私は自分がなぜ腹を立てており、あとで後悔したのか——その原因は同じものであることだけは分っている。とりあえず生きて行くためには自分というものを処置しなければならない。「中庸ハ徳ノ至レルナリ」である。この千古の名言は凡愚を慰めるというより悲嘆にかきくれさせ、心身を動揺させるのみである。もうしばらくたってからの特効薬である。古くはあのボルドーの冷静なる男の言行がある。彼は年輩となってから馬に乗って旅をし、馬の背か旅籠でたおれることを望むと書いている男の言葉である。彼がその文章をつづりはじめたのは、一五七二年のことであるが、「聖バルテルミ祭事件」なる事件で新教徒が二千人がた殺されたときだといわれている。(新教徒が二千人といっても、ピンとこないところもなきにしもあらずだが、それでもやはり年譜に書きこんであるのだから、大したことであったのだろうし、事実私にもそんな気がし、気がすればそれで何ものかであろう）それに、一五八五年には彼が市長であってボルドーをめぐって戦闘が起るという形勢にあった。といえば何ものかである。その証拠にこの男の身の上や、その人を食ったような言葉をきいていると、たしかに、骨が一つ一つほぐれ、あるべき位置にもどる音がきこえる気さえする。そして何というか、とても、とても、気が楽になる。それから私は日記を七巻も書いたルナールという男のことを考える。有名な日本人の訳者は、やはり自分の年譜製作者にあるときもらしたそうだ。

「きみ、気がめいったときに『ルナールの日記』を読むと、気が楽になるよ」

私はこの文章を最近読んで、気が楽になる必要をすくなからぬ人々が感じていたことを知った。

誰よりもルナール本人が、楽になろう、何とか楽になろうとひたすら思っていたことが分るのである。どんな修養書よりも、これを読むと心が洗われたようになり、美しくなる。副作用のない自然の葉か根からとった、アクは強いがよく利く薬を刷毛《はけ》にたっぷりしみこませて上から下まで内臓を洗ったようなのである。ほんとにこの日記を読むと私はこの山の中にいても孤独でないし、おしゃべりの農家の妻たちや、無愛想でりくつっぽいその亭主たちや、言葉のすくなすぎる聚落に一軒ある西洋ふうにグローサリーといった方がよいような店の厚化粧をした女をほほえましく感じられる。

彼女は一度だけ笑った。「本日休業」という劃一的な札がトマトの前に立てかけてあったので、今日は休みだったのでしたか、というと、「あっ、これは昨日のままになっている」といって笑ったのであった。彼女は店の方があいていないとき、裏手の棟つづきの住居の方をのぞくと、化粧したばかりの顔をガラス戸ごしに見せ、うなずきもせず、そのくせ何分後かには黙って店の戸をあけ、いわれた品物を紙袋の中に入れる。(彼女が物をいわず、めったに笑わなくともいいのだ。あれは怒ってはいないのだ)

それから周囲にありあまっていて物珍しくもないどころか、その存在を忘れてしまうことの多い山林や草原に対してもほんとに自分は心が美しくなったなあ、と分るのである。妻にやさしい言葉をかけたり、冗談をいったり、一、二時間ばかり前にいったのと、まったく同じ挿話をくりかえしたり、世の中がすべて意のままになっているし、ならせることができる――それというのも、みんな元は自分自身の心にあるので、あるようにあればそれでいいのだ、どうせ遠からず自分というものはいなくなる。自分ばかりか、どんな健康な頑健なものも、若者だってそうなる。死に対しては例外はない。ありふれたこんな考えが新鮮に分り、この胸でかんじ、今までのかんじとは違って見える。

この田舎に世界のすべてがあるといいながら、ルナールはその日記の中でパリのアカデミーに出かけて行き、腹を立てている。誰より自分に腹を立てる。小説家はこのようにしてこのどの部分でもいいから日記を取り出して眼を走らせればよい。

私は日記を山の中に持ってきていなかった。持ってきていたとしても果してとりあげ、頁を開いたかどうだか分らない。なぜかというと、必ず効果のあることの分っている薬を使用することは、どこか中毒患者めいておることが分っており、篠田賢作との問題は、たとえば東京のアカデミーといったような問題とはぜんぜんといっていいほど違ったことなのである。もちろん東京のアカデミーというのは、一例であって、とくべつに私がそのことにとらわれて暮しているというわけではない。

いったい賢作がほんとうに長々とした不健康ともいえる手紙をよこしたかどうか、そういうことは知ったことではない。彼は私に、

「ぼくは先生（あるいはあなたかもしれぬが、今はそのことに拘ってはいられぬ）を信用しています」

とだけ書いただけで、私のその仕事のことやそのほか、私が私にとっては重大な生活上の変化であるところの転居という事件や、山の中で、草花をつんだり、林の中の茸をさがしたり、坂をのぼったり下ったり、虫の声に耳を傾けたり、彼には想像もつかなかったような場所で、農夫や長ぐつをはいたその妻たちの路ばたで立ち話をしているという重大な事情にはあまり関心を示した気配がないかどうか、知ったことではない。彼の庭の溝川にあるようなセリはもちろんのこと、毒ゼリやらオランダゼリとも称するクレッソンの区別もわきまえるようになり、山の中のあやめとショウブの弁別をはじめとして、アサ

マキスゲと日光キスゲとの相違についても立ちどころ答えることが出来るようになり、以前とくらべれば足腰もしっかりしてきたというようなことに、ほんとうに関心をもち、羨望と憎しみがまじっていようとも、口先きだけでも敬意とおどろきを示そうとするかどうか、知ったことではない。

私がかつての私そのままで、だんだんと衰えて枯れしぼむ方がよい、変化したりどこか他人のようなよそよそしい存在になるよりは、その方がよいと心の中で思っているかどうか、どうでもよい。

とにかく小説家の私は十分に落ちついたわけではないことは、読者は見当がついたと思う。それは、自分はよほど悪いことをしたのではないか、という黒いささやきが内側から依然としてきこえてくるからである。頼まれもせぬのに自発的に呼びかける声というような無垢なものが、もし何ものかでないとしたら、はたしてこの世の中で、よりどころにすべきものはあろうか。

私は虚実おりまぜて書いた、といってやった。だけれども賢作は、

虚とはその虚だったのか。

実とはその実だったのか。

と思うであろう。たとえ私というものを知りつくしていても、そこは自分自身のことだから誰でもつい甘くならぬともかぎらない。そのために私は含みをもたせて、どんなとき

でも通用するようなことをいってやったのだ。

なるほど、これからもずっと書くだろう。私の手加減ほど当てにならぬものはない。せめてそのことを彼が私以上に知っていて、一言でもって、すんだことだから仕方がない。しかし一回だけにしてあとは止めて下さい。あなたは駄目です、分っているのです。気楽な随筆ふうに書くつもりで、そうでなくなった、というからにはもう想像がつく。今まで虚実おりまぜて、となど一度もいってきたことがない……。

読者よ、私が篠田賢作にどんな手紙を出したか、想像できると思う。私は私のいる山の中に岐阜があらわれた、岐阜を発見した喜びを語ることにした。

私にかぎらず誰しも生きて行くためには、他人を頼らせることがあっても、自分は他人に頼らぬようにせねばならぬ。他人に頼らぬということを外にあらわしてしまっては、生きている実状に反することになる。自分も他人もそこにムリというものが生じる。すなおに頼っているのもいい。とはいうものの根本のところでは頼ってはならぬし、頼れるはずもない。

したがって私はこの山の中にいて妻と顔をつきあわせていながら、その心の調節に心がける。そう遠くない将来に一人になるのだから——何しろ私の郷里周辺にいた私の家族の中で、今では生きているものは私一人なのである。そのことがとてもヘンなことになるのである——そのときの心の用意もする必要があるが、そんなことは考えても仕方がない。

安らぎだ。他人に頼ったあとで、袖にされたときの自分の惨めさほどいやなものはない。もうキリがない。

私がいいたいのは、とにかく家の中を歩くとき、妻とすれちがうときに、そこに彼女がいないかの如くにふるまったり、庭に出て歌を口ずさみながら洗濯物を干している妻を半ば軽蔑しながら顔をそむけるとはどうしたことか。自分だけ生きのびているのを、しっかりしなくちゃあいかん、と励ましているのか、それとも恥じているのか。それとも……

私は勇を鼓してというか、みずからを励まして、口笛を吹くような気分になり、一日に一回は山を下りて妻をうながして散歩に出かける。知らぬうちに私の中のもう一人の私が抜け出しておしゃべりをはじめ、インド産の蛇木《だぼく》の皮からとったトランキライザーか、どうせ何かそれに似たものからとったアタールソーダでものんだように、口がすべりはじめ冗談をいいはじめる。何キロ四方誰もいない山の中だから、二人はどんなことを、どんな声でしゃべったっていいのだ。東京ぜんたいの悪口はおろか、私と同種の仕事をしている連中のことでも、世界中の何についてしゃべってもいい。だが私はほとんどそういうことはしゃべらない。私は、というのは、私の方がいつも、サッカーのキック・オフの役割をして、足もとの焼け石を蹴るように、球を蹴りはじめるからである。ということは――たぶん――私は封じているのだろう。私に対して、そしてひょっとしたら妻に対して。主として私は閨房にかんすることを、滝沢馬琴式に隠語で話す。これならどんな声を出したっていいのだけれども、しばらくきいておればその内容が何についてどのような軽薄さで話しているかがすぐ分る程度なのである。あまり高尚、高級であるとしたら、何の話し甲斐があるものか。

私がおそれるのは、軽薄な話と裏腹に私の顔が硬直しており、動いているのは口のあたりだけであるということや、足だけは動いているが、そのほかの部分は硬直しているらしいということである。

「あなたの書くものを読むと、意外に愛されていないらしいのね、っていわれたけれども、あれどういう意味?」

それを読みが浅いとか、やっかみだとか、悪意だとか、その夫婦の寝物語の材料にすぎんとかそのほか色々のことがいえるけれども、私は妻の口から又もやその言葉が出てきたことの方におどろくのである。

私はそういうときには、

「そういうことをきけるということが、愛されている証拠だ」

とか、

「こうしてぼくがこたえたり、こうしていっしょに歩きながら、こんなことを問うたりしていることが、世界中にも珍らしい幸福な状態である証拠ではないか」

すくなくとも、そう考えるべきだ、とか、あとは利口か馬鹿か、という問題になる、というような思いきったことをいうときもある。ただの一度も考えなかったことはなく、ほとんどその内容はふしぎなほど多様であるのは、どういうわけか自分にも分らない。おそらく表現の練習でもしているのであろうか。それともクソマジメなのであろうか。たぶんクソマジメなのであろう。それをからかっているのであろう。私が証拠だ、証拠だ、と必ずいうものだから、それを面白がっているのかもしれない。

それをいったのは、彼女の友人である。その日ももうそろそろそれに似た大質問が、わざとらしい少女じみた声であらわれる可能性があるのであった。するとそのとき、千メートル道路と称する大型林道にバイクを発見したのであった。千メートル道路というのは、長さが千メートルあるという意味ではなくて、海抜千メートルのところを走っているというのであって、のぼり下りがあるので、いつも正確に千メートルを走っているというわけではなかろう。

そこまでおりてきたのであった。のぼるのもいいが、おりるのも悪くはない。ましてやがてのぼらねばならないことを思えば、何ものかであるのだから。その道路のわきにというより、かなり真中近くにバイクが置いてあるのであった。季節の最中でないとはいえ、そして早朝であるとはいえ、トラックだって通るのである。

それをそんなところに！

失礼なことである。というふうに私は感じた。なつかしさを感じる前に、さきにそう感じたことを悔んだ。悔む材料はあまり気ままに向うから訪れてくるものだから、その材料は自分自身の中にあるのだ、と思えるくらいなのである。とにかく山の中だからといって安心は出来るものではない。何故向うがわにまわってナンバー・プレートを見る気になったか分らぬが、私にくっついていた妻の方が笑いだした。それまで私はもう一人の私に会話させながら眺めていたり、その二人の私の間に妻をおいてその二人の間を行ったり来たりさせて、あらぬことを（あるいはあることを）しゃべっていたのだが、私の口の動きはある限度へきていて、そんなことはいつものことで今さらおそるるに足らぬとはいえ、空しさをおぼえかかり、ここにいることや、生きていることに反感をいだきかかり、それをかくしきれなかったらどうしようと思っていたところであった。

なぜ妻が笑い出したか、ということを、私は即座に知った。私も笑い出したことはいうまでもない。バイクには岐阜のナンバー・プレートがついていた。

二十年前に、私がアメリカに滞在していたとき私はアイオワ州にしばらく住んでいた（あれが住んでいたなどといえただろうか）。そこにいる間にニューヨークでアイオワ・ナンバーの車を見ると、笑い出すというふうにきいた。笑いだすのはアイオワ育ちの連中ではなくて、ニューヨークっ子であろう。それを私に話してきかせたのは、日本人だったと思うが、その男もニューヨークで笑ったのかもしれない。その笑い方はわかり易いことだ。なぜかというと、アイオワが実直な人間ばかりの住む（という）田舎の象徴であり、

玉蜀黍がその州のシンボルであるということのためだからだ。(玉蜀黍だからといってどうして笑うのだ)

ところが、私(たち)にとっては、だいぶ事情がちがう。それなら何故かときかれたって、うまくいえるものではない。

魚釣に出かける人がかぶっているような長いひさしのついた運動帽をかぶって何か背中にかついだ男が道から姿を消す瞬間だけが見えていたのであった。バイクをその姿の主が乗りすてたことは間違いないので、その姿をさがした。バイクのあるあたりから私たちは急に横にそれる。うらぶれた月見草や白萩の茎だけがそびえていたり、アカザの葉の先が真赤に色づいて足もとからへばりついていたり、それらの草と草との間を生枯れの蓬草が埋めつくしている。そのためにモミの苗はすっかり隠れてしまっている。とはいっても近づくと苗は年々少しずつ大きくなっているしそのまわりは、何という名か知らぬが、インディアン・グラスと普通の芝との中間みたいな草がうねるようにとりまいていくらか空気の通る余地はある。その草叢は千メートル道路と新しい高級別荘地との間にある一劃で、有刺鉄線が出入口に当るところにはりわたしてあるが、人が通れるように鉄線は切りとられてまきつけてある。そのほぼ中央にあたるあたりに踏みつけられた道が出来ている。

その草叢を毎朝のように通るので、そこに咲いていた花や、昨年と今年の花の種類の違いや、それに、今のような時期には、草の実がズボンについて、それを全部とりはらうのも楽ではない。霧の流れぐあいも分っている。その草叢は私の所有ではないが、通行の頻度数とその存在をたしかめている手ごたえからすると、いわば、私どものものといってもいいくらいである。見ると、その草叢の中にしゃがみこんで、帽子とカゴとを見せながら、境の山栗の木立の方を向いている男がいる。

「そこで何をしているのですか」

と私はきいた。

「蜂だよ、蜂」

「蜂の巣なのね」

と妻はいった。

「この籠にいれるのだわ」

となれなれしげにいった。

「このあたりに巣はあるの」

と私はきいた。

「分らんねえ」

ともいわない。

とんでいる蜂を見て巣のあり場所の見当をつけているのにちがいない。彼は草むらの中であいかわらず前方を見たままで、日に焼けた顔のほんの少ししか見えなかった。まるで、わざと顔を見せないか、見せるのを惜しんでいるようにさえ見えた。しかし、たぶん、一刻も眼をはなすわけには行かないというのであろう。

大きな籠にはトラックのシートのようなきれがはりつけてある。

「どうして岐阜からやってきたの、ぼくも岐阜だけれどね」

男は岐阜の贋ものでもあるように、かたくなに口をとざして前方を見つづけていた。

しかし、話題は幸福なことにそこから始まる。というより一種の幸福はそこから始まった。さっき岐阜ナンバーを発見したときに、何かチグハグになっていた私がぐっと締ったともいえた。男は一部しか見せないので確たることはいえないが、私には岐阜市から東へ二十キロあたりにある美濃市とか関市（関の孫六の関）とかのあたりに多いあの丸顔と一脈通じるところがあり、先ずあのあたりの産にちがいあるまいと思った。というよりそう口にしたかった。私はそれをしゃがんでいた本人にいえたら、どんなに幸福は倍加していたであろう。

ということは、篠田賢作にも似ているのであった。賢作の住んでいる場所よりは、画家の平山草太郎の在所（ということは、私の父の在所であるが。そして母親はそこからそう遠くないところの川島という川の中の中州みたいなところの出身のはずなのであるが）の方がずっと美濃市や関市に近いのである。それなのに私の見るところ、そのしゃがんで顔を見せ惜しみをしていた男の方が賢作に似ているというのは、多少残念なことだ。

しかし、その日だったたか、翌日だったたか、あるいはもっと前のことだったか、国道からちょっと入ったところにあるマーケットわきの公民館が雑貨品のバーゲンの会場になったときのことだ。新聞の折込広告の一枚がそれだった。それでそこまで出かけて行った。実は農協のバーゲンをねらっていたのであった。昨年で味をしめてゴム長をもう一足買おうと思っていたのだ。いくら待っても農協の折込はあらわれない。そのうち広告が入ってきた。そしてクリーナーを求める気になって山を下りた。

スリッパにはきかえて公民館に入ると定価を赤線で消した大きなビラをつけた電器製品が会場いっぱい並んでいた。私は受付と思われるところに立って大声でしゃべっている男の顔を見たとき、見おぼえがあるように思えた。クリーナーはなかった。そこで妻はその男のそばに近づいて、どうしてクリーナーがないのか、ときいた。すると彼は交通渋滞でトラックがいま峠でほとんど止っている状態だといった。そして、

「奥さん、すまんねえ」

といった。

私はそのいい方を耳にしたとき、もう間違いないと思った。私は妻にささやいた。

「亡くなった弟にそっくりだ」

それからつづけて、この人は名古屋弁をしゃべっているが、岐阜の男にちがいない、といった。私の妻が黙っているわけはない。口をききはじめた。

彼は岐阜の梅林というところに住んでいて、名古屋の雑貨の店に通っているというのであった。毎年夏にはこのあたりに住みにきているのだが、遊んでおってももったいないので、ここで一つもうけさせてもらおうと考えた、といった。貨物は名古屋から運んできているのであった。そのあとの彼の私と岐阜とのつながりについての追究は実にしつこく、その中身は濃密であったので、私はほんのわずかもらしただけで、逃げるようにして山の中へもどってきた。

私は篠田賢作に、この模様を、二、三行で報告した。それから何か自分は長年にわたってあなたに押しつけがましいことをしてきたのではないか、あなたは私にかまわず自分の道を進むべきだと書いた。それから、あなたと二人で旅をしたい。御岳でも眺めたい、と書いた。木曾福島で落ち会ってもいいといった。

これまた私の頭にこびりつきはじめた東京の平山草太郎の奥さんから、ハガキがきた。主人はとうとう制作中にたおれましたという文句が見えた。おれは何かしでかしたのだろうか。岐阜でたおれたのか、東京でたおれたのか。両方に家があるからである。もういよいよ岐阜の山河をかいて暮したい、とつい先だってもいうのをきいたことがあるが、制作というからには、秋の展覧会の制作のことであろう。さし絵のことではあるまい。それなら岐阜ではなく東京の家でたおれたのであろう。いったい、たおれたとはどの程度のことであろう。

（『文体』第二号）

モンマルトルの丘

昭和五十三年一月

小説家はもう何年ぶりで消息のあった年少の詩人古田とある私鉄の小駅で待ち合わせた。一つ激励してやろうというつもりである。

彼自身が激励してもらいたがっているのかもしれない。何も古田にそうしてもらいたがっているわけではあるまいが。どんなときにも悲鳴をあげてはならないぞ。そう思っているから彼は悲鳴をあげるあてもなく部屋の中で虫のようにうずくまっている人間を見つけてはそこへ出かけて行ったり、電話をかけたりしたがっているのだろうか。忙がしいなどということにかまっていられるものか。

彼は古田が時代劇の娘のように斜めになって夕ぐれどきの人ごみの中を小走りにあらわれたとき、涙ぐんでいた。

というふうに小説家は書き出した。締切は今日いっぱいにせまっている。約束したからには穴をつくるわけにも行くまい。ある会で私は忘れるつもりでいた約束を確認させられた。そのとき私が別の雑誌で「ルーツ 前書」という妙な題の作品の中で書くことになってしまった篠田賢作と同じ姓の篠田数馬に、これまた何年ぶりかであった。

数馬は私の郷里のようないくぶんヒネくれたところがあるところの産にしては、ちょっとそぐわないような巨大な身体をして私の前に立っていた。いつもの金歯のある口が笑っていた。彼は学者で評論家である。数馬が誰かもうお分りだろう。私はその会に出てきている以上、何ごとかをしゃべった。すると彼は、

「またそれをいう」

といったようだった。あるいは、

「いかにも岐阜しきの事件だな」

であったか、あるいは、

「いかにも岐阜しき小説家の大ゲサないい方だな」

だったかもしれない。

はじめから数馬はそういう機会をねらっているといってもよかった。なぜなら私たちの当りさわりのない交りのあたため方は、そういうところから始まるものだからである。私は約束の文章を書きはじめながら、数馬のことを思い出した。因果なことにまたもや郷里のことがのさばりはじめたのだ。古田のことを書くつもりが数馬のことになった。許されよ。古田もまた私の郷里どころか、私の父親の在所の出身なのである。要するに数馬も古田も同じようなものなのである。あるとき数馬の誰かにいったことが、東京をまわりまわ

って私の耳に入った。悲しくなるばかりのことではないか。

「馬籠あたりからのぞむとずっと平地になって行く有様が見える。そちらが岐阜の方面なのである。つまり草平の育った岐阜の……というようなあの文章は大ゲサで間違っているよ。せいぜい見えたって東濃地方だし、草平の育った岐阜市近辺は同じ美濃でも西濃に近いところで何十キロも離れている。その間にまた山あり谷ありなんだよ。あれは古田さん一流の大ゲサな岐阜しき空想で……」

私が引用したこの言葉は正確ではない。だいたいもとになった私の文章さえよくおぼえていない。いずれにしても古田の書いた「永遠の弟子」という郷里の大先輩、草平論についてである。

ついでにいっておくと、古田とは私のことであるが、そっくりそのままではない。そこで便宜的に古田といわせてもらっているわけで、私が訪ねようとしている相手の詩人も、その姓がほんとうは何というか、想像がつくと思う。しかし古田という詩人も、ほんとうの彼ではない、私の作った人物なのである。それはともかくとして、私は数馬のいうように、そんなバカなことを書いたかもしれない。いくらか、しまったと思った気持だけはおぼえているからである。そしてある時間なやんだことも事実である。それもおぼえているからである。しかし誰でもそうであるように、そういうときは、どうせ死んでしまえばすべてがゼロなのに何をくよくよするのか、とみずからをだますというか、囁くのである。

この自分の耳もとに囁くということは一度おぼえると、こたえられぬものなのである。何よりも、その囁きに応じるか応じまいか、しばらく返事をまたせておいて、はぐらかしておいてやるのが、その甘い感情の一番甘いところなのである。（ここで数馬はまた私の前にあの金歯で笑いながら、「また！」というのであるが、こっちも、そういちいちつきあっていたのでは、とても締切に間に合わない）

私がいいたいのは、まわりまわって私の耳に到達したということなのだ。東京にいると、私と数馬はまわり道をせねばならんのであろうか。つい先だってのことだ。そのときもまわり道をして私の耳に声がきこえた。それは電話の声だった。

「古田さんのお宅ですか」

それは今年、夏がまだ残っている頃で私はちょうど今日あたり出るある季刊雑誌の「ルーツ 前書(二)」で書いたように長野県の山の中にいた。私は東京方面のことなどいっさい忘れたがっていたのだ。（こんなことをいうと、うそだ、とさしずめ数馬はいうかもしれない。たしかに嘘だ。忘れたがっていると書いたからといって、ほんとに忘れたがってばかりいるわけではないことはいうまでもない。数馬がそんなことが分らぬわけはない。彼は私の「燕京大学部隊」や「汽車の中」という初期の作品のユーモアを認めてくれた男だ。彼はその頃まだ二十歳をほんの少しこえたぐらいだったのに、よく分ると思って感心したことをおぼえている）

山の中の木の葉に光線が好ましくつつましく残っている、もうすぐ秋が深まってそのうち葉をおとす。そして雪の中だ、と思いはじめる頃で、この世を去るとき、きっとこの光線のことをおもいうかべたり、さがし求めたりするであろう、と感慨にふけったりする頃のことだった。

電話の声というものは思いがけないところからあらわれるものだ。ある有名な新聞社の、われわれの仕事と関係のある部門の、係りの人からであった。その声の主も何年ぶりかであった。その用事もまた意表をついたものであった。

「岐阜の安八郡の洪水のことは御存知ですね」

どうして私、小説家古田が知らぬはずがあろう。あれは輪中《わじゅう》の本場ではないか。小説家古田は篠田賢作などと何度輪中のことを話題にしたことであろう。ひょっとしたら彼が馬籠からのぞむ平野（といっても、まだまだ高原といった方が正しいことはいうまでもないが）を森田草平と結びつけたのは、輪中いったいの平野のことが念頭からはなれなかったからかも分らない。

賢作は名古屋市の大須観音のある大須あたりへ出かけていって、貴重な資料を入手した。それは岐阜や愛知県の軍隊に入った壮丁を郡別にしてその性格の特徴を具体的にのべたものである。どうして大須で発見したのか、分らない。私の記憶ちがいであろう。円空作の小さい小さい手のひらにのるような仏像が千体ほど大須観音のどこからか見つかったという話とごっちゃになっているのであろうか。

それにその資料は岐阜県だけのものだったかもしれない。それとも名古屋にあった第三師団管轄の各郡のものが全部にわたっていたのだったろうか。賢作はその重要な資料をその城でもある書斎で例によってチラっとしか見せなかった。あと何日かすると国会図書館へ出かけてくるというから。また新しい資料を見つけてくるにちがいあるまい。

輪中は安八郡にかぎらず海津郡などもそれから、草平の育った岐阜市の近くの長良川の流域でもそれに似たものはある。このことを語り出したら、とうとう詩人の古田の家へ行きつかぬうちに締切の時間がきてしまうだろう。

輪中根性という言葉がある。そんなものは輪中ばかりの特徴ではなくて水田地帯にはどこにもあるもので、いってみれば日本中ぜんぶが輪中根性にむしばまれているといってもいいくらいだ。最近ではこんな根性が自分たちの中や、自分たちの近くに住む人々の中に巣くっていると思っている岐阜市近辺（とくに西濃地方）の住人も少いといえよう。

その昔、岐阜市のどこが主催だったか忘れたが、二、三年間つづけて小説を募集したことがあり、私も選者の一人となった。（選者はひとりだったかもしれない）そのときさまって輪中と、そこの根性を問題にした作品があった。あれを入選にしておけばこの根性はいくらかあそこの人々の記憶にのこるよすがとなったであろう。

輪中根性とは、自分のところさえよければよいというものだ。さあとなれば、昨日の友は今日の敵で、背に腹はかえられないというのだ。水が出そうになったら、大いに出てもらう。その代り自分の部落の堤防はそれより一段と高いのである。そうしてさあとなったら、よその部落に先をこされ（どんなふうだかよく分らぬ）たりして水をかぶるようなことがあれば、軒先に吊してある舟に乗って水のひくまでしばらく難をさける。

もっともデリケートなところが私には分らぬし、何度もきいたのだけれども忘れてしまっている。賢作にいえば、すぐ浪花節を語りはじめるように膝を乗り出してくるところなのだ。

賢作はこんなとき必ずといっていいように、木曾川の堤防が美濃（岐阜）側と尾張（愛知）側とでは何尺か高低があり、いつも洪水があれば水は美濃側へ流れこんできて、それをまた輪中で防衛をしてきたと、公けの問題を自分個人のことのように怨みをこめていうのである。いくら何でも今は同じ高さであろう。私にしたって、とくに愛郷精神があるわけではないが、明治以後のいつの日だったかに、堤防は同じ高さにした歴史的瞬間のことを思うと眼頭があつくなるくらいだ。私の手もとに今、「岐阜県耕地事業沿革史」という立派な本がある。私が自分の金で買った数少い本の一つである。私が岐阜市の西垣書店で求めたものだ。その書店が主催して「草平著作展」というようなものをやったことがきっかけで私はつい買う気になったのである。私はちょっと開いただけでこの一種の報告書をムダに本棚に眠らせてあるのを持ち出してきたが依然としてめんどうくさくて見る気がしない。いったいこの「耕地事業」とは、輪中をこわした事業なのか、こさえた事業なのか、どちらだろうか。私には部落をとりまく小堤防の上を自転車に乗って行く人々ののどかな幸福そうな姿がうかんでくるだけである。もちろん昔の光景だ。

賢作がどこかで見つけてきた資料には、さっきもいったように各郡の壮丁の性格が書いてある。その中の重要な考え方というより、自然にそうなったといった方がよいと思うが、ある郡下出身者の壮丁には輪中根性が顕著に見られるというようなものであった。賢作がこの資料に興味をもったのは、想像するに、さっき私が書いた、日本中の人がみんな輪中根性みたいなものだ、そうなれば、わが郷里こそ日本の中心ではないか、日本そのものではないか。よくも悪くも、といったのが、ことによったら私自身だったかもしれないからだ。私は時々郷里へ行き、一種の気やすさから東京にいては遠慮がちに口にしていたことや、考えもつかなかったことを、不意にいいだすことがある。おしとどめようとしても出来ない。そういうときは、たいてい相当に酔っているからだ。思うにそのような状態になるために、出かけて行っているのではないともいいきれるものではない。それは私がこのごろ夜になったらなるべく早めに晩酌をやり早々と寝床にもぐりこむのと同様のことであろう。おどろくべきことに、私より十歳年少の賢作さえも最近はそうだというのだ。それならもう少し若い数馬だってそうしていないとは保証のかぎりではない。

しかし自分の生れたり育ったりしたところを、世界の中心だと思う考えは、すこしも珍らしくないのだ。誰でも知っている通り、かつては中国は自分の国を中心だと思ったし、日本だってずっとそうだった。トルストイもドストエフスキーもロシヤを真の中心だと思っていた。ほかの国はいうに及ばない。石川啄木は盛岡をとりわけ渋民村を世界の中心だと考えて、出来ればそこに世界中の文学者思想家を集めようと思った。それに較べればまだ私の言葉などは罪が軽い方ではないか。

読者もおぼえておられるであろう、あの安八郡の洪水のことについて、山の中の私のところへ電話が思いがけずかかってきたのだ。安八町というものが昔からあったのか、新しい町なのか、合併して出来たのか、私には分らないが、あの洪水のあったとき、この町の名前に対してうさんくさい気がした。何か成りあがりの町のように思えた。じっさいはすくなくとも安八町とか安八村といったものは、岐阜市と同じくらい古いのかもしれない。

「篠田数馬さんの話では、古田さんは、安八郡の洪水のことは小説に書こうとしていらっしゃるということですが、一つ新聞に何か書いてもらえませんか」

私は不意をつかれたといったけれども、それはある最初の瞬間までのことである。そのあとは、すべてが笑いたくなるほど、何か必然性があった。というよりその必然性が誰かにかぎつけられたということも、きいてみれば数馬が火つけ役であり、元を辿れば、実に楽々と私にはね返ってくることがらなのである。数馬が自分から私に電話をかける必要なんかない。まわりまわって数馬の声がきこえてきたとしたって、しごく当り前のことである。

「ああ輪中のことだね」

と私は思わず我を忘れた。東京方面を忘れたがっているといったって、まことにモロイものである。何もかも忘れて私はたぶんさっき書いたようなことの半分ぐらいは、あっという間に話してしまった。

「しかしぼくは現地のことは何も知らないしテレビだってそうよく見てはいないし、第一」いってみれば書くべきことなんか、いまあなたに話したことのほかは何もないし、いっ

私は急に小説に書こうとしている、というふうにいわれたことにこだわった。

「小説に書こうとぼくはいついったのだろう。そのことをぼくは篠田数馬にいつかいったのだろうか。どうして数馬が知っているのだろう。たとえぼくがいったにしたって忘れてしまっているし、まったく記憶もない。ひょっとしたらぼくが前に書いた『夜と昼の鎖』という小説のことをいったのではないですかね。しかしあれは水郷のことで、岐阜の輪中のことではない。あそこは水路をこわして路にしていますがね。しかし、数馬のいっているのは何かの間違いではないのかな」

「いや、数馬さんは小説に書くつもりだとおっしゃったのですよ」

「しかし、ぼく自身のことでしょう」

そこにいない数馬のことを、このようにひねくりまわすように話題にしていること、そ

のことに、私は久しぶりに餌を見つけた思いだったのかもしれない。たぶん、まわり道をして数馬の声がきこえてきたことにある感慨をもち、そのついでに何かしらエトバスを加えたがっていたのであろう。

伊勢湾台風のときに長良川は氾濫した。そのときには岐阜市も水につかった。篠田数馬の家は母堂が医者をしておられた。彼は父を比較的早く失なっていたと思う。戦後すぐ長良川畔のある家の一室を借りて仕事場に通っていた時分、高校生の数馬が訪ねてきて藤村の論文を書いているといった。これがコンサイス英和辞典を暗記したところから食ってしまったという秀才かと思った。

コンサイスを食うというのは語学の出来る生徒の逸話の型であるのだから、ほんとうに食ったかどうかは分らない。彼を見るとほんとうに食ったのではないか、と思えた。すくなくともみんなの眼の前で何頁かは食ってみせたうえで暗記したところを空でいったのであろうと思えた。一つにはその身体の大きさのせいであった。よけいなことだが、文壇というか学界というか、そういう世界へ入る前から彼は世界中のあらゆる本を食ってしまっているように思われた。彼に何かためしにきいてみるがよい。その何倍にもなってその整理された知識がはね返ってくる。イギリスのことをきくとする。すると考えてもいなかったロシヤやブラジルのことまできかされる。そして絶望的になる。私なども輪中気質という岐阜人の特徴とはどうしても別に彼のような人物のいることをいつもつけ加えて考えていなければならないと思うようになった。

彼は私の中学の柔道の選手で大将か副将をつとめていたときいていた。私より十いくつ年下の少年について様々の逸話が伝わっていたというのは、彼はよほどの有名人であったことになる。その頃既に父親はなかったものと記憶する。

その数馬の家は、岐阜市の北部にあって長良橋から南の方へ下ってきて通りからまた少し入ったところにあった。公園の近くにあった。私は一度だけ格子戸のついた、戸はともかくとして正面が格子で隠れた家を訪ね、二階の彼の部屋にまであがったおぼえがある。私は彼の中学の先輩として白い上っぱりをつけた母堂にお会いした。

その彼の家が伊勢湾台風のときに水につかった。もともと堤防が切れることは度々あったのであろう。大堤防の北にも南にも小堤防がある。灌漑用の水は大堤防から小堤防をと二つの水門をぬけて市内を流れ、私が育った南部の方の駅ぎわの方へ流れ東海道線や高山線の下を通って濃尾平野へと下って行くのである。市内を通るときある場所では山ぎわをひそかに流れる。昔から私はその山ぎわをどんなに恋しがったであろう。今でもほんとに何故かしら恋しい。いつか賢作にそのことをいったとき、そばにいた妻がとても変な顔をした。

「すこしも変ではない。東京育ちのものが大川をなつかしんだり、神田川をなつかしんだりするのと同じことだ。いや山ぎわというのはちがう。川ならわれわれにも長良川があり、木曾川があり揖斐川がある。ぼくのいうのは、その程度のことじゃあない」

「そこで遊んだの?」

「もちろん遊びもした」

と、私こと小説家の古田はこたえた。するとそこにいあわせた賢作が助太刀をしてくれた。

「山ぎわに霊が住むとよくいいますね」

私は胸があつくなった。東京うまれの彼女は私ども二人をうさんくさい眼で眺め、それっきり黙ってしまった。こんなことを妻の前でいうべきではない。賢作と語りあったことさえ後悔する。たとえば賢作に教えられたにせよ、そうなのだ。霊などということさえいいたくない。要するに何もいいたくない。ふれたくもない。つまりもっともっと言葉ではいいたくない何ものかなのだ。私一人のものなのだ。

それはそれとして篠田数馬は、いってみればそういった山ぎわとはいかぬまでも、それに近いところのひっそりとした家に育ったのだ。そこへ水が押しよせた。それというのも、長良橋を架けかえたさいに橋の位置というか何かそれに類したことで以前とはやり方が変ったからだそうである。それというのが、そのときの知事か議長か、それに類した人が強引におしきったせいであり、このことを中心にして二派が争ったとかきいている。というより私がそのことをかすかながらおぼえているのは、ほかでもない篠田数馬からきいたからであった。どこでいつ私はきいたのであろう。私と彼との二人が何かの都合でより添うようにしてどこかのカクテル・パーティか、あるいは郷里出身の誰かの出版記念会かの席で、グラス片手にして立っているとき、だまされたようにして暖かい気分になり、話しをかわしたのであろう。そのとき彼は女親一人だから女房との間がむつかしくて、とか何とか、それに類したことを洩らしたような気もする。

いつだったか彼は私に話したことがある。私が小泉八雲のことを調べるために、というより調べる顔をしてといった方がいいが、松江へ出かけるかもしれない、といったことがある。私は東京で電話をかけたような気もする。それとも電話をうけたのだろうか。いずれにしても郷里と直接かんけいのないときには二人は電話をかけあうことは一度もない。普通は私たちは遠巻きにして、軽くあいさつをするというつきあいで、下手に私が歩みよれば、彼はその前にすうっと移動をはじめるのである。あんなやつにより添われたらえらいことになる。それとも岐阜はおれ一人で沢山だ、と思っているのかもしれない。

とにかく互いに電話口に立っていたことだけはたしかだ。そのとき松江へ行くならば自分の高等学校（旧制）の友人が有名な宿をやっているからそこへ行くように、そうしたら何かと便利であろうと教えてくれた。それだけでなくて、あそこの土地は大きな声ではいえないが、特別な顔立ちをしている。それはあそこはどこどこに近いでしょう。というようなことをもっとあいまいにいったのであった。どこどこ、というのは、けっきょくは朝鮮とか韓国とかいうことであろう、私はもちろん察した。しかし、土地の人が眼の前にいるわけでもないし、第一、土地の人にせよ、今さらこの近い外国のことを口にして腹を立てるのだろうか。千数百年も前の移住者のことであるうえに、数馬も私、古田もみんな大なり小なり、その系統の流れである。数馬はそんなことをいっているのではない。すくなくとも彼が少年の頃あの地方にいた頃は何といってもタブーであったのだ。そして今だっていわぬ方がよいのであろう。私はその宿の名も失念したのは、何よりも彼の声をきいているのがうれしくて宿の名のことなどどうでもよかったのである。私は松江で彼のいったように土地の人々の顔つきに目立った特徴があるのを知った。

要するに彼の岐阜の家は水びたしになった。そのことを数馬が私に語ったことを私がおぼえていたのか、私の「夜と昼の鎖」を読んでそこに長良橋架けかえの事件に似たことが書いてあるので、それを読んでいて私に岐阜の洪水のことを語ったのか、どちらであったかはもう分らない。最近数馬は私のこの作品を読みなおして、やはり面白くなかった、と書いていた。前にそう思ったと自分がいったのを私が、数馬がそういったとどこかに書いたのをおぼえていて、また彼があらためてそう書いたのであった。

私は何を書いているのだろう。つまり、篠田数馬が、有名な東京の新聞社の私も知っている係りの人に、安八郡の洪水のことにかんして、あの男は小説に書こうと思っているといったというのは、以上のことと何か関係があるにちがいないのである。

私はそんなことはいったことがないし、書くにふさわしくないといった。が、考えてみる、ぐらいのことはいったような気がする。どうしてその場で断わらなかったのであろう。数日たってまた電話がかかった。

「篠田数馬さんはやはり、古田さんは小説に書こうと思っているのだ、といって見えました。自分はうそはつかない。例によってはぐらかしていらっしゃるのですよ」

きっと小説家、古田はそういったのであろう。それより何より古田は数馬とのどこかのパーティか何かで和やかな、永遠の仲間ともいうべき親しさそのものまでいつわりだというのか、といっているような気がするのだ。

古田は先輩として時々、篠田数馬さえ激励してやりたいと思うのだ。いや、この世に生きる人間としてだ。数馬でなくともよい、誰でもいいのだ。私は激励したい。きっと心の中で激励されたいとでも思っているせいであろうか。何のことを、どんなふうに？　そんなことはどうでもいい。

とにかくそういうわけで小説家の古田は、詩人の古田といっしょに丘をのぼりはじめた。

「これはちょっとしたモンマルトルの丘といったところだね」

と、いいながら。

「いいや」

と詩人の古田はてれた。

「こんなに坂の両側に忽然と赤ちょうちんが並び出したのですよ」

かんじんのそれからの話は書くことが出来なかった。機会があったら、いずれまた。

（『文藝』）

ルーツ　前書㈢

昭和五十三年三月一日

読者は読まれたかどうか知らないが、新年号の『文藝』という雑誌に「モンマルトルの丘」という題の文章を書いた。幸か不幸か「モンマルトルの丘」に登りかかったところで締切が来て、ひとまずやめざるを得なかった。あれは実は幸福の部類に入ることだ。おかげで作者はあれ以来、「モンマルトルの丘」のことをたのしみながら思いうかべ、登場してくる古田と語り、そうしてあそこへあらわれてきた篠田数馬とともにより愛しているからだ。

私が貴重な紙面をつかってよその雑誌のことから書き出したのは、実は、あの「モンマルトルの丘」という作も、「ルーツ 前書」の一つに組み入れられる性質のものだということを知っておいてもらいたいからだ。したがって『文体』の読者で「モンマルトルの丘」未読の人は、図書館へ出かけて行ってのぞいて見るといいし、よけいなことだが、『文藝』の読者で失望した人もその反対の人も、『文体』を読むべきである。失望は失望のままですておくべきものではない。希望へとつながらねばならない。片時も希望なしには生きていけないとするならば、失望のきっかけをあたえてくれたものをどうして大事にしないでいられよう。

私は「モンマルトルの丘」を書いてから、不意に登場してきた数馬を、どんなに愛しはじめたことだろう。古田のように一応登場予定の人物ではなかっただけに、そうなのだ。私はあの作品の中で篠田数馬を愛しているというようなことを書いていたと記憶する。ところがあれから私は後悔した。どうして、「私は篠田数馬を地球をなでるように愛している」といったふうの表現にしなかったのか、と新しい後悔におそわれた。そう後悔しただけでも私は数馬にこだわり、私は郷里の岐阜に思いをはせた。

古田も数馬も岐阜の出身であり、とりわけ古田は私の父母の在所のあったはずの各務原《かかみがはら》の出であり、雑誌『潮』で私の評伝のさしえを七、八年間かきつづけている平山草太郎の在所でもあり、それから文壇でも学界でも何十年の間、意味ある仕事をしてきた数人のうちの一人としてその名をいえば、誰でもうなずくような野村進氏の在所のある（あるいは在所の一部と考えさせていただきたい）ところでもある。（ひょっとしたら数馬も出はあそこかもしれない）

私は各務原へは少年の頃演習に行ったり、戦後はさつまいもの買出しに行ったり、つい三年以上前に『潮』のグラビヤに出るために平山草太郎らと、関心をもった顔をして市役所の係りの人の案内でのぞきに行ったにすぎない、がそのとき何を見ても退屈で、芝居をしている気がするばかりで、事実私は村国座という明治初年に建てられた田舎芝居の小屋の廻り舞台の上にものぼってみたけれども、ひょっとしたら私の父親がここの芝居小屋へ弁当をもって誰かといっしょに見にきたのではないか、芝居の一つもやったのではないかと空想するのがやっとであった。前にも書いたが私のこの態度は、私自身だけでなく、ずっと私が触れつづけてきた重要人物である篠田賢作を残念がらせた。たいていのことはそうであるが、他人が残念がるときには本人の方が先にじゅうぶんに残念がっているのである。それだから人間の間柄はややこしくなる。私と郷里との関係も郷里の人々との関係もそういう仲なのだ。

ところが、私は最近各務原を訪れたときに市役所の係りの人からもらった（その係りの人は、たぶん古田の次兄にあたる人ではなかったかと思う）『各務原市史』というものを読み、それから眠らせておいた『岐阜県史』（いま古本屋で買うと三十万円もする）をひろげてみたり、それからいつだったか篠田賢作が岐阜の近鉄百貨店（もと丸物）の古書店で四千五百円で買っておいてくれた『嗚呼誠忠、土岐頼兼公』（笹原佗介著）や、これも賢作の紹介で自然に会員ということになってきた岐阜県郷土資料研究会の会報である、『郷土研究・岐阜』というパンフレットを読みはじめたりするにしたがって、各務原とか各務野とかいうところは、ただ私の父母の在所であり、私がその名をあげた知人の出身地であり、むかし陸軍の飛行場があり、戦後は米軍の基地があり、いま自衛隊がおり、というだけのところではないということが分ってきた。岐阜市の柳ヶ瀬（近江の柳ヶ瀬ではなくて、「柳ヶ瀬ブルース」の柳ヶ瀬である）から各務原へ行くとすれば、その途中に賢作の家のある街道がある。そこは長森北一色という。この長森はもと巨人の捕手であった森昌彦選手の出身地である。

私がこのように書くと、東京在住の数馬や画家の平山草太郎や野村先輩などは、知って知らぬ顔をしていた人たちに違いないから、ある笑いをうかべるだろう。すべてそのようにこの男は小説家なのに物知らずである。小説家というものは、何よりも先ず物を知っていなければならぬ、男なら女を何人も知っていなくてはならない。そういうことをすれば、われわれはいい気持もしないし、白い眼で見るだろう。だが軽蔑することはない。なぜかというと、よいことばかりないから苦しむことだってあろう。苦しむことがないようなら読んでやるに価するほどの面白い小説も書けないだろう。それより何より、とにかく知っているべきだ。今からでもおそくない、さっそく知るようにつとめた方がいい。それに岐阜出身のものならともかくよそのものに気軽にいいふらしたりせぬ方がいい。われわれならきついことをいうようだが一生のうちにはどこかで帳尻を合わせる。あんまり急いで死ななければばだ。もちろんそのためには自分で身体のことは気をつけるさ。

もちろん私は小説家であることには違いないので、その前後に彼らが何をいい、その音質は音楽でいうとどのようになり、それからその表情はどのように、ダーウィンの『動物及び人間の表情について』の中の何頁に記されていることに合致するようであり、それから、骨格はどうであり、両脚の長さはほんとに同じであるかどうかとか、第何脊椎に彎曲があり、何よりそれは腰からきており、それが突起と彎曲とを身体の中程でもたらし、その影響ははるか上の方の頸骨に決定的にあらわれ、それは座席にすわるときにかならず居心地わるく感じさせ、文句は椅子に向って放っているのであろうとか、そのほか、その日に彼らの身に何かあったらしいとか、これから何が起るとか、来年あたりはどうなるであろうとか、あと何十年ぐらい生きるだろうとか、性生活の模様とか、タンパク質の摂取量とか、血圧のぐあいとか、私が死んだとき私のことを何というだろうとか、そもそも各務原にきてからどのくらいになるであろうとか、その先祖と水害との関係など、要するに、どれだけそしらぬ顔をしていようとも、岐阜の人間であるという証拠は、そのとくに顔の鼻のあたり、口もとにいちじるしい。それに、どれだけまったく無関係だという顔をしたとしても、どう見たってわが郷里のナマリがまるまるあらわれている。

ここでどうしても一度断わっておこうと思う。私が篠田賢作を、まるで岐阜の代表であるように扱っているということについてだ。岐阜市にだって四十万かそこらの人口がいる。西濃にだってその二倍くらいの人口はある。岐阜県ぜんたいとしたらどのくらいいるだろう。「モンマルトルの丘」で私が書いたように数馬は、私は東濃と西濃とをいっしょにしているといったらしいといったが（私は直接きいたのではないから、らしいというのだ）私は「永遠の弟子」という草平の評伝を誌伝の手はじめとして書いたあと、草平の出生地である岐阜鷺山の「草平文学館」のとなりの安藤芳流氏（草平の若い隣人で、画家である）宅の二階で、桜の咲く岐阜祭のころ草平の息子さん夫婦をよんで会が催されたさい、私も出席した。そのとき同じようなことをいってたしなめてくれた人が何人もいた。いったのは一人だったかもしれないが、そういう顔がいくつもあった。まぎれもなく正しい意見である。きっと、そのうち私が岐阜あたりには、信長と秀吉と光秀の三様の顔しかないと思いこんでいるといって非難するにちがいない。それに何といっても、私は八割がたそう信じているらしい。私が今にそういいはじめ、何か重要なことをいうための根拠にする気配さえも、私自身にかんじる。それに一番制禦しがたいものは自分自身の感情である。

　篠田賢作は岐阜では知名の人ではあるが、別に代表であるというわけではない。私が勝手に代表にしているだけのことだ。それもその業績や人柄が代表だといっているわけではない。とくに岐阜的だといっているわけではない。いつのまにか深いつながりが賢作との間で出来てしまったのだ。女といっしょになっているみたいなことだ。そして、ちょうど女は沢山いるのに、女といえば自分の妻をもとに想像をめぐらしたり、あるいは今の妻に得られないものをほかの女に求めるのと同じようなもので、けっきょくは妻一人を女と思っているのと同工異曲だ。それに孫悟空が何をしてもお釈迦さまの掌の上であばれているようなものだというたとえを夫と妻との関係にあてはめた一人として知られているのは、野村進氏である。私がいくら岐阜で活躍しても賢作からはなれるわけには行かないというわけではないが、それでも、やはりある意味では、私が岐阜へ行ったとき、まっさきに駅から賢作に電話をかけ、予定をみんな彼に知らせておくか、すぐに彼のところへ駈けつけるというのは、似たようなことかもしれぬ。私が望んだか彼が望んだかと問うこと自体が現実的でない。野暮な話だ。私が一方の方から語るからといって、一つに切れるものではない。

私がもしあなたがた岐阜のほかの人と賢作との間のようにつきあっていたとしたら、私はあなたを代表として、まるであなた一人が岐阜であるようにとり扱い、迷惑さえもかけるだろうと思う。けっきょく人間はこうして生きているのだ。

いつだったか、私がある女性編集者に東京で賢作が常宿としているあるホテル（このことについては誤解を招くといけないから、幅と人間的度量とをもって読みすごしておいてもらいたい）で紹介したときに、私はつい気を許して、

「この人は僕に似ているでしょう。お互いに岐阜の人間です」

といった。すると彼女は首をかしげた。賢作を見ながら、

「というより瀧井（孝作）さんに似ていますわ」

とつけ加えた。としたところで少々枠がひろがっただけのことではないか。

私も彼はなかなかいい顔（どんな？）をしていると思っていたが、私が思っていた以上であるかもしれない。その後、私は彼を先ず見るときに、岐阜的であるというよりも、やはりいい顔といわれる顔をしているかどうかをしらべている自分を見出すのである。だから岐阜のみなさんは、そして東京や日本中の私のことに多少関心を抱いている人々よ、私が彼を何かしら重要人物として名をあげるのは、私が彼を特別に岐阜の代表的人物とみなされるにふさわしいと考えているからではないことが、分ってもらえると思う。いい顔をしているから私が好んでいるというわけでは勿論ない。次第にそういうことは分ってもらえるように書き進めることになると思う。じっさいには岐阜では代表的人物であるかもしれぬし、本人もそう思っているかもしれない。たとえそうであっても、たまたまそうであるだけのことで、私には何の関係もないことだ。それより彼が柳ヶ瀬から各務原へ行き、まっすぐ行けば琴塚や関市を通って美濃市へと行く途中の街道沿いに彼の家があり、そこに彼の書斎があり、そこで私が泊り、街道の前には山があり、その山はずっと岐阜に山ぎわという場所をつくっていることの方が何ものなのかもしれない。

私は何を書いてきて貴重な紙面をついやしたのだろう。何だか二番煎じの気がする。すこしも展開がないし、すべて言い訳ではないか。それに、どうして自分自身が以前に書いたことをなぞり、こだわるのだ？　何だか「文体」くさいし、それに方法くさいではないか。私はつい先だってまでは、さまざまな理由で、賢作を苦しめているような気がしていたが、私はいま彼以外の人々を苦しめているのではないかという思いにさいなまれる。

私は今は山にいない。東京にいる。私は賢作をめぐってつい最近に郷里で起った事件を語るつもりでいるのだ。たぶん私はそのためにこんなまわりくどいことをいいつづけ、自分をごまかしているのだ。事件というものは、誰かが事件にめぐりあうのではなくして、その人が事件を起すものだ。どんな事件も本人が呼びおこし、招きよせるのだ。私がこのことを思い思いしつづけていたことは読者は御存知のはずだ。いやあれは例によって、数馬が「モンマルトルの丘」の中でいったことになっているように、大ゲサな表現上のウソであろう。まあ、ウソをついているということにしておこう、われわれ岐阜の人間はウソもつく方でないとはいえない。私の父親など、どういうわけか、「ウソつき捨さ」というあだ名で呼ばれていた。私はこのあだ名を何十年も忘れていて、いま不意に思い出してびっくりした。何にたいしてこんな不名誉な名をもらっていたのだろう。家賃を一年間ためていたことだろうか。大家は私の家のあった幸《こう》の町のもう一つ裏通りの安良田町何丁目かの畳屋で、けっきょくその家賃は払わずじまいでいいことになる現場を私はたしかに記憶している。私は父のことはほとんどおぼえないし、口をきいたことは、一度か二度しかないと思いこんでいたけれども、この分では、それは大へんな思い違いであるようだ。私と父は何もいいかわしたことがないが、すくなくとも、父は私相手ではないとしても始終しゃがれ声でしゃべりつづけ、笑っていた。あの笑い顔が私の笑い顔であることは、前から気がついていた。しかし、一種の徳政を要求していた父親のそばにいてじっと大家との話をきいていた幼児の私が、思い出したようにおしゃべりになるくせをそのときも発揮して何かいったかもしれない。こんなに明瞭に眼の前に思いうかぶところを見ると、あり得ないことではない。あのときはもう幼児という年頃ではなくて私は母親の膝に甘ったれて乗っていたのかもしれない。好きで甘ったれていたわけでなくて手放してくれなかった。数え年五つになってもおふくろは自分の乳をしゃぶらせていた。もう子供をうむのをやめようと思った。それまで確実に三つおきに子供がうまれていた。もういいかげんに、よそう。そのためにはなるべく長く乳をしゃぶらせておこう。

自分の子供が父親のことをおかしなあだ名で呼ばれているのを、それほどふしぎに思わずにいたというのはあまりきいたことがない。これはおそらく愛称であったのだと思う。そうしてみると、ウソも半分はサーヴィス、半分は実利のためであったとしか思えない。私自身がそんなかんじで「ウソつき捨さ」を眺めていた。息子が小説家というものになって、父親のあだ名のことを書いたり、ためた家賃を一年分ゼロにしてもらったときのことなど書きはじめる（とするとこれから虚実とりまぜて何を書きだすかもしれない）とは思ってもいなかった。もともとそんなことはどうでもいいことだ。そのうち篠田賢作が私も知らぬことを探しだして、何か私に新事実を見せるかもしれない。その資料というもののハイライトは、さだめし「ウソつき捨さ」のウソつきの具体例というものであろう。

話は途中からそれた。というよりそれるために書いているようなものだ。私は各務原の何たるかをはじめて知ったといった。それは多少は知っていた。和銅年間あたりだったかに、たしか鵜沼から鮎ずしを朝廷に献上していたと読んだことがある。鵜沼は木曾川をへだてて犬山のこちら側である。ここも各務原の一部みたいなものである。私はこの程度しか知らない自分にあきたらぬ気持でいたが、私も同郷の多くの人なみにどういうものか、いつもいうように、背中を向けていた。故郷というものは遠くにあって思うものという室生犀星の場合にもあれは果して彼特有の感慨か一般的な感慨かわからぬところがあるが、やはり誰もそう思える真実味がある。しかし私の中にある郷土に対する妙な居心地のわるい気持は、何であろう。とにかくそちらの方をあまり向いていなかった私は、各務原は自分の先祖のいたところだからといって、そう馬鹿にしたものではないと思えはじめてきた。

みなさんは美濃なんてものはどうでもいいところだと考えていられるだろう。まあ、それはそれでいい。私だって半分はそう思っていたからだ。それに何だってどうだっていいのだ。どうあがいたり、賞めたとてけなしたとて、美濃というこの歴史と土地とに何の変りがあろう。「ルーツ　前書㈠」で賢作が「お前たちにここをかすられてたまるか」と思ったと私は書いた。もちろん賢作は口に出して一言もそういったわけではない。彼の顔に書いてあるような気がした、そこを郷里とする小説家である私が、あたかも彼がそうなげき叫んでいるかのように感じたと書いたのであった。あの顔つきの意味は誤解かもしれないが、今にして思えば、たとえば、私に対して、「どうしてもっと勉強してこないか」という一般的な不満であったことはたしかだ。大名旅行のように実質のない、かするだけの、グラビヤにするための写真が目的だって、この小説家と画家の平山草太郎は、もっと各務原周辺にしたって心をこめて、しかるべき由緒のあるところを背景にするか、その中を散歩しているところをうつすべきではないか。先輩であり愛する私に対して、もうはじまってしまっている状況の中ではいうにいえず、けっきょくは篠田賢作個人は無視されてしまったことになった。どうして平山草太郎氏なども、ちゃんとした一族の墓が今もありながら、

「案内してもいいけど、ただの墓やでな。平山の一族の墓とはいうことやが、それだけのことやでな」

　というようなシャイな態度をとったのであろう。あのとき小説家の古田信次（だいたいは、こう書きつづけているところの私のことであるが、もちろん肝腎のところで違うことがあるのは御承知の通りである）はどうして気乗りのしない表情を示していたのだろう。昔何があろうと、ここがどこであろうと、ただ地面があるだけのことで、空には昔からの空があるだけのことだというような無責任な態度を示すのみであったのであろう。

　しかし賢作や、人間の頭というものは、そこに何があろうとほんの僅かな窓しかあいて

はいないのだ。小説家古田の目はさだめしうつろなものであったにちがいない。それに彼も平山も東京を発つとき風邪をひいていた。そして風邪をひきやすいということは、外のせいというよりも、本人たちの身体条件のせいだ。新幹線のプラットフォームで長々とした風邪談義から彼ら一行の旅行ははじまり、おまけに岐阜を駈足でまわったあと、福井県の三国へ行く予定になっていた。岐阜は何といっても地元だから、少々ネグってもいいくらいのところもなきにしもあらずだった。平山草太郎はその数年前に脳血栓で一度たおれた。奇跡的にたちなおり一人歩きが不安であり、歩くのもたどたどしくて、それに百メートル先を見ながら、あそこまで辿りつけるかどうか、それは非常に苦労がいるのではないか、苦労の最中にまたたおれるのではないか。そのことを判断するのは、彼の夫人ではなくて、けっきょくは彼自身である。何故なら彼女は健康すぎる。たおれた本人ではない。励まし方も気楽すぎる。平山もそう思っているのではなかろうか。第一、励ましはじめたら良心的に持続的にやったらいいのに思い出したように、「お父さん、おそがってばっかりではあかんわね」という岐阜弁をつかっているけれども、そのあともうあきらめたような忘れたような様子でいる。だからこちらもよけい不安になる。あいつだってただいってみてるだけで、暇さえあれば景色を見たりほかの人間の顔を見たりしている。手だけは私を支えているようだが、邪魔になるくらいだ。いくら姿勢がいいからといって、つっかい棒のようにしておればいいというわけのものではあるまい。第一戦争中疎開して何年間

か美濃町でくらしただけなのにどうして岐阜弁をつかうのかね。(もっとも平山草太郎夫妻は月の半分は岐阜でくらしている)

すぐ目と鼻のところにある琴塚も、遠くから平山は情けなさそうに眺めて、

「あそこは琴塚といって何やらいわれのあるとこやそうやけど、わしゃ知らんよ」

といっただけであった。上古の頃皇女が葬られた墳墓があるところである。

平山家は代々旗本だった。各務原いったいで近古あたりから三つの家が有名であり、その一つが平山家なのであった。私は旗本がそんなところに住んでいるとは思ってもいなかったし、たとえ耳にきこえていても頭の方が動かなかった。窓のシャッターは閉じたままだった。そのとき平山氏自身がいったにしても、最初から説得したり、誇ったりしてみせるためではなくて、何とかそういう話からは脱出しようという心構えがあるが、そうかといって全然ふれないでは誰か、何かに対して申しわけがたたぬし、したがって口に出していってみるだけだが、出来ればきかないでもらいたい、というつもりとしか思えなかった。それに「久々利宮趾《くくりのみや》」といわれるところへもちょっとぐらい立ち寄るべきである。明治村もいいけれど、あれは最近出来た文化公園みたいなものだし、それに明治のものじゃないか。それに木曾川をこえた対岸にある。いってみれば尾張であり、愛知県だ。けっきょくは腹をへらし食物店へよって何かを食うのが目的みたいなものだ。

この宮趾は問題のところなのだ。岐阜在住のものとしては中学生だって関心をいだくと

ころである。それなのに、賢作はその史蹟のことを口にする前に情熱を失ってしまった。めんどうになってしまった。どうして何日も前に賢作と綿密な打合わせをしないのか。賢作自身とではないにせよ、しかるべき人とでもいい。知識をもてあましているし、説明も上手な人がいる。しかもその人の家柄もよく、その家そのものが、わが郷里の歴史みたいなものである。たとえばそういう人の一人は岐阜市の図書館の館長をしている。賢作たちがときどき詩や創作の作り方や中央文壇の話題作の批評をしたりしている読書クラブの主婦たちが小型バスを借切って勉強に出かけるが、そのリーダーをしているのが、館長なのである。その図書館へ、古田信次の作品も西垣書店を通じてまとめて入るようにしたのは賢作である。

何も自分が出しゃばるのではない。せっかくやるのならちゃんとやったらいい。ぼくは几帳面すぎるかもしれない。しかし互いに世話になりあっている間柄の先輩とはいえ、あんまりやりっぱなしすぎやしないか。「久々利宮趾」について話しだしたら、それは二つの説があるために、どっちへ連れて行ったらいいかとなると、急いで結論を要求するにちがいない。

「篠田賢作さん、それではどっちへ行ったら、くくりの宮へ行ったことになるのですか。時間のこともあるので、早く決めて下さいませんかね」

と古田信次が「私の評伝」を書きつづけ、平山草太郎がそのさしえをかきつづけている雑誌『潮』の編集者がきくだろう。彼は今夜の設営のことを念頭におき、それにこの御両所とその夫人たちの体力を使い果してしまわないことを願っている。長良川畔の宿へついてから、その流れを眺めながら酒をくみかわす余力をのこさせておかなくてはならぬからである。それに編集者自身がその「酒をくみかわす」ことが好きであった。寒い季節にゆっくり酒をのみながら、こうして旅のかんじを味わっていると、彼は故郷の旭川に近づいた気がするらしかった。ほんとうは遠ざかるのかもしれなかった。岐阜は夏は暑く冬は寒い。長良川畔の宿の夏の暑さはむし風呂に入ったようだ。川の風が吹いてくると思ったら大間違いだ。もともと冬は底冷えがするが、川畔が寒いのは当り前だ。しかしこの寒さなど笑いごとだ、という代りに、じっさいに笑ってみせる。その方がはるかに効果的だし、無口の方だ。彼は左ききだが右もつかえる。食事のとき、右と左とを両方出したりつかったりするのでどんなにおどろかされるだろう。そういうときたいてい彼は故郷の旭川のことを考えている。

小説家は八雲の取材のことで、松江へいっしょに出かけたとき、出雲では二人で適当な食物店をさがすのにせまいところを一時間半歩きまわった。前日松江で食べた蟹が冷凍だったのと、酔いぐあいとくらべて、のんだ証拠として並んだ銚子の数が多すぎたからだった。彼は「ちょっと待って下さい」というと店へのぞきに入った。そして首をふると小説家の前にたって歩いた。そのときの情熱の示し方はどんなに生甲斐をかんじさせただろう。とうとう探しあてた結果になった。ほとんど偶然のようにして入った小料理店で、冷凍でない蟹にありついた。一日違いで、明日からは冷凍になるということであった。どんなにうれしそうな顔をしただろう、彼は。それから小説家のために左手で蟹の身を丹念にとり出してくれ、そのあと自分の分にとりかかった。もちろんその間に、小説家のために酒をつぐのであった。今日は昼間はまがりなりにもすることはした。そうして日が暮れつつある。この喜びを身体で彼はあらわすといったぐあいなのである。

宿はいきなものだった。平山草太郎が時々個室をかり、中川一政などの書展があったり、各務原出身の何とかいう人のガラス絵展をやったり、ギャラリーもあり茶器など売っているが、だいたいは華道の家元である中嶋祥雲堂主人の、おじさんに当る人がやらせているというものだった。宿のおかみさんはたぶん芸妓あがりだろう。さだめし名妓というべき人であったのであろう。彼女を私のうろ覚えの岐阜ことばでいうと、「ダイツウ」（大通）という形容詞がつくのであろうか。このようないきさつは一度に分るものではない。第一中嶋祥雲堂が華道の家元であるというような初歩的というか基本的というか、そういったことでさえ、小説家が知ったのはつい最近のことであった。それまで彼は祥雲堂がどうやって立派に生計をたてているのか、心配していたのであった。教えてくれたのは賢作だが、あなたはそれを知らずに中嶋祥雲堂のところへ立ちよったり、彼を理解していると思っているのか、というういい方をした。宿は平山草太郎が編集者に、祥雲堂の「八ちゃん」がよい宿を知っているから、彼にまかせることにしてはどうか、といったにちがいない。

ほれぼれする岐阜弁というものをつかう人は岐阜に沢山いるであろう。ところが芸術的なかんじで土地の言葉をつかいこなすのは、限られた立場にある人ではあるまいか。芸妓や水商売の中でもたぶん頭のいい人は社交上の効果をねらい、時に品よく、時に品悪くといったぐあいにおのずと流動的に秘術をつくすのである。平山も古田も岐阜出身であり、そこへ東京ものや、東京に住んでいる別の地方からの出身者たちが部屋にたむろしているところへ入ってくるのだから、駈引もある。八十をこえた主人のことについてどんなに気のきいたいい方をしたことだろう。それらは平山草太郎自身の好みであり、中嶋祥雲堂の好みでもある。もちろん賢作自身はわざわざ宿の世話をひきうけるいわれもないし、もし賢作がどこかへ世話するとなると、やっぱり祥雲堂あたりに当ることになるだろう。しかし賢作と関係なくその宿はきまっていた。

旭川出身の編集長が、酔いはじめるにしたがっていいたいことは、旭川の肴のうまさと種類の豊富さと、それから寒さであった。

「ぼつぼつ、あの寒さの話をしたらどうかね」

と古田信次はいった。

そのときおかみがいたかいなかったか、忘れてしまったが、いたとすれば、岐阜ことばでそのかしたにちがいない。とてもいい気分だった。まさに岐阜の真只中にいるのだった。古田の妻のような、まともに岐阜ことばでしゃべるのをきくと五分の一しか分らぬというようなものたちが置いてけぼりを食うことは仕方があるまい。とはいっても「大通な」おかみが途方にくれさせておくはずがない。どの人間もそうなのだが、時と場合、相手によっていくらでも悪くも善くもなれる、利口にも馬鹿にもなれる、というよりも、いつも利口でいるのは、私ですという気配がしのばれた。

そういった時間を岐阜で過しているときに、賢作は自分の家の書斎で酒をのんでいたことは「ルーツ　前書㈠」で書いたとおりであった。古田たちがどんなに甘くなり、岐阜に対して気を許したつもりでも、昼間は表面をかすっただけではないか。そう腹を立てながら、たぶん私が書いたよりずっと内容の多い事情の中に賢作はいたのだ。

編集者は左手で盃を口にはこびながら、話をはじめた。

「家へ帰るとき三百メートルの橋があるのです」

「なにしろ零下三十何度だからね」

と古田はいう。

「橋の上はどうしたって吹雪ますからね」

「そろそろいいところが始まる」

と古田はいった。編集者はかすかに笑っていた。これからいいところが始まる期待の中で微笑をうかべざるを得ない。

「ボロボロ泪がこぼれてくるのです。何ともつらくてつらくて。男は普通のつらさでは泪を出さないものですが、それが自然にそうなってしまうのです。もちろんすぐ凍ってしまいますがね」

「お父さんなんか考えただけでも泪が出てくるんでしょう」

と平山夫人がいった。

「今日の谷汲も横蔵寺も寒《さぶ》かったわい」

と平山草太郎はいった。

「ほんでも、横蔵寺の紅葉はよかったですね」

夫人はビールのグラスを手にもっていた。

「私にもついでちょうだい。忘れてはあかんがね」

と編集者に催促した。

「どんなことがあっても、晩酌にビール一本は欠かさないのですってね」

「どんなことがあっても、小ビン一本は欠かさんのですわ」

「何とでもいってちょう。それで健康でおられるのなら安いもんやわ」

と平山氏がいった。

「うらやましいわ」

と古田夫人はいったあと、

「あんな鮮かな紅葉が、それも川に敷くようになっているのを見たの、はじめてだわ」

といった。

「悪口いうわけやないが、どうも岐阜は寒《さぶ》いばかりで、何や、これから行く三国は去年行ったときはよかった、よかった」

「しかし、お父さん今日はよう歩けて、これで自信がついたでしょう。やれば出来るのに、うちのお父さんは、甘えなさるもんで、いかんですわ」

「いやあ、今日は頑張ったな」

という平山草太郎をテーブルごしに見ていると、小説家は自分の父親か自分自身を見ているような気がした。

「賢作さんにあの身体で歩かれては、いくら病みあがりでも負けられへんでいかんわ。久しぶりに負けん気を出したが、悪うないわ。明治村はどうということはないが、歩く練習が出来たのがもうけものだったがね」

「賢作さんに感謝せなあかんわ、お父さん」

「しかし話は違うが、古田くんどうやね、どうも岐阜の人間には、大悪《おおわる》というものはおらんな」

「それは誰も認めるのじゃないですか」

「お父さんのまわりにおらんだけやないの」

と平山夫人がいった。

「そりゃ厳密にいえば、自分のまわりのことしかほんとうには知らんことは知らんけど。しかし、どうも」

とここのところでゆっくりと力を入れた。もて尻あがりになるのだった。

「そのかわりその反対の大善人もいないことになるのでしょうかね」

「大悪《おおわる》はおらんな」

と古田が変りばえのせぬことをいった。

「みんな小悪《こわる》でね」

という調子だった。

このときひとり自分の部屋でのんでいた賢作が、その日の昼間、「くくりの宮趾」へ連れて行く提案を出すには手おくれであるという小さな苦しみを味わったに違いない。私は手もとにある『郷土研究・岐阜』の第十八号をひろげている。ここに山田朝子というアララギ歌人が「『くくりの宮』西濃説」という一文を寄稿しており、二葉の写真がのっている。

アララギ歌人の土屋文明氏は、可児《かに》郡可児町地内に指定されている「くくりの宮趾」に疑問をいだいた。昭和十八年に現地を訪ねて、どうもここではないらしいと思った。その後土屋氏は「いく度かひそかに来岐して、大垣、垂井、関ヶ原あたりを踏査し、四十一首の歌をよみ、泳宮《くくりのみや》西濃説に自信を深めている」

万葉集巻十三に、次の歌があるので私もうつしてみる。

百岐年《モモキネ》　三野之国之《ミヌノクニノ》　高北之《タカキタノ》　八十一隣之宮尓《ククリノミヤニ》　日向尓《ヒムカシニ》　行靡闕矣《ユクナキセキヲ》　有登聞而《アリトキキテ》　吾通《ワガカヨノ》
道之《ミチノ》　奥十山《オキソヤマ》　三野之山《ミヌノヤマ》　靡得《ナビケト》　人雖跡《ヒトハフメドモ》　如此依等《カクヨレト》　人雖衝《ヒトハツケドモ》　無意山之《ココロナキヤマノ》　奥礒山《オキソヤマ》　三野《ミヌ》
之山《ノヤマ》

（訓読は山田注による）

この歌の読み方はいろいろとあるそうだが、モモキネは美濃の枕詞であるらしく、それがどこから来たかというと、「百小竹之《モモシヌノ》　三野之王《ミヌノオホキミ》」という文句もあるので、音からすると篠のいっぱいに生えた三野（美濃）ということであろうという。「ユクナキセキ」というのは、おそらく不破の関所をさけて近江から美濃へ通う人たちがその間道が本道よりもけわしいので、途中にそびえている「奥十山《オキソヤマ》」や「三野之山《ミヌノヤマ》」を踏んだり衝いたりするのであろう、という。

山田さんは早くから、この枕詞にひかれてこの歌に興味をおぼえてきたのであった。三野とは、と彼女はいう。「三野とは、青野ヶ原、和射見ヶ原（現在関ヶ原）、各務ヶ原だというから、大和から伊勢又は近江をへだてて考える美濃は、まず西濃だろう」

山田さんはこの文章をつづけてこういっている。すこし長くなるが容赦ねがうことにしよう。

「要するにこの一首は、過所（関所手形）を持たないで近江から美濃へ通う人々（関所の向うの和射見ヶ原あたりに恋しい少女を持った場合もあるだろう）が、間道がけわしいのを（ここのところ、くりかえす）なげいて、山になびけ、寄れと呼びかける心持の民謡化されたものだろうという私注の解釈は決して不自然ではない」

といい、さらに、私どもには分りにくい地名のオキソヤマについてはこういうのである。

「奥十山《オキソヤマ》にしても、近江に息長《オキナガ》、老蘇《オイソ》の地名があり、山上憶良の歌に、ワガナゲク　オキソノカゼの句があって、これは息吹の風と解されるから、オキソヤマはあるいはイブキヤマとも考えられよう。美濃の中山は南宮山だといわれているが、近江境から南宮山にいたる関ヶ原西南の連山が当てられようし、古くタケと呼ばれた南宮山の北方に泳宮の故地を考えれば、土屋氏の通りほんとうに高北（岳北）のククリノミヤではあるまいか。」

山田さんの文章のこれにつづく部分は探査の記録にあてられている。しかるべき湧水の池は見つからなかったけれども、土屋説を自分は信じたいと思う気持にはかわりはないと結んでいるのである。

美濃は三野であり、三野とは、青野ヶ原と関ヶ原と各務ヶ原と三つの原であるらしいということを私が知ったのは、この文章を読んでのことであるが、おそらく篠田賢作らはもちろん、中嶋祥雲堂も、それから図書館長も、その他数えきれぬ岐阜在住の人々がちゃんと知っていたにちがいないのである。「くくりの宮」が可児市か西濃かというようなことも、土屋氏のようなよその生まれの人が、戦争中から何度もやってきてはしらべており、ずっと問題になりつづけ、今なお問題はつづいているというのに、古田先輩は何とノンキなことであろう。篠田はそういうだろう。そしていたずらにかすっただけで、たぶん毒にも薬にもならぬ岐阜ことばとか、岐阜の人情とか、別に岐阜だけではないことを、まるで岐阜だけのことのようにくりかえしている。そしてそれに調子を合わせて芸妓あがりのおかみの風情を吹聴している。きっと「大通」などということばの紹介さえしているにちがいあるまい。夏はあつい、といっているにちがいあるまい。名古屋はもっと暑いのだ。冬は寒《さぶ》いとか、ただ寒《さぶ》いだけのところだとか気軽にいったりしているであろう。横蔵寺の紅葉はもっと美しいときがある。あんな程度のものじゃあない。あの奥にハイキングコースがありそこへ行くと揖斐川のもう一つの流れへ出る峠ごえとなる。あそこは岐阜市の人間で歩き初めをしたのが、ほかでもないこの自分であった。ぼくの隻脚が歩いたのだ。芸妓といえば、ぼくは岐阜芸妓一覧表という本が近鉄百貨店の古書展に出るという話をきいている。それがどういうときに役立つかは、神ならぬ身の平山や中嶋祥雲堂や古田などが知るわけはない。ところが、古田先輩にだってこれはたいへんに関係があるのだ。はたして東京の連中は、近代文学館や国会図書館をほんとうに利用しているのだろうか。ぼくはリストと実物との間違いをいくつも発見した。美濃が三野《みの》のことだということさえ古田も平山も知らないにきまっている。今に急に知ったことを吹聴するのがおちだ。そして今まで知らなかったことを、何かのせいにしたり、人間の頭というものの窓は意外に小さいものだ、と一般論にすりかえるのではないか。

三野は御野に変るということも知るまい。あれは大宝令による庶務執行の指令とともに変るのだ。正倉院文書に「御野国蜂間郡春部戸籍（大宝二年十一月）」にあるのを知るまい。また「御野国本簣郡栗栖太里戸籍（大宝二年十一月）」とあるのを知るまい。「御野国肩県郡肩〻里戸籍（大宝二年十一月）」とあり「御野国各牟郡中里戸籍（大宝二年十二月）」といったぐあいにあるのを知るまい。蜂間郡とはどこか。アハチマと読み、水害のあった安八郡のことだ。よそものらが作った市だから水のこわさを知らず輪中をこわしていたために、下流より上流の方でやられたのだ。本簣郡は今の本巣郡だが、栗栖がどこに当るのかぼくは知っている。黙っていただけのことだ。肩県郡がどこか想像がつくまい。各牟は各務のことだぐらいは誰でも分るが、中里とはどこか？　それこそあなたの父親の出身地そのものではないか。

いったい各牟が各務に変ったのはいつのことだか、知ってはいまい。和銅四年の指令によるのだ。ぼくはあなたという人間をそのような視点でずっと過去からみて存在のありようを考えているのだ。今にあっといわせてやりたい。自分を忘れてあなたに一泡ふかせてやりたい。ああそれが出来たら、どんなにいいだろうか！

（『文体』第三号）

ルーツ　前書㈣

昭和五十三年六月一日

つい先日、評論家の平野謙が亡くなった。私はまるで流行作家ブームの波にのっている作家であるかのように、平野謙についての追悼文を四ヶ所から頼まれた。もし私が自然体のままでいたならばもう一、二ヶ所ぐらいからも注文があったかもしれなかった。ことわっておくが、私は一つのことを除いては、この注文の殺到をかならずしも喜んでいるわけではない。一つのことというのは、ひょっとしたら、私の「ルーツ 前書」と「モンマルトルの丘」という、並行して進められることになってしまった作品が案外好評を博しているのではないか、あるいは好評を博さぬまでも関心をもたれつつあるのではないか、あるいはすくなくとも噂の種子になりつつあるのではないか、ということである。

そしてひょっとしたら、あの二作の中で小説家古田と同じ郷土出身であると執拗に作者が書いている、あの評論家の野村進氏がほかでもない平野謙であると思っているのではないか。そのために私のところへ声をかければ、書かぬとはいうまいととっさにこう考えたのであろう。

私の家の私の前に、ある日ある雑誌の若い編集者が腰かけていたのであった。私はこの編集者を愛しながら時々恥をかかせ、それのみが目的であるところのれっきとした作品というものを書きそうに見せながら、じっさいは手がけていないのであった。このように書くと、この雑誌の読者である文学青年たちは腹を立てるであろう。ところが、そんなことをいったって駄目なのだ。私が「モンマルトルの丘」の中で書いたように記憶しているが、(書いていないかもしれない。そうとすればやがて書くつもりでいるのだ。そうしてそれは作中の小説家古田が、詩人の古田に向って説教しているところに出てくるはずなのである)一度世の中に出ると翌朝から、注文をことわるのに、秘術を尽さねばならなくなるのである。(その私が四つの注文を受けて、なぜ新鮮にかんじたかということについてはあとでふれるつもりだ)

私は、その若い編集者と向きあっていたずらに空中に言葉をほうり投げていた。彼はいつだったか奥さんの手製のケーキを試食してくれといってやってきた。そのとき彼が休日にこさえている野菜はいかがかといってくれた。そういう食物もありがたくないことはないが、メランコリックな作家には、とくに中部地方の岐阜あたりの出身の私のような作家には、食物以外の何でもいいから心を浮き立たせるようなことをいった方がよいのではないか、ということを、婉曲にか、あるいは非常にハッキリといったような気がする。非常にハッキリいったとしたら、たぶんどなっていたのではないか。こういうのを呪われた作家というのであろう。

そのとき電話がかかってきた。評論家平野謙が亡くなったということを、別の雑誌の編集者が伝えてきたのであった。というよりは追悼文を書かせるために伝えたのであった。といって咎めることはできない。ちょうど雑誌の締切に間に合う時機にうまいこと平野謙は亡くなり、そのことは彼らに一仕事ふやさせ、多忙にさせ、ページ数の計算について苦慮させたのであった。私はそのとき平野謙の葬式か通夜の席には行かなければならない、と思った。なぜ行かなければならないかという理由を分り易くいおうとすると、それだけで、今回の分は終ってしまい、予定した話へは全然足をかけるわけに行かなくなるであろう。それに締切は明日の午前中であり、こうして書いている最中にも電話がやたらにかかり、それがみんな必要な用件ばかりである。しかもその用件のうちのいくつかは、芸術にかんするものなのである。小説家古田が詩人の古田を「モンマルトルの丘」と称した丘の上へ訪ねるところを『文藝』に書いたことはくりかえし述べていて読者はいやになるほどであるけれども、あの詩人に似た芸術家が、私のまわりに何人かいるのである。もちろん篠田賢作もその一人でないことはない。そういう芸術家にはこちらもまた電話をしているのであるので、こちらが忙しいからといって、むげにことわるわけには行かないどころか、そのような電話がかかってくることこそ、約束の原稿を書くことよりもはるかに楽しいのである。「について」語り、ぼやき、慰めあい、肩を叩きあうことの方が実作するよりは、一般的には楽しいのである。これはかならずしも私が怠けものであるとか、駄目な人間であるとか、芸術自体が堕落しているということだけのせいではない。たとえ岐阜出身の人間でないからといって、私がことわるわけには行かない。何も私の交友範囲は岐阜出身者にかぎったものでもないし、かぎろうと心がけているわけでもない。現にさっきもかけてきた一人は岐阜の隣りであるとはいえ三重県出身であるし、もう一人は米沢出身である。私は「楽しい」といったが、楽しいばかりでなく、有益であり、そのうえ、いちばん肝腎なことだが、読んでいて面白いかもしれない。ついさっきも、三重県出身の男は、「医者と坊主と老人がいちばんしようがない」ととつぜんいい出したのであった。医者と坊主のことは、私にも分るけれども老人を組合わせるとは、これはおどろかざるを得ない。しかし、ちょっと考えると、この三つのものは関係がある。老人だけをどうしても別の範疇に入れるべきものだ、というわけでもない。私はそのときはじめは、あの「シナの百科辞典」の分類として例にあげられている、ある外国の作家の評論の中に出てくるあの有名な文章をなぞっているのではあるまいか、と考えた。「そのテクストは、『シナの百科辞典』を引用しており、そこにはこう書かれている。『動物は次のごとく分けられる。〈a〉皇帝に属するもの、〈b〉香の匂いを放つもの、〈c〉飼いならされたもの、〈d〉乳呑み豚、〈e〉人形、〈f〉お話に出てくるもの、〈g〉放し飼いの犬、〈h〉この分類自体に含まれているもの、〈i〉気違いのように騒ぐもの、〈j〉かぞえきれぬもの、〈k〉ラクダの毛のごく細の毛筆で描かれたもの、〈l〉その他、〈m〉いましがた壺をこわしたもの、〈n〉とおくから蝿のように見えるもの。』」

じつはその三重県の男に私は電話でこの「シナの百科辞典」のことをつい先日話したばかりであったのだから、私がそう思ったのもむりはない。そうであるのかもしれなかった。それより私がさとったことが一つある。老人とはつまりこの私のことなのである。私は自分が老人でないと思いちがえているが、ほんとうは老人であることはよく承知している。なぜ知っているかというと、私は前に世代についてある文章を読み、老人について考えたことがあったからであった。

世代を分けるのにいくつあるとか、その内容がどのようなものであるか、もともと私は興味がなかったのであった。だがそこに冷静とも残酷ともつかぬことが書かれており、しかも当然ながら、その分類は歴史と共に始まっているのである。その分類はだいたい二色としてしまってもいいようなものである。どの分類によっても六十をこえると、かけ値なしに老人の仲間に入ることになっており、この世でのその人の仕事はもう終っているのである。すなわちこの雑誌『文体』の編集同人であり小説家である諸君はいよいよ権力をにぎる世代だそうである。これをもうすこし分り易くいうと三十歳から四十五歳までは活動し戦う時期である。ここで貯えたものをあと十五年間もちこたえ、ついでに権力もにぎるというのである。大ざっぱにいったまでで、四十歳をちょっとこえたばかりの人もいる。

この人たちは自分の好みでいずれの世代に入れるも勝手であろう。作者がいいたいことは、いかなる人も六十となるともう老人であって、元老院の立場に入る。ということは年下の連中が思いついたときに助力を仰いだり経験をききにやってくる。それはそれだけのことでもう出番は終っていて世間の外側にいるということの証拠である。やがて人生の外側にあるための準備のためであるというのであろう。どうしてこの事実に面白がってばかりいられようか。それにこの活動と戦いの時期というのは女性に対する欲求が旺盛であってどうしても無関心ではいられないということと符合するというのである。この時期が四十五歳から六十歳までだったか、それ以前の時期であったかさだかではないが、やはり四十五から六十までだろうか。このような記述がどうしたって愉快であるわけがない。一説によると、老人は猿にすぎぬというのである。もっともそれ以前の時期もまたほかの動物なのだそうだから大差はないし、人間であるのは三十までだという分類なのだからいたしかたがない。それにしても猿とは醜悪で人間のマネをして子供たちに冷笑され物を投げつけられるという意味なのである。

私は愉快でないといったが、これはまだ文学的表現でまんざら愉快でなかったわけではない。われわれはどんな場合にでも活路を見出すように出来ている。「元老院か猿か！」これが愉快になれずにいられようか。いかなる元老院も猿であり、いかなる猿も元老院である。そしてこの猿が元老院である以上は、何か経験談をきかせてもらいにこないわけには行かない。そういう顔をするだけにしたって、同じようなものだ。そして経験とは二度とくりかえすことの出来ぬもののことをいうのだそうである。そして、これは重要なのでくりかえすが、猿云々というのは人間とは三十以下というつもりでのことなのである。だが総じてこうした分類は、平凡なもので、とりたててこんな忙しいときにわざわざ書くほどのことはなかったのである。また私は例によって今月書くべき事実のことから後退りに進んでいるのであって、これまたよけいなことであるがひょっとしてこれこそ、私どもの人生を生きる姿そのものなのかもしれない。三重県の男の電話については、「老人」とはつまり私のことだということだけをいっておこう。そのときその男がそうハッキリ思っていなかったことはいうまでもないが、そんなこと問題でない。彼は思っていた。

私はある雑誌の編集者と、野菜のことやケーキのことではないほかのことについて話をしていると別の雑誌から電話があり、それが平野謙の追悼文依頼のことだったということから、それてきたのであった。私はその依頼は例によってすぐには引受ける顔をしなかった。そうしてさっきもいったようなわけで、平野謙の家への道順をきいた。そのとき私は追悼文を書く覚悟はしていたが、私は依頼してきたことに関心をもった。私はもちろん平野謙の死を悲しんでいた。そうでないはずはない。しかしこのように編集者がきており、電話がかかっている状況では、なげき悲しむには不向きだった。電話を切ると前と同じところに行儀よく腰かけている編集者に、私は昂奮しながら自分の方から、きみも注文した方がいいよ、といったのであった。悲しみといえば、それが私の悲しみの唯一の表現であった。

するとそのあと、何時間かして「モンマルトルの丘」をのせている雑誌から電話がかかった。私は不幸にして私の担当であるその編集長が、私のその作品をのせているために、部内で困った立場におかれているかもしれないという憶測もあり、その作品の中に野村進の名前で平野謙そっくりの人物が登場してくるというので、私がその雑誌に追悼文を書く責任があると考えているらしいこともあわせ考えて、自分でもおどろくほど二つ返事で引受けた。

このようにして私は密葬に出かけた。そのときの模様は、私が六月号の文芸雑誌に書いているものを読んでもらうとだいたいわかっていただける。あの雑誌の中の一つの編集者に私は道順をきいていたのであったから、その仲間に出合い、平野謙の柩をおくり、あとで喫茶店に入ったとき、私は追悼文を引受けただけでなく、ほかの仕事のことについてさぐりを入れられた。彼らは四人で私のまわりをとりまいていたために、もう一つの雑誌の編集長は近づきかけては離れて行ったのであった。彼は私がある学校での教え子という関係にあった。彼もまたあきらかに私に追悼文をたのむつもりであった。そうすれば私は五つ書くことになったのであった。いや、そんなに沢山書くとなれば、先方がことわるのが常識だろう。それにしても困ったことではないか。何だってこんなに頼んでくるのだろう。ほんとうにあの評論家の野村進氏を平野謙と思いこんでいるのだろうか。それなら小説家の古田は私なのだろうか。それでは篠田数馬は誰だというのだろう。平山草太郎は坪内節太郎だというのだろうか。ではあの私がダシにしているようにも見える賢作は誰だというのか。いったいダシになど出来るものか。あのような人物が岐阜にいるのだろうか。いったい岐阜とは何だ！　そんなもの、この日本にほんとにあるのか？

そうして私はもう一つ近代文学館からも依頼されたのであった。どこにもかしこにも頼まれているのは分っているうえであなたにぜひというのであった。この私にぜひ？　してみると私と平野謙（とよびすてにすることを許されよ。これは漱石とか草平とか鷗外とか芭蕉とか支考とか、信長とか光秀とか魯庵とかと呼ぶのと同じような意味あいなのである）とはやはり深い何か歴史的地理的関係があるというのであろうか。そうにちがいない。ふかい関係があるということほどうれしいことがあるだろうか。そうした言葉だけでも、じっさいには何でもなくともいい。じっさいのことなどどうでもいい。「あなたがたは、とても深い関係がおありなんでしょう。あなたが何といおうと、それは自明というほど認められていることなのですよ。それより何より、あなた自身がそのことをご存知でしょう？　第一、あなたがその張本人じゃありませんか」この私自身が張本人？　私は近代文学館の評議員の一人である。それに維持会員である。つまり私は年に一万円ばかり会費を払っている。そうして私は大きな顔をして出かけて行くし、私は「ルーツ 前書」の中で賢作にも訪問させているし、やがてあそこの中の食堂でいっしょに食事をさせようとさえしている。あそこの食堂について私は一言いいたい気持がある。あそこのことを考えると私はどういうものか感傷的になってくる。五種類ぐらいはある手軽な一品料理のせいだろうか。それともコーヒーなどの飲物の味のせいだろうか。あの一品料理が日によって味が変る世帯じみた親しみのせいだろうか。それとも九時か十時ごろに通ってきて、仕込みをはじめる中年の主婦との最小限度の、慎しみぶかい感情の交換のせいだろうか。あのセルフ・サーヴィスのせいだろうか。たとえば、私は十一時半にはもうあの部屋をのぞくので、私は彼女と二人きりである。たぶん賢作も今後「ルーツ 前書」の中で私と同じことをし、小説家古田がそこにやってきたりするかもしれない。あるいは賢作がちょうど私の抱いているような気持やしぐさを自分特有のものと思って、古田に教えたりするようになるかもしれないのである。賢作はどうも近代文学館のこの食堂を古田以上に気に入っていそうな気配がある。あるいは、私はそういうふうに扱う可能性がある。というのは彼はどういうものか、東京へ出てきて、古田が気に入っているあたりのところへいっしょに行くと、古田以上に気に入り、向うからも気に入られそうな様子がある、と私は書く用意があるのだ。それだけではない。古田がいないときに賢作が行っていたことだってあるにちがいないし、第一、婦人が九時か十時に来て、エプロンをかけたあと、仕込みをはじめるというようなことを古田に語ったからこそ、古田が食堂に関心をもちはじめたのかもしれないのである。そういう因縁のある近代文学館である。賢作は東京へくると国会図書館や神田の古書会館やそれから近代文学館を訪れる。そこで何をしているかということは、前にもいくらか書いたかしれないがこれからも書くはずだ。

近代文学館の機関紙の編集者は、このように「ルーツ 前書」の中の人物たちとあそこの食堂とのつながりぐあいにさえ興味の羽根をのばしているのかもしれないのである。人と人との関係というものは、自分たちの住んでいる場所に誰それも来たことがあるとか、これからも来ることがあるとか、というようなことから湧いてくるものである。まして自分たちの知っている場所や人物に意外にも愛着をいだいているとしたら、これは今のような世の中においては、そのことだけで何ものにもかえがたいものであろう。たくまずしてそうなっているという運命というか偶然というか、そういうもののもつ神秘性というものは、たとえ害をあたえるものであってさえも感動的でないとはいえないのであるから、それが衛生無害のものとなると、いうにいえぬ醍醐味があろうというものであろう。いつのまにやらわが近代文学館が、内容は何であれ、モデルになっている！　ここがモデルとなって、ここにいたことのある人物を扱って、いや、たとえいもしなかった人物を扱って小説が書かれたとしたって、そこに文学碑がたつのにはそれだけの理由がある。このことについて語るだけでも一つの物語かエッセイになる。

近代文学館は、そうした運命のことを考えたにちがいない！　なぜかというと、さっきもちょっといったように、ほんとうの悲劇らしい悲劇はもうあまり見られなくなった。そして悲劇の元は運命劇である。運命にほんろうされる英雄というのが悲劇の元である。ところがこの運命に当るものをどうしたらごまかして、代りに上手にもってくるかが、世界中ずっと苦労してきたことであった。それはおそらく岐阜の各務原市の田舎芝居の村国座で演じる土地のものたちだって、何となく分っていることにちがいないと私は想像するのである。くりかえすが私どもは尊敬にあたいする運命というものでなくとも、運命というものをこそほんとに信じたいと思っているのかもしれない。ところが悲劇的でないのは何となく物足りないが、近代文学館をめぐって運命というものが何かしら動いている、という事実を認識することができるようになったのである。

　私は誰かの説の受売りかもしれないといくぶんおそれてはいるものの、あえていうことにするが、かねがねこう考えている。悲劇というものは、英雄が悲劇的な死に方をしたり、死なぬとしてもまわりに死者を作ったり、死以前につらい目にあったりしながら、堪えぬいたり、あるいはりっぱに堪えぬく結果が、そのようなつらい目にあうといった始末こそが、あのアリストテレスのいう行動の意味であり、「詩学」の模倣《ミメーシス》の意味である。こんなことは分りきったことで、その次のことが大切である。というのは、どうもこれまでのところは、まったく「詩学」そのものだからだ。私のいいたいのは、すなわちこうなのだ。もし英雄がその悲運にもめげずやり通すという姿が、昔から私どもを崇高な気持にさせたり、洗われたような気持にさせるとするならば、それは、私たちが心の底ではそうありたいと願っていることが、そこに行われているからではないのか。そんなこと願っているものか。誰がオイディプス王のような目にあうことを望んだりするものか。ところがそうではないのだな。私なる作者よりも、古田そのものかな？　誰でも人はマネをしたがるものだ。他人になってしまいたいものだからな。そもそも何だ。英雄とはなりたいと思う他人になることだ、ということである。英雄とはみんながなりたいところの人物のことなのである。そういうことになれば尚更のことではないか、何がって？　私どもはみんなオイディプス王にあこがれているのだ。父を殺したり、母親を姦したりすることになってしまう人物になりたがっているということは、ないだろう、とこう思うだろう。ところが、心の底でそうしたがっているかもしれないのである。つまり私どもは近代文学館がいつのまにやら、誰かの書いた文章の中に登場し、今のところすこしも不幸の気配はないけれども、ひょっとしたらひょっとして、不幸の渦中にはまりこむようなことにならぬともかぎらない。今は当りさわりがない場所であり、それ以上の扱いをうけている。ところが、そう安心しているわけにも行かない。というのは、あの文学を書いたあの作家は、気まぐれの標本であり、本人は決して意地悪であるどころか、どちらかというと意地悪をされている方の人間であり、むしろ昔から健康的な素直な人間であり、たとえ気にかかることを口にするようなことがあるとしても、ほんの時たまのことである。それに、何かのぐあいで調子が狂っているだけで、いつもがまんしてやりすごせば元へもどるばかりか、調子が狂う以前の状態よりも素直なくらいになる。むらっ気ということはたしかにある。それにリクツをこねるところもある。しかし、リクツをこねるというのは理を尊んだり、筋道を通すことをよしと思っているのだから、まったく無茶をいうというわけでもない。もしこれをむらっ気な国王というものに比較しても、ほんとの国王ではないだけに始末がいいところがある。もともとは何もかも分ってしていることだからである。それに、何といっても国王ではなく作家なのである。作家というものは、気の毒なだけで、密室で文字と勝負をしているという哀れな動物なのだ。それも犬や狐ではなくて猿の部類に入る世代なのである。リア王よりは始末がいい。彼自身が道化でもある。どれだけ悪くいわれても、まだまだ反省する能力を失わない。もっともその分だけどこかで元をとり、盛り返し、猿だ、猿だと自分のことを吹聴しながら、犬や狐ぐらいにはなるかもしれない。要するに八つ当りをするようなことはあってハタメイワクな存在であるけれども、そこに何か一つ脈絡が感じられる。一方的であり、理路整然ではないが、そうであればいたしかたがない、と思わせる、いたずらな強引さがあり、けっきょく言葉をあやつって、まるで人生をあやつるように思わせる危険さは、もしこれをたとえるなら、運命のほかに何があるだろうか。

私という作家が平野謙について二枚の原稿を頼まれたのは、私なる作家が何かしらこの評論家と浅からぬ因縁があり、ずいぶんと世話になっているばかりか、この私が近代文学館へ時々あらわれては、評伝のための資料としてコピーを頼んだりする。そうしてその資料ののっているはずの本も自分の力でカードの中から発見することが出来ず、さがしてみてくれないかというのである。カードをめくるといらいらしてくるとか、肩がこってくるとか、どうしてもっとほかの方法で見やすくすることを考えつかないのか、とか、それより自分の求めている資料の本が、何をいわなくとも眼の前に運ばれてくる、というぐあいにならないか、と考えている模様が見てとれる。そういう作家である一人の男が、ある日近代文学館の紹介をした。こんな心地よいところがこの世界にあるだろうか。受験シーズンや論文の季節をのぞいて、ここはこの世の天国である。近代文学館の正面玄関へのぼる階段の下には池があって睡蓮がうかんでいたものだ。最近では砂場にかわった。どうしてだろうか。そんな変化ぐらいは物の数ではない。そんなことぐらいで天国が地獄に一変することなんかありやしない。それに天国が地獄に変ったとしたって、この世の中の変化を考えればおどろくことはない。それに猿はやがて地獄へ行くと相場はきまっている。若い女があそこのあたりで子供をあそばせている。この階段をのぼって行くとあわてて道をあけてくれた。こういうことをして私なる作家は近代文学館のあのガラスの重いドアを押して、維持会員であるから無料で閲覧室へ入るのである。そのとき岐阜からきている友人が既にそこにいることがある。いるどころか、電話で前の晩時間を打ちあわせてここを待合室にもしているという有様なのである。

そもそもこういう私なる作家が、近代文学館の吹聴をしたのは何かひどく感激したがっていたのであろう。ということは、いつむらっ気を起して反対の方向に走り出さぬとも保証のかぎりではない。何といったって一般的にも作家というものは哀れな動物なのだ。時にはチームを作ってベースボールでもやるがいい。応援歌でもこさえて大声でうたうがいい。ユニホームをこさえて名前と番号をぬいつけたのを着て、家から歩き出すがいい。

とにかく私は紹介したのであった。そのうえ、一時外出という札をもらって近頃幸福そうな顔をして食堂へ一番乗りをすることだって分っている。近代文学館は見ているだろう、すべてとはいわぬまでもある程度はあいつの手ににぎられている、と。こんど何を書くか分らない。その証拠に近代文学館主催の夏季講座を、このごろ断わりはじめた。以前はそれこそ二つ返事で引受けたのであった。理由は貧血というのであった。たしかにそういう事実はあった。しかし今断わる理由がはたして貧血であるのかどうかはまったく分らない。まったく霧につつまれたように分らない。あの食堂へ一番乗りする様子から見て、貧血ということが考えられるであろうか。あの貧血でたおれたときだって、将来の口実の材料を作っていたのかもしれない。いや、そんなに思慮ぶかいとは思えぬ。リア王が思慮ぶかいといえるだろうか。あんなに信じ易くあんなに裏切られ易く、あんなに泣き易く、あんなに怒り易く、あんなに憎み易いではないか。そのくせ何かしら一貫している。あまりこれを要するに近代文学館にとっては、私という人物は運命とどこか似ている。

品質の上等でない運命かもしれないが、品質でその実体をきめるものとはきまったものではないのだ。

このようにして私は平野謙追悼の文章を四ヶ所に依頼され、それを忽ちにして書いたのであった。なぜ依頼されたのか、なぜ引受けたのか、ということは以上のようであるというものの、けっきょく真相はよくは分らないのである。それよりも私をとりまくようにして移動していた編集者の一団と、私が小田急線の喜多見駅ぎわの喫茶店へ入ったことは前にもいったとおりである。なぜ喜多見かというと、評論家、平野謙の住んでいた（あえて、おられた、と書かぬことにするとは前にも断わった）家の最寄りの駅だからである。ほんとうは、この駅にしたって、本来ならば感慨をこめて眺めたら、そこの道路だって意味ぶかく通行すべきであった。ところがそう考えているのは、たぶん私一人であって、彼らは普通一般の駅や道路と同じように考えているという態度なのであった。私は昭和の何十年間のあいだの文壇のことをたえず考えていたところの、偉大なということはいえぬとしても、二、三人のうちのひとりともいうべき評論家に対してとくに敬意を表せよと、いうのではない。それに偉大でないというのは、昭和の時代の特徴で、偉大という名に価する人物はいるはずがない。とりわけ岐阜というところは、偉大という言葉とは縁がないのである。人間がわるいのではなくて、土地柄のせいで、偉大な人物は戦国時代で出つくしてしまっている。あの有名な天下とりをねらった人物たちだって、はたして偉大だったろうか。あれはたかが家元になろうとしただけだったかもしれない。ほんとうは、誰かが私にいったように、中小企業の親方みたいな程度であったのかもしれない。私はこの表現には意味が分らないままに、どんなにおどろいただろう。それに私は前に直接書いたが、誰が私の作った人物に語らせるようにしくんだか忘れたが、偉大という言葉は今ではアメリカあたりでは、いろいろと目立ったことをする、という意味につかうのだそうである。

私は喜多見駅ぎわの喫茶店で、私に道順をおしえてくれた編集者がまじっている一社の編集者たちといっしょに向きあった。私はわが郷里の岐阜をはなれた東京の小田急沿線の小駅の喫茶店で、とりこになっているのであった。というのは、いうまでもなく文学的表現というやつだ。

彼らは「ルーツ 前書」や「モンマルトルの丘」のことを話しだした。もっと軽薄なことや、いたずらに空中に投げるだけの言葉を放ったりした。何しろ彼らは、よくいえば、望むと望まぬとにかぎらず、仕事の虫だった。彼らは岐阜のことを口にした。なぜかというと、そのうちの一人は岐阜へ仕事のことで出かけたことがあったからである。いよいよ話は軽薄に流れ、汚れてきた。そのとき編集者は、次のようにいって、私を絶望させた。

「ひとつ、小説、平野謙というのを書いてもらえませんか」

（『文体』第四号）

ルーツ　前書㈤

昭和五十三年九月一日

この文章を書きはじめてから登場してきている岐阜市出身の小説家とその妻が、東京から十月末の浅間山のふもとの字《あざ》浅間山の家へやってくると、客を待った。客は誰か？　篠田賢作である。

小説家は、一度訪れたことのある木曾駒ヶ岳の宿へ賢作を案内しようと思っていた。そのあたりだと彼らの郷里――正確にいうと彼らの郷里のある県――にもう一歩というところだ。もう一歩ということに意味がある。郷里の県に入ってしまえば、どうして、小説家が賢作を案内するいわれがあろう。二人のうちどちらかがどちらを案内するにしても、彼らの県であるということは、何かすなおでない、ムリな、いいがかりをつけるようなにおいがある。

賢作は夏に小説家を、彼らの育った岐阜市のなかや、市の近辺へ案内した。ところが岐阜市を遠くはなれた、ほとんど長野県とか三重県とか富山県に近いところ、とくに東京への途中にあるような長野県に近いところは、どちらも相手を案内すべきではない。ここに書いた理由は、そういったまでで、理由についてはよくは分らない。ただ、カンで分るのである。思えば木曾駒高原は賢作を案内するにはふさわしいところであった。そこの宿から御岳をはじめとして色々の山が見える。(長野県にも岐阜県にもどちらにもまたがる山もある。何というウマミであろう。)見える、ということを小説家は賢作に書いてやった。御岳を眺めたり、御岳のことを口にしたりすれば、二人は一種の仲直りが出来る。何の喧嘩をしたか、ということになると、小説家自身もよくは分らない。喧嘩などしたおぼえはない。賢作はいっそうおぼえがないというかもしれない。それならどうして喧嘩が行われ、そうして仲直りすべきだ、と思い立ったのであろう。そこがたぶん問題なのだ。そのことが前提となれば、どんなに木曾駒高原がふさわしいところかということも、いくぶんかは読者に理解いただけるというものであろう。

しかし、木曾駒のかわりに、字浅間山の山荘へ賢作がくることになった。考えるとその方がこちらの手間も省けるし、すなおであるし、それに賢作を山荘へ案内せぬという理由もないからである。わが郷里にもう一歩などということにはもうこだわらぬことにしよう。くりかえすが、賢作はくるといってきた。彼が中心にはじめたという新しい詩の同人誌や、私の小学校のときの成績表と、それから私の姉の一人の小学校の卒業写真のうつしと、それから、さいきん岐阜市の近鉄百貨店で年一回もよおされる古書展で見つけた小説家の古い原稿とを持ってきてみせると書いてあった。小説家が賢作の丸々とした文字を見ながら涙ぐんだのは、こうした小説家の過去とかんけいのある資料を持参してくれるということそのものではない。彼はこの小説家の年譜の台帳をもっている。小資料は小説家以上にもっている。彼の書斎にダンボールに入れてしまってあり、小説家（古田）の名前が箱の表に記されている。それはそこを訪ねる古田に見せるためばかりでなく、賢作自身がせっかくはじめた仕事を忘れないようにするためでもあった。古田以上といったが、古田は前にも書いたことがあるが、古いもの、それ一つしかないものは、みんな賢作の家の方にまわっているのであった。賢作のことを思うときに、これは小説家の古田自身のための資料として重要ではないかどうか、と思わねばならず、そう思うときまた賢作のことを考える、という事情についてはたしかもういった通りなのである。そういうことは、いっさいくだらないことだということになれば、無責任ということだ。誰に対してか知らぬが無責任だ。賢作だってそう思ってひそかに悩み苛立つことがあるように思われるのに、どうして古田自身の方で軽々しいことがいえようか。ひょっとしたら、こういう問題は、古田と賢作との二人の問題をこえたり外れたりして、賢作の妻の問題となり、もっと岐阜市ぜんたい、それどころか、美濃にある三つの野原の一つであるところの各務野、つまり各務原の問題となってしまっていないともかぎらない。人間が生きているということは、かならずこういった社会学的心理学的、それに哲学的意味をもっているものだからである。

ここで古田の古い原稿というのはどういうものかというと、「ガリレオの胸像」という

五、六十枚のある総合雑誌にのせたものだ。この雑誌は今でも出ていて、古田のところへ毎月送られてくる。賢作の作った年譜によると二十年ほど前の作で、郷里の岐阜市を舞台にして、先ず古田の中学生時代からはじまる。その頃の配属将校の胸像が、戦後ガリレオの胸像に代えられて除幕式が行われる話だが、こまかいところは、どんなふうに書かれていたか古田本人もはっきりしない。じっさいにガリレオの胸像は今でももとの岐阜中学、今の岐阜高校の庭にあるはずだ。

古田の今までの作品集に入っていないこの短篇の雑誌にのった作品は、賢作はもちろん持っている。雑誌そのものではなくて、ゼロックスにとったものであるとすれば、古田がなくしてしまったので、無念の思いで賢作がうつしをもっているのである。(賢作が古田にそれほど敬意を払っているのだと思いちがえてもらっては困る。そういうことは別のことなのだ。)

その原稿が岐阜の古書展にあらわれたということは、すこしもふしぎではない。当時のその雑誌の編集者が一括してあるときどこかの古書店に売ったか、譲ったかしたのであろう。ところがその原稿は岐阜の古書展に出すことによって意味がでてくると誰かが思いついた。「ルーツ 前書」という文章から思いつき、岐阜市では、篠田賢作がとびつくに違いない。この原稿はこれ一つしかないのだから、賢作のダンボール箱の中にはないはずである。年譜台帳にはこの作品のことについて、熱意をこめて、よけいとも思える文章が書きこまれてある。それはのぞいて見なくとも古田には分っている。古田がもしその立場ならそうするにきまっているからである。岐阜を舞台にして書かれた作品はほとんどこれ一作なのだ。ガリレオの胸像も、そこに出てくる長良川も金華山もそれから、あの山際をこさえている権現山もそのふもとの西別院もみんな賢作のものといってもいいくらいのものだ。この学校へは彼は通っていないけれども、もし家にその余裕があれば当然行っていたところである。今は賢作は息子を別の学校へ通わせており、望んだわけではないが、そこのＰＴＡの副会長をしている。ガリレオの胸像の除幕式で紐をひいたのは、そのときＰＴＡの会長をしていた古田の小学校と中学校の同窓生の河合良太郎だった。その良太郎の近くに住んでいる鈴木彦一が賢作の息子の通っている高校の校長をしている。鈴木と河合と古田とは中学の同窓である。鈴木は大きな幼稚園を経営していて夫人がいっさいきりまわしている。そしてその幼稚園に、賢作の子供はみんな通ってきているのである。こういうことは、読者にはわずらわしいだけだろう。書く方は気楽だがその分だけ読む方はありがたくない。

しかし、どうしてもこれだけはいっておく必要がある。戦争で岐阜中学が焼失したとき、今では笑い話になってしまった御真影をはこんで長良川につかっていたのは、今では自動車事故で死んでしまったある教師で、その後、新制中学校が出来るとその一つの校長になった。彼は賢作と同じ詩の雑誌に詩を発表していたのであった。良太郎と彦一はもちろんのこと、この詩人も古田は会ったことがあった。古田の岐阜での交友範囲や生活の範囲の八割がたは、賢作につながりがあり、つながりがない部分に対して、うらめしい顔をしたことは前に述べた通りである。どこまで本気か知れたものではない、と読者は思われるであろう。しかし十割そっくり本気だということが今の世にあるだろうか。それに一般にうらめしい顔をするときには、ある程度本気だといっていい。うらめしい？　それはお前の思いすごし、お前の好みのことに過ぎず、すべてひとりよがりではないか？　それには答えないことにする。何かルール違反に属することのように思えるからである。

ほんとうは、まだまだ賢作がこの短篇「ガリレオの胸像」をわがことのように思ってもよいことが一つある。そこには登場しないが、じっさいには除幕式にも重要な立場で列席し、そのあとの長良川畔の宿の同窓会にも姿を見せていた、賢作のもう一人の父ともいっていい人物のことである。その人物は古田ともつながりがあり、ここに名のあがったすべての人物にもふかい関係がある。あの篠田数馬とも、それから正統則天門華道の中嶋八郎とも、つい先だって東京でなくなった日本の代表的評論家の野村進とも関係があり、画家の平山草太郎とも、これから名前があがるかもしれない人はもちろんのこと、数かぎりない人々と関係がある。その数限りない人々の中にどういうような人がいるか、ということを私は上手に説明しなくてはならない。なぜかというと、その数限りない人々の中にどういう人がおるかということを、その本人である矢崎剛介はずっと意識しているからである。このことについては軽々しくいうと誤解のもとになる。何をいうについても矢崎のことは特に慎重に対さなくてはならない。やがて私は矢崎についてはくわしく物語ることになるが、私が用心をせねばと思うのは、一つには詩人矢崎は、岐阜人以上に岐阜人であったのだが、何といっても、彼は岐阜生まれの人ではない。矢崎は土佐の人だ。土佐人がどういうわけか大阪の北野中学か、天王寺中学かを卒業したあと、関西のある大学を卒業して、小説家古田が中学校に入る頃に新任教師として、はじめてこの市へやってきたのであった。矢崎はその後の五十年間のうちに、市ぜんたいを征服し圧倒し、すくなくとも圧倒した気持になりたいと思った。岐阜なんか圧倒したいなんて、すこしも思わなかったのが本音だった。腹立ちまぎれにそういうことになっただけで、市の方も圧倒などすこしもされず、意見を申しのべたいと思うこともあった。

しかし私はすこし物語作者めいたことを早々といい気になってしゃべりすぎた。私は「ガリレオの胸像」の原稿を携えてくる、と篠田賢作がいってよこしたことをいえばよかったのだ。それに私のように語り出したら、涯しなく数珠つなぎに次々と出てくるのは当り前のことで、どんなことにも必ず因縁とか結縁とかいうものがあって、締切を一日のばしてもらって、私は昨夜山の中へ戻ってきてこうして机の前に向っているのであるが、果して今月号の目的地まで辿りつけるかどうか疑問なのである。私は乗物の中で、ギルバート・マリの書いた『ギリシャ悲劇における祭式形態』という書物を読んでいて、胸がこみあげてきた。ここにかかれたことの趣旨は別に今となってはとりたてていうほどのことはない。研究というものはそういう性質のものである。詩人であり教師である矢崎の「圧倒」をめぐる問題について考えていたものだから、激してきたのであろう。だが、何と語りにくいことであろう。上手に、上手に語らなくてはならない。私はそのとき平山草太郎夫妻の案内で、彼の岐阜での弟子の一人である若者の運転で、根尾谷の奥の能郷で田楽かサルガクか、それに類したものを見に行ったときのことを思い出した。四月の十三日（？）かそこらだった。毎年能郷での百姓の神社でのその行事は岐阜の名物の一つになり、そこへ辿りつく山あいの一本のまがりくねったのぼり道が色めき立つ。根尾のウスズミの桜が小さい花をつける頃でもあって、小雪（？）がミゾレになった。そこで平山草太郎は、矢立を取り出してというより夫人が出した矢立を、その方を見ずに受けとって、スケッチをしはじめた。平山は、画のことなどの仕事のことについていくぶんビジネスふうに話すときには、大阪弁をつかう。弱音をはいたり、もうお召しは長い将来のことではない、というようなことに類することを口にするときは、岐阜弁になる。平山の大阪弁は、私のかんじでは（古田と書くべきだった。私とすべきではなかった。そこに違いを含めて書いてきたつもりだったのに、これはどうしたことか）義太夫に近いように思える。心中に追いこむのに一役かい、あとになって涙をしぼる父親に似ているように思える。あることを覚悟したうえでいいきるのだ、という勢いがあり、そこに平山草太郎が画筆一本で生きぬいてきた年輪の気配がうかがわれる。このスケッチはあとで私は『私の作家評伝』のさしえの代りにつかわせてもらうことにした。

岐阜出身の小説家古田と東京出身のその妻とが追分の駅で、賢作が到着する時刻に待っていた。自動車にのる女が、車をおりてからカギをぶらさげて歩く姿勢というものは、何か独特のものがあるようである。もっとも十五、六年前に古田が彼女といっしょになったときにはもうそういう歩き方をしていたのだ。もちろん車にいつも乗っていた。家の中でもそうなのだから、車を降りたときの必然の姿勢とは必ずしも関係はあるまい。それなのに、車を降りて歩きはじめるのを見ると、あらためてそう思えるのは、どういうわけだろう。古田のそばへ寄りそってきているけれども、何か裏切りをしているようなところもある。賢作をのせた列車は着いた。ただそれだけのことであるけれども、それだけでないことは今までのことから読者には分ってもらえると思う。くりかえすが、それは賢作が特別のえらい人物だからというわけではない。それは古田が特別な人間というわけではないのと同じだ。その賢作はプラットフォームに姿を見せないのであった。

「篠田さんは着かなかったのかしら」

と古田の妻はつぶやいた。

「篠ノ井から電話をかけるといって、その通り電話をかけてきたのだから、来ないわけはない」

と古田はいった。

「多少は彼は時間がかかる」

それは、じっさいには文字通りほんの多少であって、彼は隻脚であっても最大の速さで歩くことはいうまでもない。そのことについて、云々することさえ、古田はめんどうなくらい、そうしたことは互いの間で思い知らされたことであって、そのことに思い当りそうになると、古田はそっぽ向くところがある。ああ、例によって、歩いている、歩いている。負けずぎらいのこの男が精出してやっている、というふうに思うのだ。それを思わずには一刻も賢作とつきあうことは出来ない。そんなことなら、要するに篠田賢作は何も岐阜の人間ということと何のつながりもないことではないか。お前のしていることはサギだというならいうがいい。私の語り方がまずいだけの話だ。賢作の生まれて育った長森というところはその中でもいわれのあるところで、何ともいえない人気のところなのである。問題の輪中のあたりと同じか違うかは知らぬが、なまなかではないのだそうである。そうして私が前にふれたあの元巨人軍森捕手もこの長森の出身で、先日賢作が訂正を要求してきたところでは、同じ長森でも、森とは小学校は別なのだそうである。賢作は、こういうことは、正確な方がいいからといってよこした。実は、ぼくのところもあそこの出で、やはり各務原ふきんですと手紙の中に中嶋八郎がいってきたこともつけ加えておこう。

さて、この輪中のことであるが、『郷土研究・岐阜』第二号と第十七号に輪中のことがのっていて、賢作がコピーして送りとどけてきた。とくに第十七号のものは、一昨年の安八郡の水害にふれながら輪中論が展開されている。執筆者は大学の先生で、その方の専門家で、前々から輪中の認識が足りないということをいい続けて、沢山の研究が発表されているらしいのである。

その名をここにあげるべきであるが、古田が昨日かついできたリュックに入りきれないので何冊かの本を東京の家においてきた。リュックは家にあってカビクサくなっていたものをとり出して、地震のさいに持出す日用品を入れてあったのを、このさい急に思いついて利用することにしたのであるが、リュックを背負ったとき、そりくりかえってしまうのは、それ相当の理由があるのに相違ない。そのリュックの中に一度は入れてあったのをわざわざひき出してしまった数冊の本の中に、この『郷土研究・岐阜』のコピーが入ってしまった。

したがってその先生の名が分らない。その冊子の中に数葉の写真があって、一葉はもと輪中の堤防には高い方と低い方とがあるのだが、知らぬうちに低い方が高くなる。あるいはこれに類したことが起る。そのうちほんとうの高さが分らなくなる。そのために基準棒（?）というようなものを作ってそれをあてがえば即座にどのくらいごまかしたかはっきりする。写真には高い方と低い方の堤防がうつっており、その右のところに、何で作ったものか忘れたが、その両者の中間ぐらいの高さの角型の柱のようなものが立ててある。もう一葉は、一昨年の水害のときに、一つの堤防の上に二列につんだ二つの村のそれぞれの土嚢の高さが微妙にちがうということを示すものだ。以前はこうした土嚢にも一定のきまりがあって、そのうえ土嚢の上に泥をぬりあげてはならぬという掟があったと書いてある。そうした些細とも見える掟は、実は重大なことではあるとはいえ、およそ想像のつくことである。それに輪中での水のあつかいは種々さまざまの工夫があって、長崎から江戸へ行く途中にシーボルトは、足をとめて(カゴをとめさせて)故国のオランダとそっくりだと思い、その工夫のさまを叙述し、忙がしくカゴにもどらねばならなかったことを残念がっている。実はこうしたことは第二号の方に書いてあって、この執筆者は別の先生のようであった。この二号の方は、こんどの災害の起るもっと以前のことで、長良川などの本流の水防工事をしてあるのだから輪中などもうかかわりのない余計なことだと考えていた間のことであった。しかし、この本流の水防と輪中の水防とはもともと質的にちがう問題をはらんでいて、そのことを忘れていたというのが第十七号の記述だったと思う。シーボルトはとにかく、その昔ケンペルがやはり江戸参府の途中、カゴをとめさせては、珍らしい植物を採集した。と同じように、輪中の光景を記録にとどめている。第十七号で執筆者は古田にくりかえし読ませた、こういうふうの文章をはさんでいる。

輪中エゴということはよくいわれるが、輪中の共同体意識の方が本体で、こちらの面の方がより真実に近いし、人間というものは、そうしたことを考えずに生きることは出来ない。輪中の場合でも、あの村もこの村もこの天災をどう最少の被害でくいとめるかのために、血の出る思いで結論を下し、善処し、小をすてて大につき、ただ自分のためになればよいというのでなく、たとえ一時的に自分のためになったとしても、忽ちどこかでその報いをうけるのだから、そんなノンキなことをいっていられるものではない。一つの堤防が二段になっているについては、きっと証明を要するのであろう。いつもある村の方が損をするというような簡単なものではなくて、いうにいわれぬ、一口でいえぬ、まるですぐれた小説作品の場合のような配慮が行きとどいて、大昔から存在してきた人間は、垢もあるが智恵もあり、それに新しく生をうける人間が否応なしに初心に返る役目を果してくれる。そのように輪中もまたええころ加減に「わっちんたあ、知らへんで、なも」といったようなところですましてきたはずはない。それに堤防にはよく本流にあるような切通しというようなものは原則としてはないのが掟だった。伊勢湾台風のときに篠田数馬の家のある、岐阜公園や張子の大仏のある岐阜大仏殿の近くの、正式の金華山への登山道のはじまりの部分の近く（そのあたり山際の道がはじまって、ずっと権現山の裾をつたって中嶋八郎の家の近くを通り、濃尾地震の罹災者をとむらうために出来た記念堂、やがて、今年も追分公民館で早くも電気製品のバーゲンをやっている男の出身地の近くであり、数馬がまだ高校生のころ、あずまやで古田が会ったことのある篠谷《ささがたに》梅林を、そして上加納の市営墓地を通り、そうして「二軒家」から「岩戸」をへて、賢作の家の前の山へとつながり、そして琴塚へ、日野へ各務原へ、そして日野から手前へ橋を渡って長良川をもどってすこし上流にのぼると、「かさぶた宮」があり、もうすこし行くと、各務支考がいた禅宗の寺があり、その一角の池のはたに、獅子庵という支考を記念して出来た江戸時代末の建物がある。賢作によると、この禅寺は土塀に三本筋が入っているので、寺格としては最高に近いものだということである）へ水が押しよせたのはともかくとして、川の反対側である北側の川っぷちの旅館街のうしろにもう一つ堤防があり、そこに切通しの堰がある。そこを早目に開いたのが住宅地が罹災した原因だったというのである。

切通しがないのが掟である。そこによく分らぬが何ともいえぬ、つらい悲しい工夫と智恵が働いて、冗談ごとではない操作がほどこされていたのだ。すくなくとも、小説家の古田はそう読んだ。

「篠ノ井でのりかえるときに電話してきた。それに列車はこうして着いた。篠田くんが姿を見せないはずはない」

古田はプラットフォームをのぞいた。賢作は列車についてはとくにうるさい考え方をもっている。列車のことは岐阜のことについで第二の縄張りである。賢作は岐阜から名古屋へ行き、そこから中央線でやってきて、篠ノ井で信越線にのりかえる。篠ノ井で電話をしてきたときの賢作の心の中にあるものは、何かしら手にとるように分る。

「事故でもあったのかしら」

しかしとうとう賢作は姿を見せた。彼は一番うしろの車輛から降りたと見える。彼は楽しむように歩いてきた。あたりの風物をたのしむのか、そこに二人が待ちうけているためなのか、ずっと景色のうつりかわりを見てきた顔つきがそのまま残っているのか、あるいは、ずっと景色を見てきたということを理解させようというつもりなのか、彼はふしぎなほど楽しむ眼つきをして歩いてくるのであった。この隣りの県は岐阜とはどのくらい違うのだろうか。はたして別の県であるだけの値打があるのだろうか。もしこの土地の者や、ここに来ている古田のような者たちが、ほんとうに、ここが彼の郷里と異なるものであるとか、それ以上のものであると考えているとすれば、それは正しいことであろうか。しかし、彼の楽しげな眼つきには、寛容をこめた何かがあった。この小旅行にそれだけの意味があったということを示そうとするのであろうか。

「詩囊《しのう》をこやすために、すこしこういうところへも来て見ませんか。別にぼくの好みというわけではないが、ちょっと遅いかわからないが、紅葉の季節です。ある人は極楽だと称しています」

「わざと時間をかけて歩いてきたのではないかね」

賢作はまだ消えていない古田の小さいながらも不満にはすこしも気がつかぬどころか、たとえゆっくりと歩いてきたにしてもそれは別の理由のためであり、決して彼はとくにゆっくりと歩いたわけでなく、それ以上は速く歩けないのであった。

賢作の楽しげな眼つきは、昂奮のそれにかわった。それはことによると、仲直りをこえてどこかへひとり歩きして行ってしまいかねないようなものがあった。

「途中いかがでした」

と古田の妻は運転しながらいった。

「このあたりは御覧のとおり、黄色がかっていて、あんまりきれいではないのですよ。やっぱり遅いのでしょうかね。それとも樹木の種類の問題でしょうかしら」

そのいい方がどうのというわけではないが、へんにそっけないところがあるのは、東京人のせいだろうか。もうすこし声の出し方がないのか。しかし賢作は酔ったように、むしろ誇らしげにいった。

「中津川あたりから、だんだんに一駅ごとに鮮かになってくるのが分って、これは中央線を選んでやってきただけのことがあると思いました。この時期の中央線ははじめてですから」

古田は賢作のしゃべっている言葉に神経を集中していた。

古田は仲直りのことを口にするけれども、なぜ仲直りせねばならぬのか、ほとんど自分でも分らないのである。だから賢作が古田と仲直りしなければならない理由は何も考えてはいないのかもしれない。白昼夢なのかもしれない。久しく会わなかった賢作がゆっくりと楽しげに、非常にそうであることが大切であるような眼つき顔つきで改札口のすこし手前まできて、ずっと改札口を出てきたとき、胸があつくなった。篠ノ井から電話のあったときもそうだったが、その声の出し方に気をかけながら、胸があつくなった。胸があつくなったのだから、うらみがましく現われるのがおそい、わざと怠けて歩いてきたのじゃないか、といいたくなったのであった。

なぜ白昼夢が起ったのか？　古田が「ルーツ 前書」というのをつい書きはじめて、そのなかに賢作のことが扱われていたからであろうか。たとえそうとしても、そのことのためではない。くりかえしていうが、喧嘩をしたおぼえは一度もないのである。それが仲直りせねばと思うのは、喧嘩をした結果と同じようなものが、あらわれたように感じられたからであろう。しかし、そういう思いを古田は口にしたことは一度もない。「ルーツ 前書」の中においても、喧嘩をしたというような場面が書かれているだろうか。ある思いや、空想は書かれてはいる。賢作を傷つけさえしたかもしれない。しかし、あれがほんとの賢作だろうか。あれを賢作そのものだと誰が思おうか。なるほど賢作をモデルにした。賢作にふれて書く以上、彼の隻脚のことをよけて通るわけには行かない。古田の年譜の台帳が賢作の書斎にあり、そこに次第に書きこまれ増えて行くか、とつぜん打切りにされるかは別としても、そうしてその意味においては古田に関心を抱きつづけざるを得ないこの世界での最後の一人であるにしても、そして最後の一人であることをやめにしてしまうかしないかは別としても、古田の方も賢作に対して、思い出したようにおせっかいをやきたくなり、そうしてふいに仲直りせねば、とこうふしぎな気持にかられるのである。

家のまわりの山を、賢作と古田は歩いた。これが、古田自身が、「ルーツ前書」の中で扱った人物であり、古田が岐阜のことを考えるとき、一つの関所みたいであり、全岐阜みたいに拡大され、そう拡大しなければ、もう彼と古田との関係は打ち切りにされ、そうなると、彼の台帳はむなしく書斎からどこかへ放り出されてしまう。賢作のことだから、ある日大げさに裏の、セリなどが春先きになると小さい流れに顔を見せる庭のすみで、紅葉の木を気づかいながらも、焼きすてるかもしれない。それとも、最近すこし設備を新式にしたとはいっても、まだ木ぎれや雑誌類の焚き口がのこしてある風呂場へもって行って、泣きながら焼却するかもしれない。その風呂へ、古田は賢作の家に泊るとかならず客として賢作たちよりさきに入ることになっていた。

「先生、ほんなら、風呂へ入ってえ」

と賢作はそのえを尻上りに柔かく万感こめて発音しながら（その柔かさにはどんなこわばった感情も溶かしてしまう力がある）妻の言葉を伝えにくるか、あるいは彼女が、何故かしら笑いをうかべながら、二人のいる書斎へ入ってきて、

「ほんなら」といったあと一呼吸おいて、

「風呂を焚きつけましたで、もうそろそろええ頃やと思いますで」

その短かい合間に、彼女は賢作と古田の二人に順々に視線を送る。二人がまた書斎にい

るということが、おかしいことのように感じているのか、彼女にとっては夫である絶対者の賢作が、古田といるときには、必ずしも、絶対者ではないということ、賢作の書斎あるいは賢作の家に二人の男が同志のようにしているということのおかしさなのか、それとも、同じような仕事をする二人の岐阜人というものがこうして集まっていることによって、その仕事も、岐阜というところも何ものか意味あるように思える。岐阜は、ひょっとしたら東京の一部であるか、それ以上であり、東京も岐阜そのものであり、世界はこの書斎から始まって、この書斎に終る。そう思いこむわけではないが、そう思う彼女自身がほほえましい。彼女もまた、日頃の賢作の妻であるというよりは、もっと自由な存在であって、たまたま賢作のところにきているだけのことである。もっとこれからわたしにはよいことが、具体的にあるかもしれない。岐阜出身であり、同業者の先輩である古田がいつか前の亡くなった妻の骨をもって娘とやってきた。古田の家の墓は、上加納の市営墓地のとっつきのところにある。賢作は古田親子について行って、墓地で経を読ませるときもいっしょにいたり、御布施の相談もうけた。そのあと墓石が倒れてその修理は賢作がひきうけた。そのうち、古田はある日岐阜へやってくると不意に岐阜のある女性と口約束だが婚約をしかけた。その女性は、賢作の弟子ともいうような立場で、彼女を古田が知ったのは、もちろん賢作らを通じてであった。それから古田はその女性ではない、東京の女と再婚した。そうした古田の岐阜にまつわる人間くさいいっさいのことを賢作の妻は、ずっとその利口そうな眼で見てきた。その利口さが、ときどき夫の賢作をなげかせた。その利口さは、むしろこすいのだ、といった。そのこすさは、その言葉にあらわれている。岐阜の言葉は決してお前のようなものではない。ところがお前の物の言い方は、愛知県に近い。愛知県も一の宮ふうである。なぜなら、名古屋はずっと実利的である。勘定高い。保守的である。三河へ行くとこれはまた違う。これはもう……と賢作は、例の第三師団管轄下の壮丁の県別、郡別性格分類表をデーターとして思いうかべる。賢作のいうことは正しいかどうかは別として、とにかく利口な眼で一部始終を眺めてきたのであった。賢作との間の子供の進学その他のことについて、賢作と意見が対立している彼女は、古田が書斎にくる日を待ちうけていて、古田の奪いあいになるのであった。どうして賢作はそのときいつもとちがって悠然としているのだろう。ひどく悠然とすることにこだわっているとさえみえる。

「この人は、さあとなると、おれは学校のことは知らん、学校へやってもらっとらんもん、とこういわっせるもんやで……」

彼女は夫を二分、古田を八分という比率で眺めるのである。

「ほんとやも。学校のことは先生にきいたらええ、と前からいっとることに、うそいつわりはないて」

先生とは古田のことである。このような会話がどんなふうの味わいのものかということは、どうしたって文字ではあらわせるものではない。くりかえし音読してみて、この文字がどんなに無意味にさえ見えてくることだろう。まったく岐阜弁には都合のよい御手本がないのだ。

いずれにしても賢作の妻は自由になり、飛躍したようになる。古田の歴史を賢作夫妻が知っているように、賢作の歴史は古田が知っている。なぜかというと賢作に賢作のことが自分のことであるように、賢作自身のことについて考え、そこから作品を作り出す相談をしてきたからである。その間に次第にみんなそろって年齢《とし》をとり、賢作の家のまわりの風物に変化がおこり、彼自身にも変化がおこった。

「篠田さん、すこしのぼりになるけど、高原へ出てみることにするかね。一ヶ所、ほんとに極楽の中にいるのだ、と思うようなところがある。そこは見ておいてあるのだよ。そのあたりは初夏には、あやめが群生するところだがね。しかし大丈夫かな、のぼりだけじゃなくてゴロゴロしているが」

「のぼり？　先生は今でも、そういうことをぼくにいうのですか。心外ですよ、ねえ奥さん。ぼくはどこだって一本脚で登って行くのですからね。先生は、そういうことを先生はちゃんと知っておられるんですから」

「すみませんね。何しろ私どもでも楽じゃありませんからね。すこし登りになると、脚も身体も重く感じられるものですから」

「それではちょっと出かけるとしようか」

「千メートル林道というのは下の方でしたね。カンタンの啼いていたという高原はこれから行くところですか」

「岐阜の電気屋が追分の公民館で避暑がてらバーゲンをやっていたのは……」

彼らは恋人のように写真のとりあいをした。ここへくれば、二人は何も気がねすることもなく、賢作は五十になり、古田は六十になっているけれども裸のままの、生れたままの人間であるというようなふうに思えば思えるところもあるのであった。いくらか「いたわりあい」の様子がほのみえ、賢作は強がりをいい、一方、古田はどちらかというと、やさしく包むというふうにしてバランスがとれ、まとまりのある塊になり、十月の風と光の中にいるのであった。しかしカメラをのぞいたあと、賢作の顔を見ると、小説家の古田は一種のふきげんさが眉のあたりにあるように思えるのは、それは古田自身の眉間の反映であるのか、それとも古田自身の見方のせいなのか、ここにこうして、高原に立っているせいなのであろうか。そのようなことにどうして驚いたり、気にしたりする必要があろう。そんなことを気にしていたら、こちらが堕落するばかりか、賢作をいい気にさせてしまう。そうしてこの男を井の中の蛙にさせてしまう。そんな顔付きなど無視せねばならん。なぜならば、そうしてやってきたのであり、その当座は黙っていても、そのような甘さを作品の中に見つけて証拠がここにあらわれたというようにしてこなかったわけではないからである。そしてそのやり方を賢作がマネをしてほかの誰かに応用をしておのずからカタキをとったりすることがあったとしたって、そこまで面倒を見きれるものか。そういうつきあいではないか。こっちがどういう人間であり、どういう考え方をしており、それはわれらが郷里岐阜と切っても切れぬところが、何といってもないことはない。すくなくともないことはない、という考え方は、長い間いっしょにはぐくんできた間柄なのだ。小癪なやつめ!

賢作は風呂から出てくると、向うむきになってじっとしていた。じっとしていたあと、顔をあげた彼は、何かあることをいいだすのだ。それは思いつづけてきたことや、大事と思うことや、賞めさせたいがどう出るだろうか、この厳しい応対を見せる同郷の先輩を屈伏させるにはどういう出ようをしたらいいのか。もし凶と卦が出るときの用意を十分しておかなくてはならない。何しろ吉の出る確率はよくなかった。古田は、吉と出ても凶と出ても同じように意欲的に膝をのり出すようにして語りかけてくる。賢作の書斎にいようが、東京の新宿の食堂にいようが、岐阜の飲屋にいようが、煮込うどん屋にいようが、同じことだ。加減というものがない。加減しろというのならしますよ。もう手加減しているくらいだから。いったいどういう気でいるのだろう。どこかで元を取ってやらなくちゃあ。それなのにこの自分が、古田の岐阜での関所であるように(ほんとにそうなのかしら)、古田は東京での、中央への入口でもある。何だってこんな関係になってしまったんだろう。神様！　何とかして下さい。この人との関係を外して下さい。

篠田賢作は、夏に岐阜ナンバーのバイクでやってきた男がうずくまっていたのと同じようにうずくまっているように見えた。じっさいは賢作は畳のうえに坐っており、あの男は正真正銘、蜂の巣をねらってうずくまっていたのであったが。賢作は顔をあげて、くるり一回転してこちらを向いた。彼は手の中でこれから古田に見せるはずのものをくりかえし眺めていたのであった。見せる前にすくなくとももう一度点検をしていただけであるというふうにもとれた。ただ事務的な行為で、感情も心理もすこしも入ってはいない性質のことだというふうにもとれた。ふりむいた顔は、古田が草むらの中で見た顔よりずっと賢作らしくない顔だった。あのときの顔がただの顔だったのだ。いかにも岐阜の人間の顔だったが、それにしても、ただそれだけのことだった。

じっさいには、彼は「ガリレオの胸像」の原稿を見ていたのであった。鞄の中には色々のものが入っているのが見えた。それは彼が新しくはじめた同人誌であり、それから彼が編集した戦友の記録『深みどり』という小冊子であり、それからノートであり、それから、岐阜市史の原稿の一部であり、それから、古田の小学校の卒業成績であり、彼の姉の一人の小学校のクラスの卒業記念写真などであった。見ぬ前から、その気になれば、そこにそうしたものが入っているということは、すぐに想像のつくことであった。しかし、彼は途中の紅葉の変化のことを主として語りつづけ古田の山の家のたたずまいや、雪にとざされるぐあいのことを考えているように見えた。彼の頭では降雪量は、飛驒の高山とおなじくらいかそれ以上であるはずだというようになっているらしいので、それを訂正しようとすると、気にくわぬ表情をしてみせた。

（『文体』第五号）

美濃㈥

昭和五十三年十二月一日

例によって、私の持時間は今日と明日の午前中しか残っていない。私はすることが沢山あり、読まねばならぬ本が沢山あり、したがって考えねばならんことも随分とある。もちろん怠けることもせねばならんことの重要なものであるが、その暇もない。私はたいへん申しわけないが、前回の自分の「ルーツ前書」を二、三日前に見たばかりである。さっきもいったように、この自分の文章より前に見るべきものがいっぱいある。自分のことなんかに構ってはいられない、という気持だ。にが虫をかみつぶしたような顔つきで私は前回の文章を読みはじめ、正直いってもう少し前に読むとよかったと思った。私は古田とその妻と篠田賢作とその妻とに微笑をもらした。風呂へ入ったような気分にもなった。もっともヌルマ湯であるが、ヌルマ湯が私どもの年齢《とし》には適当だし、もともと私はあんまりあつい湯はおちつかなかった。私はボツボツこの題名を変えて「美濃」にでもしようかな、とよけいなことまで考えた。（ほんとにそうするかもしれない。）

私は字《あざ》浅間山の山荘で、小説家の古田と岐阜からやってきた賢作とがこの家の一室で向いあっているところまで書いてきた。風呂から出た賢作がどんな顔をしてふりむいたか、手に何をもっていたか、それを先輩の岐阜出身の古田がどんなふうに応対しようとしているかというところまで書いてきた。これから彼らは色々秘密を暴露し(?)それから古田夫婦とつれ立って八ヶ岳のホテルへ泊りに行き、やがて翌日賢作はひとり、小海線に乗って岐阜へ向って帰路につこうとするというふうに運ぶつもりでいた。今月たぶんそうするつもりであるが、私は横着をしたくなった。それに賢作の名が出る度に、いつもいうように、岐阜中が腹を立てているような気もするし、そうなると、『文体』を本屋でのぞいても買うようなことをしないと覚悟をきめる岐阜人の数がふえる。もしそうなったら、この雑誌に対してあいすまない。そうでなくともどういうわけか、もともと岐阜には『文体』はあまり出まわってはいないそうだ。

つい数日前古田は一通の名古屋での墨彩展覧会の案内状を受けとった。五〇円切手をはった細長の特大絵ハガキだ。左半分に鯛の絵があり、右に文章があり、「タイの目玉」という題の下に平山草太郎と極細のペン字の印刷の署名が見えている。すこし長くなるが、どうも今月は平山の月になりそうだからそのつもりでいてもらいたい。

タイの目玉

タイはおめでたい魚だからもっと目玉を大きく飛び出させろ。そして尻尾やヒレも荒海を泳ぐにふさわしくピンと張って、大きく強く描きなさい。と某のアドヴァイスでもあった。

某は画家ではなく単なる素人であったが私のタイの画を見ると言ったものである。以後はしばらく自分は多くのタイの画を注意して眺める様になっていて駄菓子のタイ焼も気になったし、その他、多くの鯛図にも目を止めて見る様になった。多くのタイはほんもの以上によく特性が摑まれているのに気付かされたものであった。

元来私の考えの中で鯛は立派すぎたし、さらに、私はいわしなどにより親近感をよせていたから、たとえ郷里の鮎を描いてもいわしになりたがったものである。鮎は目玉が小さく頭も小ぶりで全体がセンサイでもあった。タイの写生は私に魚の個性、特性を学ばせた。画の本領はものの摑み方に勝負がかけられている気がした。(画の本領は別にあるが、そんな意もあって、やや以前になるがタイの画をとり出して見たかった。)

五三年　秋

この「タイの目玉」を読むと、はじめの方に「……描きなさい」とある。この「なさい」がちょっと一風かわったかんじである。「なさい」というのはごく当り前のどこででもつかう言葉であるけれども、そうばかりいってはいられない。「某のアドヴァイス」というのも「なるほど」と思わせる。某とアドヴァイスとの組み合わせのことである。「郷里の鮎を描いてもいいわしになりたがる」というのも、草太郎はなかなかうるさい人だということが分る。このハガキをもらった小説家の古田は、そのほか最後のカッコの中の「本領」についてもその含みをもたせ、空間をのぞかせておく態度に考えさせられ、それから、「やや以前になるが」という正確さの中にも何かたくまぬ企みをかんじて、なるほどこの鯛の絵はなかなかいいが、本人の草太郎が相当に気に入っているのだな、と思った。こういう人とつきあうには、背筋をまっすぐのばしたまま、夫人がつきあっているのと同じように、こちらも、マイ・ペースで行って、ときどきは「よく分っているから安心しなさい」というくらいにしておく方が衛生上いいのである。（じっさい、平山夫人の背筋はどんなときでものびている。すこしは背筋を並みの人間ていどに曲げてみなさい、と平山がもうあきらめてしまったかもしれないが、それでもときにはいうのではないかと思われる）平山が風呂の中でたおれた、という電話を古田がうけとったのは、昨年の夏、宇浅間山の山荘においてであった。平山は今から八、九年か十年ぐらい前に一度たおれた。古田が油絵画家で墨絵もかいている平山草太郎とつきあうようになり、『作家評伝』の挿絵をかいてもらうようになったのは、回復後まもなくのことで、つっかい棒のような夫人の支えでようやく活動を再開したころであった。平山が岐阜から木曾川をこえて愛知県へ入ったばかりのところにある「明治村」を賢作らと訪ねたとき、まだ坂をのぼったり、二、三百メートルの距離をつづけて歩いたりすることは出来ないときめていた。ところが賢作の歩くのを見て、平山はそのあとについて歩いてみることにした。この二人が精出して歩く姿は何ものかであった。賢作は古田らと同じように歩くことが出来るし、「篠田さん、大丈夫?」などというと、「先生、なにがですか?」と問い返したりするほどである。事実いつだって賢作は精出して歩くとしかいいようがないほど一歩一歩片時も努力なしには歩くことはないのであるから、古田らには二人が精出して歩いていたといいたくなる。七十をこえた病気あがりの平山が、必ずしも尊敬しているわけではないどころか、時には多少は軽蔑さえもみせかねない賢作を、競争相手にみたてたのは、何ものかであった。そして、前にも書いたことだが、あのとき「明治村」はこの小事件の前にはほとんど意味を失ってしまったように見えたくらいであった。

平山は決して尊敬しっぱなしでいることはない。尊敬したくなるときに、かえって軽蔑すべき点をまぜておくというのが自分のためなのである。尊敬心だけになるとき、平山草太郎はたぶん、不安になるのである。自分が不安になるというよりも、人間いっぱんと自分とのことである。こんなはずはない、もしこの片方だけであるのなら、自分が生きてきたことは何であっただろう?

「賢作さんのこのごろの詩ではこの前、『中日新聞』にのっとったのがええと思った。あの仁《じん》がムキになって書いたものは、どうもいただけんなあ、なかなか人柄がええのやがねえ。けどあれやな、どうや先生、そう人柄がええというわけでもないなあ、分るには分るけど」

平山はゆっくり眼を見はり、ゆっくり笑い、しばらく念を押すようにこちらを見る。先生とは、古田のことだ。その賢作の詩は、気楽にかいたささやかなものだった。いっておかなければいけないが、平山も詩人で、俳句の経歴は長いのである。

「第一、マルマル人柄がええというのは、何やね、岐阜にはおらんな」

平山はこういった調子である。足の方は心もとないのに、どうしてこんなことがいえるのだろう。まだつい先だっても賢作のあとについて歩いたばかりではないか。しかし、気にすることはないのだ。平山は古田に向って、

「この年齢《とし》になって、小ムツカシイものを読まされるのは往生するなあ」という。かと思うと何年かたって、一見これとは正反対の宣伝文を古田のために書いたりするのである。

そのへんのところは、「タイの目玉」を見れば見当がつくのであろう。

平山草太郎は昨年フロの中でたおれた。電話をうけたとき、いよいよ平山もこれで終りであろうかと古田は考えた。金銭のこととは別に平山に借りがあったのではないか。バランスシートはとれているのか。葬式に行ったとき、夫人の顔を見たときのことや——どんな写真が飾られているだろうか、どうして死ぬまで髪が黒々としていたのであろうか、ほんとうに彼は歌舞伎役者のような目鼻立ちだった。死ぬまで筆をとっていたのは、りっぱな往生だったと妻と話しあった。葬式の日がうまくこちらの仕事の締切日のあとであれば

よいけれど、お嬢さんが結婚されたあとだとよかったのだがなあ、あとの夫人の生活はどういうふうになっているのだろうか。夫人は並々ならぬ信仰の人であるのだから、まあ大丈夫だろうけれども、どうして何百万と彼の絵を買う余裕が自分にはなかったのだろう。

しかし小説家の古田の空想は恥ずべきだった。古田は秋の深まる頃、一ヶ月ぶりにもう一度賢作としめしあわせて、賢作の着くより一日前に字浅間山の山荘へやってきた。ほんとうに極楽のような気がする光景にめぐりあうことが出来るか、はたして極楽とはどんなものだろうか。とにかくその期待は相当にはずれた。賢作が長野県へ到着した。そういうことがあってから冬に近づいた。ある出版社の催しで、数馬と久しぶりにあった。そのときのことは前に書いた通りだ。それから本当に冬となった。岐阜の各務原出身である画家の平山は夏での古田の空想ではとうに亡くなっていて、百ヶ日になるかどうかという頃のはずなのに、展覧会の案内の電話がかかってきたのであった。いつも夫人から電話がかかってくる。古田が平山を知るようになってから、一度もほんとうに元気溌溂ということはないのだから当然であるが、いつだって夫人が古田の所在をたしかめ、古田がいるとなると、しばらくお待ち下さい、といって本人の平山が電話口にあらわれるという順序だった。夫人は秘書の役割をしている。夫人が電話をかけているあいだ、おそらく草太郎は絵筆を走らせているのであろう。しかしその日は草太郎がそんな状態にあるとは思ってみることも出来なかった。一命をとりとめたということは耳にしたし、もうボツボツ歩くけいこをしているとか立ちあがることは出来るようになったという話は夫人からきいた。すると何か音が近づいてきて、夫人といいあう声がまじり、それにこたえる夫人の小さい声もきこえ、なつかしい草太郎の声がした。

「先生、こんどはほんとに心配かけました」

草太郎は古田のことを、古田さんとか古田くんとか呼ぶことは先ずない。

「見舞いもせずに申しわけありません。その声ではすっかり元気になられたみたいで」

どうして見舞いにさえ行かなかったのであろう。古田の『作家評伝』の挿絵展を新宿でやることにきまったについての相談だった。それから古田の書く評伝と平山の挿絵とがのっているその雑誌へ宣伝文を書いたから、気にくわんかもしれんが、承知しといてくれということだった。雑誌がくるとこういう文面がカコミの中にあった。

「私の作家評伝」挿絵原画展
とき／十二月十三日～十九日（午前十時～午後九時）
ところ／ギャルリ・アルカンシエル（新宿ステーションビル）
平山草太郎

正直いって私はかつて古田信次先生の「私の作家評伝」ほど恐ろしい内容のものを知らない。恐い様な人間遍歴がテーマとなっている。すでに六年以上その内容の深淵さに引っ張られながらこの仕事とのめぐり合わせを真に喜んでいる。私はいままでの挿絵から思いきりはみ出ることを心がけ、原稿に目を通すことを楽しみ、時には恐れをおぼえる。女房役の私の挿絵原画展をご覧願いたい。

このあとに後援の新聞社の名と、雑誌の出版社の名が記してある。その新聞社は名古屋に本社があり、そこの出版局から、二年ほど前平山草太郎著『文楽写生帖』という四万五千円の豪華本を出しており、そこにその新聞に連載された平山の文章がおさめられている。オープンの十二月十三日に古田はステーションビルへ出かけて行った。

古田が宣伝文を読んで何を考え、感じたかということは、ここでいうことを慎しんだ方がよい。「タイの目玉」ではないが、「画の本領は別にあるが」といったふくみはここにだってあるからだ。時に古田は同郷の先輩のことを忘れて締切まぎわに文章を書きおえ、もう何もかも忘れてしまいたくなる。そのとき、多忙なために執筆者の古田のことも忘れがちな、あの例の旭川出身の編集者の竹内があらわれる。上の空のまま、竹内は古田の原稿を平山のところへ運ぶ。平山草太郎も多忙である。食うための仕事をせねばならない。筆一本でみすぎ世すぎをしてきたのだ。二十歳になるかならぬかに『新青年』の挿絵をかきはじめた。油絵と墨彩では世に知られている。もちろん月の半ばをそこで暮す岐阜では、一流である。挿絵だって何と多くの執筆者の原稿とつきあってきただろう。それを今さら口に出していわぬまでのことである。いったいこの古田という男は本気でやっていることは分るが、もうちょっと一般むきに書いたらどうなのか。もっと常識に近づいたらどうなのだ。常識に近づく顔だけはしたら、もうすこし読者がふえるだろう。せっかくこの平山が挿絵をかいてやるのに。ほんとに小ムツカシイ。このとしになってこんな面倒なリクツをきかされるとは、何の因果であろう。彼は文楽の愛好家で、『文楽写生帖』にも文楽についての文章を添えてあり、「今でもテレビ等にて太棹の豪壮さを耳にする時、やはり、文楽座へ足を運びたくならされる。そしてそれは近親への思慕に通うもの、私の愛する文楽なのである」と終っている。

何の因果であろう。太棹をひびかせて平山は、何の因果で古田の文章につきあわねばならぬのやろう、という。すると夫人が平山の眼の前に姿を見せ、それに調子を合わせたことをいう。絵かきというものは、たいがい夫人が小マメに立ち働き、絵をさばくことから弟子の世話から、絵筆の世話までやる。最近は夫の平山に不安と恐怖の材料がふえてきている。高所の恐怖や睡眠の不安もまた出てきている。夫人は信仰をもっているから、もうほとんどこわいものがない。こわいものといえば、夫の身体のことだけぐらいであって、あとのことは、信仰にうちこんでいる以上、かならず悪いようにはならないはずであり、その証拠は今までのことが示している。どんな日でも彼女が晩酌にビール小瓶一本をのむということとこのことも無関係のようでいてそうではない。これもほとんど厳然たること

なのである。それは彼女が望むと望まぬとにかかわらず背筋がのびているのと同じように
そうなのである。気になるのは主人の身体のことだけだ。浄瑠璃のセリフのように主人の
平山がいうことをいちいち本気につきあうつもりはないが、そうかといって、どうもこの
古田は原稿を書いたら、それで自動的に挿絵が出来ると思っているようにも見える。こち
らの仕事は旭川出身の編集者が運んできてからはじまるのだ。
「あの仁《じん》は、こういうところをかけ、ああいうところをかけと、指示してくれるんで閉口
するよ、ほんとに」
　平山はときどき執筆者でもある古田とあうと、編集者のことをこぼす。その竹内が鉛筆
をもって、挿絵の場面の指示を古田から仰ごうと待っているものだから、古田が苦しまぎ
れに、「ええ、このくらいのところでどうだ」と投げ出す。竹内が上の空になる前に、古
田が上の空なのである。竹内の編集者としての仕事は何もこの仕事ばかりではない。それ
は彼は食い物のことについて趣味と嗜好をもっており、それに幼稚園へ通っている優秀な
女の子がいる。この子供の成長については時々は考えたり楽しんだり、笑ったりせねばな
らない。他人のことというものは、どんな大切な人であっても、自分のことの合間に思い
出したり、かかわったりするもので、非常に近いようでも、無限の遠きにあるものなので
ある。竹内の顔にはそのことが書いてある。竹内の上の空はときどき急に事務的となる。
というよりおしつけがましい熱心さとなってあらわれる。まるで竹内自身をはげまし叱っ

ているようなものである。すべてのことは、食い物と旭川の話と子供の話となることによってつぐなわれることは、今もいったとおりなのである。

平山草太郎の恐怖心は、月の半ば頃になると、竹内によって運ばれてくる小ムツカシイ原稿のことにある。そこに書かれてあることが小ムツカシクて頭が痛くなるようなことだというばかりではない。ゆったりとした気持になって人生を見ようと思うときに、いやな側面から、忘れようと思っていたことを突きつけてくる。どうしてこの岐阜出身の男は、岐阜的なのであろう。美濃的といいたくないほど岐阜的である。ただ岐阜的だというだけのことではない。ちょっとこの古田という男はキチガイではないのか。この『作家評伝』の中には世界中のことが出てくる。はじめは日本人とも外国人ともいえるラフカディオ・ヘルン、つまり小泉八雲のことを書いていた。そこに日本妻の夫人のことやなんかが出てきたりして、あいかわらず小ムツカシイけれども、安心できた。そのうち世界をまたにかけて、哲学の話まで出てきはじめた。それだけならいいが、世界中が日本とかんけいがあるどころか、古田にかんけいがあり、それならかえってまだ分らぬでもないが、世界中が岐阜とつながりがあり、それも各務原とつながりがあるといった気配が見える。そうははっきりいってはいないが、本心はそうであって、隙を見ていつかいおうとしているように思われてならない。そしてその原稿をもって竹内が、ただ歩いているうちにあなたの家に辿りつきましたといったようにやってきて、表に立っている。もちろんその前に電話をしてくるにはくるが、そのときは不意に古田の原稿が入ってしまったので、不意に電話をしなくてはならないハメになったので、いま電話しているのは、竹内という編集者ではなくて、古田自身であるか、それとも、古田の原稿そのものであるといったような感じなのである。たぶん電話をしていたのは、あれは小説家の古田の原稿そのものであったのであろう。ひょっとしたらムジナか、それとも「小田のカワズ」あたりではないのか。

小田のカワズといえば、平山草太郎著『水墨画の周辺』(三彩社)には、その「小田のカワズ」のことが書かれている。

おだの蛙

金華山裏には信長の顔をしたカエルがいると、私は子供のころ聞かされた。そして小学校へ行くようになると、今度は別の人が、「おだのカエルは河鹿のことや」と、いった。私はなんだ、そんなことであったのかと、長い間の夢が消えるおもいだった。

歌舞伎の「太功記十段目」はご存じ明智光秀謀反の劇化です。その義太夫の筋に「小田の蛙の鳴く音をば止め敵にさとられじ……」と、いったような文句があります。現代のように文字が発達していなかった頃、まして新聞も雑誌もなかった明治・大正の田舎者は、芝居の台詞から種々なことを想像したものでした。(略)

平山は、それから数頁あとにこういう文章も書いている。

　あらわれいでたる・たけちみつひで

村の子供達は「あらわれいでたる・たけちみつひで」と太功記十段目の語り口を口真似しては、よく芝居の真似をして遊んだ。その頃の農村の娯楽といえば青年達のする素人芝居、従って町にプロの芝居がかかるのは年に一回くらい。夏場で都会の役者が避暑ついでの旅巡業をする頃だった。

私もよく父親に連れられて行ったものだが、四、五歳頃、どんな狂言を見物したかははなはだ記憶は怪しいが三味線と、柝を打つばったんばったんという音が異様ながら好もしかった。最もこれは私の現時点でのフィクション的な感慨かも知れませんが。芝居行き、その折々の想い出の中で深夜真暗な田舎道、私は朝からの疲れで父の自転車の上でこっくりこっくりと居眠りをやりはじめる。そしてそのたびに自転車のハンドルが、ぐらっぐらっとした。危うく車ごと田圃の中へ転落しそうになり、その都度、父の発した「草ッ、寝たらあかん!」大きな声、ついでいい気分の「夕顔棚のかなたよりあらわれ出でたる……」といった、芝居帰りの父の快さそうな語り文句、などが今日も耳底に残っているのです。お恥かしい自伝のフィルムをお見せするのは差し控えることにして、その頃の村芝居の、百姓の日焼した顔に白粉を塗りたくって、ネズミ色のお姫さま、若殿、それなどもまた懐しい思い出なのですが、そうしたあれこれが強い浸透力を持っていた。やがて中学の初年頃にはこっそりと芝居小屋の木戸口をくぐるようになった。このようにして周囲の、あるいは近親の影響などがあって今日の多くのオールド歌舞伎ファンが出来あがった。他に格別の理屈は見あたらない。

小説家の古田が十二月十三日オープンの日、新宿のステーションビルの五階の画廊についたとき、受付に一人の男が坐っていた。停年退職になったばかりであるが、失業保険をもらっているし、その期間も半年から三百日にのびることになったので、当分食うことが出来る。そういうわけで私はここに頼まれたというより、昔の想い出という自発的な気分できているのであって、むしろ楽しんでいるのです。私は再就職しようかしまいか考えているのですが。何もあわてることはないと家内もいっているし、私もこのごろ思っています。決して暇をもてあましているわけではなくて、テレビを見たり、(テレビも教育番組はけっこう豊富だし、夜の高校生むけの講座もためになるし、スポーツの基本動作の話だって今になってみると人生全般に通じるものがある。)それに読まねばならん本もいっぱいあるし、暇をもてあますどころではない。実をいうと、かえって多忙なくらいで、体調もすこぶるいい。それにこのごろは急に仲人役の仕事がいくつも出てきて、そのことでとびまわっている。何ごとも進んでしておけば、自分の方にもよいことがまわってくる。自分の子供にまわってこなくてもいつかは子孫にプラスになろう。たとえ何にならなくとも、日々忙がしいということはそれだけで健康にもいいのである。若いものには何かと腹が立つがそれもこのごろ考えよう一つだなと思うようになった。

いわばこんなふうな一人の男がそこに坐っていた。彼は平山の『文楽写生帖』を手がけた新聞社の出版部の人間であった。そうしてみると古田がかってに想像したよりはずっと若いことになる。この分ではもうすぐ竹内もあらわれなくてはならぬ。

古田信次先生という名も、竹内のいる出版社の名も、そうしてもちろん平山の名も見える。それらは平山の書いた大きな文字なのである。平山の文字は、かならず紙面の中でまがったり、わざとはみ出しそうになり、文句をいいたいのなら天地自然に文句をいえ、といったふうのところがある。いったいこうした書風というものは、誰が元祖なのであろうか。ひょっとしたら平山草太郎が尊敬する中川一政あたりかもしれない。一政は来客から出入りの魚屋から八百屋などとも、かならず庭へおりて角力をとってみることにしている人であることは、誰でも知っている。一政の友人があの角力好きな石井鶴三であることも知られている。草太郎は一政のところの庭で角力をとったこともある。一政はほとんど負けたことがないと、つい先日のNHKの土曜日の訪問の番組の中でもいっていた。一政の話では、角力というものは、自分と相手とのバランスによって成り立っていて、両方がいっしょになってバランスを、互いの力をつかいあって保ちつづけることに尽きるのである。勝負がつくとは、このバランスがくずれることの謂《いい》である。中川一政は先年とうとう亡くなった初代の岐阜市長の息子であるところの熊谷守一のように、しっかりとした骨格をしている。顔立もいい。ぜんたいの首の大きさ、つながりぐあいがいい。絵をかくのも角力をとるのも同じようなものだというのが、これまた一政の持論らしく、当然だろう。あまりになっとくが行きやすいようなかんじがするくらいである。平山草太郎は、やせてはいるがもともと姿形はたいへんいい。夫人の姿勢のことばかりいうようであるが、どちらかというと夫の平山の方の姿勢には自然さがある。夫人のようにむかし函館の女学校で走高跳の選手ではなかったけれども、彼は中学校で柔道の中堅をやっていた。今でも腰の柔かさはのこっている。いくぶん猫背なのは、これは優雅さを見せたり、物をよく見たり、感じたり、批判的であるためには、あんまり突っ立っていない方が有利であると思っていて、それがこの姿勢となったのであろう。草太郎は力を出しきらぬうちに、いつも負けた。一度勝ったことがあるが、うっちゃりのタイミングが早すぎて、二人とも砂まみれになった。草太郎によると、一政は賢すぎるということになっている。一政は賢すぎる、一政は賢すぎると草太郎の文字も絵もいいつづけているように見える。「岐阜の人間にはとろいところがある。長野県人などは……」といいつづけているようなところがある。

小説家の古田の前には、古田信次先生の小説、『私の作家評伝』という文字が見えた。平山は、古田の評伝を小説とどうしてもいいたくて仕様がないのであった。

平山と夫人とは、スミのところの椅子に坐っていた。

「竹内が挿絵に色を塗った方がええというもんやで色々入れてみたけど、どういうもんやしらんが、どうもいらんことをせなんだ方がよかったかもしれんのがね。何も竹内のせいというわけではないのやけど、けど竹内がいわなんだらせなんだかもしれんで。こんなことをいうたら、あの仁《じん》には悪いけど、まあ、ええやろう。ほんとにあの仁《じん》はけったいやな」

古田はうなずいた。どちらにしたって、もう塗ってしまったものは仕方がない。見渡したところ人形に急に当節ふうな衣裳をきせたような挿絵もあるにはあるけれども、やはり色があった方がよいと思われるものがある。いってみれば半々である。半々であれば上乗である。なぜかといえば、それこそバランスである。

「けどこっちが恥かしがっているものに手を出す人も出てきたから、やっぱり何ともいえんものやなあ」

草太郎は浄瑠璃の文句をうたうようにくりかえし、くどくどいうのである。どちらかというと、こういうときは、平山の調子のいいときである。かきくどくときの方が彼そのものので、彼はとても自由になる。

「平山さんは、以前とぜんぜん変りないじゃないですか、ねえ奥さん。それにそうして立ったり坐ったりも、ちゃんと出来るし、そういってはなんだけど、ぼくは平山さんがこんなによくなっているとは思ってもいませんでしたよ」

「それみなさい。私のおかげよ。立ったり坐ったりの運動を続けなさい、と私がいったのを実行したのがよかったのよ。何でもいうとおりにせなあかんよ」

さいごのところは岐阜弁になった。

「このごろ岐阜では死んだと思っとったら生きとったというのが流行るそうやで」

と平山はいった。

「けど何やな、先生も、若そうやけど、こうしてみるとあんまり若いこともないなあ」

先生とはいうまでもなく眼の前にいる古田のことであった。平山はやせた青い顔と首を、ダイダイ色を基調としてグリーンがまじったシャツやセーターやコートのなかから、出していた。それは何だか文楽人形のように、見えた。その口にすることは、そのやせぐあいや、弱々しげなせいなのか、そうではないのかにこやかな表情とは、かならずしも合っていないともいえるところがあり、古田はずっと前にこの世を去った母親を思い出した。顔立も似ているが、そのいうことがどこか憎らしく、その憎らしさは愛情とうらはらで、愛情があるのならもっとほかのことをいったらよかりそうなもんやないか、というのが古田が幼年から少年のころにかけていつも思うことであった。百姓をやっていたのかハタヤの家に育ったのか、何一つ子供に語ったことがないので、彼女の育ちのぐあいは分らないし、このことについてはよほど努力せねば、篠田賢作がしらべあげることは出来まいと思うほど、分らないのである。どっちにしても、よほど卑俗であるフンイキの中で育ったことだけはまちがいがないのである。まったく、親の子供の時分のことや、親のまわりのことや、親のまた親のことをききただすということは、子供としては当り前のことどころか、多くの場合は美談である。オトギ話や民話を話にきくことと同じように美談だ。今は尚更だが昔だってそうでなかったわけではない。好奇心のつよい普通の子供ならそうしたがる。何も名家であることを期待していないことは、日常の親の様子を見ていれば分る。たとえ親類のものがその気配をもって訪れてくるということがなくとも分ることだ。

「いらんこと聞かんでもええ」

というのが、小説家古田の親、とくに母親のいう文句であった。文学的フンイキというものをこれくらい拒絶し禁止する態度はない。国の内外をとわず、文学者というものは、たとえ父親が武骨な人で物語をいっさい女々しいとして拒否するとしても、その反対に母親は物語をきかせるというようなことは一般である。文学者の母親は、なろうことなら、彼女自身が文学少女となり、やがて女流文学者になろうとしたというようなものなのである。それなのに古田の母親は、文字を習うことを拒否したように物語を拒否した。それどころか子供が物語的フンイキにひたろうとすると、わざわざぶちこわすような有様である。子供のズボンが兄の古であるためにダブダブであるというので、笑ってみせるのである。つまり彼女の物語というものはそういうところにあるのであった。愛情もまたそういうところにあるとみえる。そういう気質は、各務原のさつまいも畑でなかったとしたら、ハタヤあたりの女たちのすれた会話の中から出てきて、今、それを小さい息子相手にくりかえし、復習しているのかもしれない。悲しい物語もせねば、楽しい物語もしたことがない。民話やオトギ話みたいなものがこの世にあったなんてきいたこともない。第一あったとしたって、そんなものほど実質のないものはない。何だか気恥かしいものだ。うためいている。うたなんてものは何だか気恥かしくて。どうしてうたうんだろう？ どうしてフシをつけて人前をはばからずあんなことをしてみせるのだろう。あれはきっとどこかよその国で出来たものにちがいない。まるで古田の母親はそういいたがっているように見えた。そのくせたしか子守唄をきいたおぼえがある。古田自身が母親のセナカに負われてきいたことがある、という気がする。そのときもお義理でうたっているか、ほかに考えたりすることがあって、子守唄など悠長にうたっていられるものではない。それにこんなものほんとはうたいたくないのだ。早くねつかないか、というような忙がしげなフンイキがあって、おちおちねつくわけにも行かないという気がした。

それに較べると父親の方は自分は文学も好きだし、酒ものむし、岐阜にいても物語の中へ入って行くためみたいに田舎へ仕事に出かけて行ったけれども、そのことを話したことは一度もない。もし酒をのみながら話したりしたら母親がやめさせたにちがいない。

このようなことは古田にとってどうでもよいことであるが、いかにもこの平山草太郎が、こんなに弱りながら、いや弱っているからこそいうこのいい方が実に古田の母親に、そうしてやっぱり父親にも似ているように、そうしてそれはあるときの古田自身にも似ているように思える。

「矢崎剛介は大分わるいようやね」

「ああそうですか、わるいのですか」

と古田はこたえながら考えこんだ。

「よう知らんが、祥雲堂がいっとったよ」

「病院から逃走された話はきいています。そう悪くないからだというふうにきいているけど、よく分らん、というふうだったかな。もっともぼくがきいたのは、篠田賢作からだけど」

「先生」

平山草太郎は呼びかけた。

「矢崎剛介と賢作とは仲がよくないそうだね」

「祥雲堂の八ちゃんがそういっているのですか」

と古田は顔をしかめながらいった。

「先生」

「はい」

と古田は、仕方なしにこたえた。

「どうも賢作の方がわるいようやね」

「賢作の方がわるいという評判ですか」

と古田はおうむ返しにいった。

「どうもムホンを起しているということが元らしいよ」

正統則天門華道の家元で祥雲堂という看板をかかげた中嶋八郎は、岐阜でも名が知れている。柳ヶ瀬の近くに店があり住居はその裏につづいている。彼は詩人で英語教師の矢崎剛介の教え子で、昔は応援団長で、この二人の仲は一通りではない。賢作をはじめて古田に引き合わせたのは矢崎で、矢崎と賢作とのことが、思いがけず新宿の五階の画廊で話題になった。

『水墨画の周辺』という平山草太郎の本は、その前の『水墨画入門』と同じように、東京の、今はつぶれた三彩社から出ている。どちらの本の書評も、古田は雑誌『三彩』に書いたことがある。中嶋八郎の長男がそこの編集者をしていたからである。

祥雲堂は一つの岐阜の根拠地である。そこの小さい画廊で、度々草太郎の展覧会はもちろん、中川一政の展覧会もやったことがある。賢作も古田も矢崎も、それからもちろん平山も東京の編集者の竹内さえもそこへ寄るどころかそこで顔を合わせることがある。もと岐阜中学の卒業生の何分の一かはそこへやってくる。そこは一つの根拠地で情報源でもある。

(『文体』第六号)

美濃⑺

昭和五十四年三月一日

画家の平山草太郎と小説家の古田信次が、新宿のギャルリ・アルカンシェルで話題にしていた詩人の矢崎剛介がその年の暮に亡くなった。もう昭和五十四年になったから、一昨年のことになる。といっても一年ちょっとしかならない。昨年の暮に、中嶋祥雲堂主人の中嶋八郎が矢崎の一周忌の法要を矢崎夫人としかるべき人たちとで早めにいとなんだという文面のハガキを作者によこした。どこからかの情報では、中嶋八郎は、自分は本名であつかわれているのは、サシミのツマにされている証拠だといっているそうである。

たしかに岐阜の柳ヶ瀬附近に中嶋祥雲堂もあれば中嶋八郎もいる。しかしそれと私の書いている店と人物とは同一かどうか分らない。敬意を表しすぎているきらいがあるという不満も分らぬではない。なぜかというと、度々書いているように、どうも敬意を表されるということには、岐阜の人間は不なれのところもあるからだ。それにコンタンなしに敬意を表するということは、この世にあり得るわけはない。ということは、どんな場合でもある程度正しいことにちがいない。作者はとつぜん中嶋八郎を別の名にするかもしれない。

三ヶ月おきにこういう文章を書きつづけるのだから、どんなふうに気が変るか作者自身もよく分らない。もともとこの文章は締切がきたので腹立ちまぎれに一回分だけのつもりで書いたのに、書いているうちに腹の立つのを忘れ、半ばいい気分になった。といったって毎回、またもや締切間際になると腹が立つのには変りはないが、腹の立つ対象はどこにもない。どこにもないどころか、その対象こそ、たぶんせめてもの愛らしきものによって結ばれている相手なのである。それは登場人物たちの間柄みたいなものである。きっと中嶋八郎も、主役はともかくその仲間に入れろというのであろう。主役というものは中嶋八郎のような岐阜の代表的市民批評家は心得ていると思うが、多少とも悲劇性をおびていなければならない。

とにかくハガキとほとんど同時に岐阜名産、「筏バエ」が着いた。松源という魚屋（？）が、ハエ（ハヤ）がとれたときに佃煮にしたもので、あらかじめ頼んでおいて出来たときを待つものだそうだ。人間はこの味の深さにとても迫ることはできるかどうか？　と問いをかけられているようなものだ。筏バエというのは、もともと長良川にうかぶ筏の下にハヤが群がるというところからきたものであるが、大小まちまちの大きさながら、その味がどれもそれなりに同じなのは、煮るときに何か工夫がこらされているという人がいる。八郎がいったことではなくて作者のところへやってきた信州の男がいったことだ。私には八郎自身がいっているように思えた。

平山草太郎が昨年の冬になりかかる頃、またたおれた。私が二度めに不死鳥のようによみがえりギャルリであったと書いたのは、これまた矢崎剛介がなくなるしばらく前のことである。二度めはフロの中で無意識状態になった。夫の平山がフロから出てこないものだから、夫人がのぞいてみると、眼をつぶって絵筆を空中に動かしていた。夫人が呼んでも平山は返事をしない。それから娘といっしょに、ツルツルして任せきりになった身体をひきずり出した。本人は何も知らなかったくせに、その状景を語ってきかせる夫人の言葉をおぎなったり、注釈を加えるのは草太郎自身であった。小説家の古田は二人のやりとりをじっときいていた。何と和かな老夫婦であろう。のがれてきた危機が何という甘さで語られていることであろう。が何ともいえぬ甘さを念願としていることがわかる。色気というものを、強調したのは祥雲堂である。小説家の古田の『私の作家評伝』の挿絵原画展をその店で五年ほど前に催したとき古田がそこへ顔を出すと、先生にあたる詩人の矢崎剛介のあることを語るために、矢崎とはちがって平山が性にかんすることを口にするさいにどんなに色気があるかということをひきあいにした。新宿のステーションビルのしばらく前のそれとくらべると、ほんのささやかなもので、茶器をならべたうしろの僅かな壁面に二十点ばかりが並べられているだけのことであった。

古田や中嶋八郎の中学校の先生であり、名高い詩人であり、岐阜中のめぼしいものが教え子であると、たしかに思っているともいってよく、そのうえ賢作の詩の先生格にもあたり、賢作といっしょに、詩の雑誌をはじめて、ずっと続けている土佐うまれ大阪育ちの剛介のことを非難する彼の心中は普通ではない、ということを示した。古田は、岐阜駅からちょくせつやってきたか、あるいはもう一晩ぐらい賢作の家に泊っていたかもしれない。中嶋八郎のくやしさがどんなものか、ということはもっとくわしく述べないと分ってもらえない。いちばんいいたい本人の矢崎にはいえない。平山やそのほか一人ぐらいは、おそらく賢作などには語っていただろうが、きき手としては東京に住んでいる古田が好都合だ。平山が北国の女のことを酒をのみながら話してきかせた物語をこまかく、再現してみせるには、古田が適任者だ。壁には古田の「評伝」の挿絵がかかっている。そこには、男と女たちが歌舞伎の役者のような所作でかかれている。

この物語をきいて、古田は何に対して誰に対してともいえず、羨望をおぼえた。平山は古田の知らぬところで、うまいことをやっていると思った。うまい世界を知り、うまいことを感じている。何という憎らしい甘さだ。煮ても焼いてもくえない人だ。中嶋八郎は前の晩あたりに近所でのみながらその話を平山からきいたのであろう。その話は『水墨画の周辺』の中の「摘み草抄」の中にちゃんと書かれているのを古田は発見した。前にもいったように、その書評を古田は、『三彩』に書いた。八郎の長男はその雑誌の編集者をしているということは前にもいったことがある。そういうわけで平山の文章そのものをまた引用することにしようと思う。ところで先回私が引用した平山の文章「おだの蛙」の中で、

信長の顔というのが、信長の敵になっていた。（この著書は訂正ずみ）

摘み草抄

トンネルを出ると雪景色に変わっていた。かの有名な、川端さんの小説を思わぬわけにはゆかぬ、といった按配で、途端に私は、よい気持になった。しかし、次第に雪はうすくなって福井の駅に下車しても、まったく雪は見られないどころか、二時間前に見た名古屋の青空とは、少しも変わらない深い青色の空から早春の陽光が、車や人を喜々とさせていた。

画を描くために東京からやって来たのではない。旅行ぎらいの私が福井へ（四回目なり）やってくるのは親類の者がいるからでもある。しかし、私はここの古い港町であった三国港が、好きになっている。古道具屋歩きの好きな私はそこで、琴の音のする店に出会ったこともあった。五月であったと思うが、小ぎれいな店構え、ガラスに少しもくもりの見られないその店の土間に立って、雛段式に並んでいる銅器や、陶器などを眺め回している時、境の唐紙をへだてた奥の間から琴の調べが静かに流れてくる。曲はよくわからなかったが、今どきには珍しい感じで、何ともいえぬゆう長な気分にさせられた。

そのあと、若い妻君（細君）だろうと思った、と書いてある。のんびりとした一見「賢こげに」は見えまいとし、鮎よりも鰯の方が性にあっているといった足どりで進めてきて八郎が古田を羨ましがらせた箇所にゆっくりと入ってくる。

じつはこんなことを書く気ではなかった。三回目に訪ねている一昨年の春、ここの芸者さんで妙に忘れられぬことをいった。その人に今度も会うことが出来たが、それは若くない、いうところの年増芸者（話題を持たぬわれわれに退屈させないといった種類の）である。その女人がこんなことをいった。

「かわいがることの上手な男はんに会うことはいやです。きらいなと思うような男はんでも、上手にあつかわれるとからだの方でいつまでもひかれます。女の業というものと思って、あとでつくづく自分がいやになります。みじめになります。」

あからさまにその体験者からじかに聞かされてみて私は、こんな女の人は、じつに珍しいと考えた。こんなにこころがこまかくて美しい女はたくさんはいない。単なる男へんれきをしたスレッからしの商売女に見られぬ、神さまのようで真正直なざんげをするこのおんなの話に私はすぐれた文学をのぞいたように聞き入ったものであった。

平山草太郎がこの話を、この文章よりはもっと間をおいた、ときにはもう話は終ったのではないかと思うような間をおいたあと、ボツボツと次のところへ移るという話し方、その中に岐阜弁あり大阪弁がまじっている。そのうえ話の途中急にあらぬ方に、つまり八郎の方ではなくて、カウンターの中の女に向って近況をうかがったりする。たとえば、ダンナの消息に立ち入ったり、もし招き猫でも棚の上にのっておるとすれば、

「ちょっと、そいつはいい顔をしているやないかね。どこで手に入れた？」

「何？」

「何って、そいつ、その猫」

「ああ、猫かね」

「猫かね、とは恐れ入ったよ」

そういって、時にはその入手先きを根掘り葉掘りきくし、時には、きいた本人が話題をうつしている。そうしてしばらく本堂の下にしつらえられたミニ版の四十八ヶ所めぐりみたいに遍歴したあげく、もとの話にもどってくる。

「どこまで話した？　八っちゃん」

というような平凡なことも、平山がいうと舞台の上で、小さい低い声でしゃべられるので、よけい耳をかたむけたくなるような様子がある。いくらか面倒にもなっているはずのところが、話は何しろ女の話である。それに平山が尋常なことをいうはずがない。とにかく、自分の物語の最中に、自分で邪魔を入れる。いったいこれは企みなのか。子供のころ

からのくせか、あるいはもっと意味ぶかい油断のならぬ人生と対応した方法なのかもしれない。じっさいいうと、ほとんど途中まで辿られてきた物語のことは忘れそうになる。平山はもともとそんな話なんか、本気でするつもりもなかったのだし、自分でもあきらめていたのかもしれない。座興のためにはじめたけれども、もうくたびれてきた。身体的要求だけは如何ともしがたいものである。もう話す気もなくなった。話なんかして何になろう。そこにいない、同郷とはいえ平山の一面識もあるはずのない古田のおふくろのように物語なんかぜんぜん認めてもいないし、気恥かしいばかりだ。そんなもの、この世にもともとあるわけはない。もし万一わしが話をつづけるようだったら、猿ぐつわでもはめてもいいから、むりにでもやめさせてくれ。もちろん、そんな気力は皆目ない。

平山は中断しておいて、話を進める。主導権は物語の方にすっかり渡してしまってある。自分は仕方なしに物語がしゃべらせるものだから、こうして口を開いて、そのかっこうをして義理を果しているだけのことだ。ボソボソと言葉がにじみ出てくる。言葉というより何か液体のような感じがする。思わず見たくなる。やはり液体ではない、言葉だ。しかしそれにもかかわらず見えるはずのもので、もしほんとうに言葉が見えるとしたら、こんなふうかもしれない。もちろん口が動いているだけで見えるのは唇だけだ。だが、そんなこと問題ではない。こんなことをいくら書きつらねても、平山草太郎の話し口というものを説明しきることはできない。ということを勘定に入れたうえで読者は、これからの何行も読んでもらうといい。

私は酒をよく飲んできたが芸者あそびをする機会などとうていなくてきている。貧乏画家はせいぜい屋台の店をはしごして歩いたすえ、泥のように駅のホームやガード下で、夜明かしをするのがおちであった。そしてホンの数回、ごちそうやとでもいいたい、つまり絵を買ってくれないでごちそうだけをしてくれる、そんな人のごちそうで芸者買いをしているにすぎないのである。

春あさく巷《ちまた》の女ながら摘むものか

これは犀星さんの句であったが、女の心とからだと、ふしぎでおそろしいような感じで話してくれたその年増芸者君も、これから春暖くなると、そこら近所の女房さんのようなスタイルで、摘み草をすることもあるだろう。

書き忘れたかもしれないが平山草太郎は、昨年、三度めに岐阜の住居でたおれた。夫人からの速達によると、腰をいためて身体を動かすことが出来ないから筆を手にしてもどうにもならないということだ。代筆として内弟子の早野正冬史氏に頼むことになるそうです、と書いてある。早野の名で古田の名の横にこれで三ヶ月ならんでいる。数年前の四月十三日に早野が自分の車で平山夫妻と小説家の古田信次とを能郷《のうごう》にはこんでくれた。そのときまだ早野の名は出してはいないのは、こんなことになるとは想像していなかったものだから、見物客の控えの建物の中で、たとえば菜の花ずしのようなものがまざっている色々のすしをついばみながら、舞台で演ぜられている農家の人々が伝えてきた田楽（？）をスケッチする平山のそばにいたことだけを書いた。そのそばに早野もおり、その弁当は幼稚園をやっている未亡人の早野の母の作であった。息子の早野もそこで子供に絵を教えている。

平山草太郎はみぞれまじりの雪のふる寒さの中でひとり活躍し、すしをついばむ夫人に色々と注文を出した。矢立であるからひとりかいておればいいわけだが、厳密にいうと、ひとりの年輩者の主人が、屋根があり、部屋のどこかに炭火の気配があり、名古屋あたりからバスをつらねてやってきた謡の同好会の女たちの体温の有難味もあるとはいえ、庭につくられた舞台に向って大きくあけっ放しにされている中で、たったひとり仕事をしているのである。そのスケッチはたぶんその月の「評伝」の中にも入るであろう。それにたぶん、「古田先生、郷里の岐阜に立ちよったさい能郷で田楽を観るの図」という文句を入れて一枚入るであろう。もっともそうしたアイディアを出したのは古田自身だった。それはことによったら篠田賢作を刺戟するつもりかもしれなかった。というより賢作に刺戟されたという方が正確だろう。なぜなら賢作は古田の伝記を書くつもりでいるというからである。

平山は夫人を安穏とあそばせておかなかった。誰をも何ごとをもあそばせておかなかった。中嶋八郎と酒をくみかわしながら（といっても、そのときも一口か二口かであったにちがいない）「摘み草抄」に当る話をしながら、寄り道をしていたのは、招き猫や、気のきいた、あるいは気のきかぬ、営業用の焼き物とか、それから店のおかみそのものだとか、そのしゃべりようとか、小料理の味つけとか、刻み方とか、そのほか手作り次第に安穏と安閑とさせてはおかぬ、ということになるかもしれない。そのくせ本人も本人をとりまくそれらのものも、出来れば、いっしょになって太平楽をきめこんでゆっくりのんびりしていたいのであろう。じっさいは、小うるさいのも彼のあそびであり、太平楽であり、甘さであろう。甘さというと誤解されるならば、甘美さといってもいいが、甘美というべきではない、といったところもある。

内弟子の運転する車の中で、平山が古田に語ってきかせる話は、やはり弟子の一人、といっても五十年輩の下駄ばきで洋服を着た男で、ノボリ屋の主人である。じっさいは古田はその年齢さえきかなかった。きく必要さえないという気になっていた。作者はまだ名をあげてはいないが小説家古田信次の知っている岐阜の人間はたくさんいる。その中には国鉄岐阜駅でなくても名鉄の新岐阜駅をおりて賢作の家へ向おう、あるいは、その途中にある祥雲堂によるために、あるいは、とくべつの事情と用事のために二度、三度訪ねたことのある、市民病院のそばの詩人で、古田の教師でもあった矢崎剛介のところへ行こうとして、歩き出すと忽ち、いるわいるわ、多少の差はあるが、何と岐阜周辺の風貌に次々と出っくわすことだろう。それは懐しさというような程度のものではない。何をいっても無駄なことだ。考えたり空想したり、この世の可能性にいい気になって暮してきたことが気恥かしくなる。そんなものは吹けばとぶようなものだ。もともと存在しないものだ。架空のものといえるほどのものでさえない。それは見えかくれする大小遠近の山々のようなものだ。立ちどまって、地べたの上に寝そべりたくなる。

いつか会の帰りに流れて古田が篠田数馬と酒をのんだ。大きな身体をした数馬は近頃は病気もなおってようやく食欲と身体なみの食事をし、宴会でもウナギも二人前たべた。そのあとささやかにのんだ。まだ彼は気をつけていた。すくなくともそうしようと努力していた。

「そういうわけで、ぼくは半分大阪というところもあるのです。それにバカげているので、岐阜とかかわることはやめにしています。つまらんですよ」

そういうわけというのは、彼の父が大阪にいて、彼ひとりで子供のときから大阪へ会いに出かけていたというのである。彼はそこでもっとスケールの大きい、日本のもう一つの文化、というより、ほんとの文化の根づいている場所に身をおいて、いろいろ見聞してきたので、いわゆる岐阜人ではないというのである。彼の父母は別居していた。その父のところへ、かなり自由に出かけていったというのは、その言葉だけからすると、普通の家庭

より は大分すすんでいたことになる。今のアメリカなどは、離婚してからも子供たちは、新しい家庭へ会いに行くのが一般である。それはとにかく、その数馬でさえも、その席にいた、誰かが別の地方の山の話を出したとき、

「ぼくらだって、伊吹山を見て育ったのですよ」

といったとき古田はいいしれぬ気持になった。となりにいる先輩の古田のことを思って古田に代っていったことであるとしても、そうだった。

じっさい山々がそうなのだ。さきざきは、岐阜の山でもかいて暮そうと平山はいってい る。近くて高い山は、かくのにメイワクだと、長良川べりの、八郎の親類の旅館の一室でどこにもその名のある、金華山を見ながらつぶやいていたが、その山の岩山のたたずまい、どこにもある名の権現山の禿げぐあい、それから長良川の北側の、ずっと奥へつらなって行く山々。能郷白山。祥雲堂から、賢作の家のある方へ向うと、遠くに光る恵那《えな》山。そんなに遠いところでなくて、賢作の家へ行くのに、左手に権現山と金華山につらなる丘がいっぱいある。ほとんど変っていない。それから、数馬も口にした伊吹山、岐阜では、イブキヤマといい、西の方では、イブキサンという。イブキサンでなくイブキヤマでなくてはならない。あれが山だろうか。「ただの大きな塊じゃない?」といったのは、古田の妻だ。彼女は何度教わっても、関ヶ原がしたがってイブキヤマが岐阜と名古屋との間になると思っている。どうしてそんなことがあり得るのか。そんなことがあり得ると思っただ

けで、岐阜の街を歩いている連中は気が狂うだろう。そう思うのは古田だけのことだ。彼らはただ笑うだけだろう。それに似たことは度々あり、たいていそうした誤解で成り立っていると多寡をくっているに相違ないからだ。岐阜の人間が今でも岐阜弁をつかっているると思っているが、そんなのは夢物語だ。東京の人間よりも標準語をつかっている。何も昨日今日のことではない。ずっと以前からそうだった。誰かが岐阜弁というものがあると東京の人間がよけいなことを伝えたのではないか。岐阜人は安らかに標準語をエンジョイしてきているのだ。きっと古田という男が、岐阜人らしからぬ劣等感にさいなまれてそんなことを考えたり書いたりしてきたのだろう。ああいうのが一番こまるのだ。どうして岐阜に水をひっかけるのだ。もっともそんなことといちいち気にしている愚か者などいないけれども。

古田だけだとしておこう。その古田がたとえば賢作に連絡しようとして新岐阜駅の赤電話に近づいたとき、もうその一台で受話器をにぎって話しこんでいる任意の人物の顔と声をきいただけで、彼は眼がくらむ思いがする。何も新岐阜駅につかなくとも、新名古屋から電車に乗ったときから、それが始まる。それはすこしずつ、浜松あたりから始まるはずであるが、今は新幹線のために、そんなことはない。その代り東京駅で乗りこんだ乗客の中に、早くも古田はこれは名古屋で降りて、名鉄の新名古屋駅まで歩きそこで電車にのって岐阜へ向うということが分ってしまう。何の意味もないことだ。東京から岐阜へ向う岐阜人、すくなくとも元岐阜人がいるとしたって、あるいは岐阜へもどって行く岐阜人がいるとしたってどうしてそれが問題なのだろうか。

しかしそうではない。古田の妻などは、岐阜弁というものがレッキとしたものだということを信じようとしない。伊吹山や関ヶ原の位置と同じことだ。ついうっかり岐阜弁をつかってしまう夫を見て、外国人がそこに現われたような顔つきになる。そのくせ岐阜の人間が東京と同じ服装をしているどころか、東京以上に新流行を追っているのを見て、絶望する。咎めるのではない。流行の伝播の速さにおどろき、東京と田舎との差がないということに、生甲斐を失うらしいのだ。古田は、そのとき岐阜人に代って説明してやる。流行はむしろ岐阜から発しているのだと。全国の女物の既製服は岐阜でデザインし岐阜で仕立てているのだと。そのしょうこにたとえば賢作の附近のどこかの家をのぞいてみるがい い。そこでは妻たちがよその女を集めて仕立てている。そして妻たちはもっとほかの家の妻たちのところへ材料をはこんだり、出来あがったものを集めたりする。はじめは工場へつとめに出ていた夫たちは、また運び屋になって家の中へ舞いもどってきていたりする。彼は生甲斐を失って、途中パチンコをやりに寄る。しかし、何のことはない妻もまた別のパチンコ屋に寄るかもしれない。彼女も頭を休めなくてはならない。

パチンコのことはどうでもいい。流行のことをいっているのだ。平山草太郎は若い内弟子の早野の車の中で、これまた弟子のノボリ屋のことを話した。いったいどんな男であろうと古田が思ったということから、作者は長々と道草をくったのであった。ノボリ屋が大きくなり、働き手の数がふえ、彼らが組合を作ろうとしているとか、何か要求をつきつけてきているとかいうのである。平山の岐阜の家は、その両者が交互に訪れてきて彼に解決を迫るので往生しているという、ただそれだけの、いわば発展途上にまつわる話であるが、どこにも永遠にあるモメゴトのことだったが、話そのものは問題にならぬとでもいうかのように彼は窓の外を眺めながら道草をくった。話題にとびこんできたものは、立ちどまっているわけではない場合もあるから、平山の話題がみんなに思い当ることは不可能となってしまうこともあった。福井在住の雨田光平の箏曲をきいたり、その思い出にひたっている気分なのだからいたしかたがない、といっているともとれた。それなのに平山をなやませるノボリ屋とそこに働くものたちが、どんな調子で話しこみにくるか、小説家の古田は、その友人や、道を歩くものたちから、あれであろう、これであろう、と想像がつく。彼らは内弟子早野の車をとりまいてくるのであった。

平山草太郎が雨田光平を岐阜へよんだとき、世話役をしたり、そういうことに関心のあるものたちに号令をかけ、そのためのセンスのいいハガキ大のパンフレットを（ハガキに仕立てたものだったかも分らない）こさえたのも、祥雲堂だった。その案内は東京の古田のところへもとどいたような記憶がある。その催しの会場は寺だった。同じ寺でも、古田信次の軍隊の泉部隊の仲間が例年あるいは何年に一度追悼法会の会場にしている駅と柳ヶ瀬とのあいだの電車通りに面した円徳寺のようなところではない。瑞龍寺だっただろうか。祥雲堂に電話をかければ、すぐ分ることだし、そのときの案内状もファイルしているにちがいないから、その文面も教えてくれるだろうし、実物を送りとどけてくれると思う。パンフレットは、しいていえば、すこしセンスのよさが見えすぎるきらいがある。ほんとうは祥雲堂のせいではないにきまっている。どうせ岐阜の印刷屋に頼んだに相違ないから、印刷屋のせいといった方がいい。祥雲堂は、外にあらわれすぎることについては厳しいものをもっている。私はまだ熟読してはいないが大切にしまってあるところの「正統則天門華道」という彼自身が書いたパンフレットというには厚さのありすぎるものの中に、そうした心得が記してあるはずだと思う。

「摘み草抄」に当る話を、矢崎剛介にたいするくやしさの引きあいにして、祥雲堂がした同じ日に、この主人はもうしばらく前に催された雨田光平のパンフレットを見せた。雨田へのほれこみようは、まばゆいばかりだ。こんなにまばゆいと、矢崎だって、わざと別のかたちで、質のちがうまばゆさをつきつけてみたくなるのではないか。たぶん矢崎剛介も、そのパンフレットをもらいながらその会場へは出かけなかったのではないか。

あとになって『水墨画の周辺』を見ると、あの年増芸者の登場する「摘み草抄」や先回に紹介した「おだの蛙」「あらわれいでたる・たけちみつひで」と同じように、ちゃんと載っている。途中から引用する。その頃というと、登場する人物が若い美校時代のことだ。

雨田の箏曲はその頃から一部の仲間達に知られていて彼のそれはすでに京極流の上位にあったのだという。同期といっても曾宮一念は洋画、雨田は彫刻と科を別にしていたので、一念はそれを知らなかった。

書きなおしてはじめから引用しなおすことにすればよいが、もう時間がない。とにかく美校時代に吉野に二人が旅をし、そのときどこからともなく琴の音がきこえていたのでフスマをあけると数人を前にして光平が「しづやしづしづのおだまきくりかえし……」と吉野にちなんで、静御前の舞いの曲を奏でていたというのだ。

それ以来、今日まで二人の他目にも羨ましい交友がつづく。そもそもこれが最初の出あいだったのである。以上のことを私は光平の箏曲を聞いた後に知ったのだ。

そのあとで光平を訪ねていった次第が、文楽や歌舞伎というよりも、能のような調子で書かれている。

ところで、その雨田光平、今は福井の足羽山麓にひっそりと暮らしている。同じ市内に私は近親の者がいるところから噂を聞いていた。そして是非とも一度耳にしたいと願っていた。それが去年の十二月のある午後だった。早稲田大隈会館の別棟で、思ったよりも早く聞くことが出来たのは幸福といえた。

いよいよのめぐりあいの感動のことをくりかえし言葉にしながら、次のように続けている。

もともと音痴な私だが聞いてみてびっくりした。どうもびっくりでは当て嵌らない。それは大変みやびなもので我々の考える大和楽の間をはるかに超えていた。私が最も感動したものは「厳島詣」（高安月郊作詩・鼓村曲）であった。聞きながらついに泣かされてしまった。その琴爪さばきのきれいさもさることながら、私は光平翁の声音に妙になつかしさをおぼえた。そこには微塵の争いもないかげりの全く見られない感じ、遠い千年も以前の祖先達のおかげで今日自分のあるを拝みたいような、そんな有難さにまで持って行かれて私は泣けてしまったのである。どうも私のこの表現は気になる。しかしこれは蒼古なるいい廻しと読者に思われようが致し方がない。

それとは別に私の曾祖父は田舎の文人気取りではなはだ書画を愛した。いっさいの家事や野良仕事などは家内がやらされていて天下一ともいわれる怠け者だった。「雨降りなどには手づくりの三絃をボロンボロン……と爪弾きんさって、自分の出鱈目唄に合せて……」とはよく私が幼時に曾祖母から聞かされたところ。自分ごとで恐縮だが、そしてそれとは全く比較にならないが、昔の画人と琴、それはよほど縁が深かったらしくて支那の竹林の七賢図にも琴を持った人が見られる。そして徳川期における文人画、玉堂は和琴をかついだ漂泊の旅人だったようだ。

あの池大雅妻女も和琴をよくしたとか、客をねぎらうため、その琴を質草にしたことが梢風の奇人伝にあると書きつづけられている。

小説家の古田信次が今から五年ほど前祥雲堂へより、そこで小さい壁面の「挿絵展」を見たあと、矢崎剛介のことから、雨田光平のこと、三国の年増芸者のことなどきかされたあと、本人の平山がやってきた。そのあいだにきっと賢作もきたにちがいない。その前の晩あたりには、「平山草太郎岐阜日日新聞文化賞受賞を祝うの会」が祥雲堂のすぐ近くの、平山の柿などをかいた軸のかかった茶屋の一室で行われたと思う。もちろん、世話役は祥雲堂だ。あるいは当日の夜だったかもしれない。とにかく古田が帰ったあと平山草太郎は夜行列車でひとり三国へ発った。あとできたハガキによると、その夜は岐阜にも雪が舞っていて、それを見ているうちに急に三国へ行きたくなったそうである。

三国で平山は年増芸者のことは知らないが、とにかく別の人を訪ねた。そのことを書く時間もないし、私も疲れた。もう今は欲得なくやめにしたい。一つだけいっておこう。それから何年後、編集者の竹内とカメラマンと平山夫妻と古田夫妻が、岐阜で賢作らとまわって歩いて被写体となったあと、福井へ出かけた。三国からの帰りに、福井で車をとめさせて平山はひとり歩きだした。それからある二階家の窓へ向って自分では大声をあげているつもりと見えるが、かぼそい声で、

「光平さん、光平さん」

とよんだ。


（『文体』第七号）

美濃(八)

昭和五十四年六月一日

平山草太郎がまたもやたおれた。これで三度めになる。連載中の『私の作家評伝』のさしえは内弟子の早野氏が肩代りしている。平山氏の容態は如何であろうか。岐阜の家にいっきりで東京に帰ってくることがない。

岐阜の中嶋八郎に問いあわせておいたところ、平山氏はまだ腰痛がひどくて筆をとることができず、横になっているうちに血圧もあがり、あやしげなことを口にされる有様なので、今度は駄目かもしれない、と思っていたところ、すこし立つことが出来るようになったので安心した、といってきた。そのあと、頼んでおいたのが手に入ったとあり、前と同じように「松源」の「筏バエ」が殆ど同時に着いた。そのしばらく前に篠田賢作が、会合や国会図書館にくる用事をかねて上京してきたときにも「筏バエ」を土産に持ってきた。これは岐阜駅か、岐阜のデパートかで買ったものだが、この方はそれだけ大々的に「筏バエ」を製造している店のもので、創業元禄二年とか三年とかいう文字が見えていた。味に関しては好き好きでどちらともいえないが、「松源」のものには、「タマリ」と思うが小さい器の中に入れてそえてあったが、賢作のそれの方は、タマリでたきこんであるようである。

あるいは賢作は、この泥くさいような濃い味こそ岐阜の味だとすすめているのかもしれない。一年前かそこら前に、小説家の古田信次は賢作の案内で、芭蕉の弟子のひとりで美濃派の創始者である各務支考のいわれのある妙心寺派の雲黄山大智寺へ出かけた。れんぎょうとか山吹の花の記憶があるから去年の春さきのことだろう。そのあと県立図書館に寄り支考かんけいの書物を村瀬氏から見せてもらい、コピーをとり新しく出てきた支考の手紙の写真をもらった。古田はよく字が読めないので、早く『郷土研究・岐阜』に活字にして書いてもらえるとありがたい、というようなことをいった。そのあと長良川の忠節橋をすこし下ってきたところの道路に面していて、表は一階だが、裏は二階になっているうなぎ屋に入った。

図書館を出るとき賢作は、「先生、岐阜のうなぎ屋を案内しますよ」といった。それだけで賢作が、東京の新宿の淀橋警察署の前を入り店先きに柳が立っているあるうなぎ屋のうなぎの味と、この忠節のそれとをくらべて見てくれ、ということだということがすぐ分った。うなぎ屋に入ると黒い九官鳥が二羽いて、互いにしゃべりあっていた。

九官鳥はアイサツだけでなくて、帳場か調理場で男女がしゃべったようなことをしゃべった。九官鳥の岐阜弁を耳にしながら古田と賢作は運ばれてきたうなぎを食べた。これがタマリをつかって、テリ焼きふうに焼いたものだった。これとさっきの「筏バエ」の味とが似ているところがある。

中嶋八郎が平山草太郎の消息を知らせてきたあと、竹内からも、もう三十分ぐらい歩いておられるそうですから、もう大丈夫だと電話があった。腰痛でたおれたときいたとき、大したことはなかろうと思った。そのあと、平山はこんどはひょっとしたら本当にいけないのではないかというふうな噂がきこえてきた。誰のたてた噂であり、誰を通じて伝わってきたのだっただろう。噂といったって、竹内か中嶋以外の人物であるわけはないのだから、知らぬうちにただそう思えてきただけかもしれない。彼らの言葉はたしかに、さっき紹介したことのほかにあるわけではない。いったいどうしたことだろう。たしかに噂は伝わってきたことも事実だ。噂とは何なのだろうか。それともあやしげなことをいっておられるそうで心配です、という八郎の文面からや、竹内の横になったままです、という電話連絡の言葉の印象のせいであろうか。平山草太郎は、生と死の境界線をこえる準備にとりかかっているのではないかと。そしてたぶん、近づいてきつつある死神に向って生の立場からアイサツを送り、ボツボツそちらに行くつもりだから、宜しくたのむというようなことを、ちょうど八郎といっしょに呑んでいた小料理屋で、「色気のある北国の女」のことを語りながら、途中で中断して、招き猫やおかみに話しかけるような調子なのではなかったのだろうか。おそらくそうであろう。平山は生を中断して死の方を向いてしゃべっていたのであろう。しかし、ほんとうに死神としゃべっていたというよりも、からかっていたといった方がいいのだ。いつだって彼はそうだからだ。死神と仲よくしておくような顔をしながら、もうそのときは境界線に片足をかけたふりをして、ふりかえり、
「どうやね、お前さんたあも、こっちへこんかね」
と笑っているのである。

笑っているといったって、平山はこのごろ常にそうであるように、眼も口も十分に笑っているわけではない。それに中空に顔を向けて笑っている。これは何か次にいおうとする用意のためで、それはどうしてもせねばならないが、そのために、よけいなことにエネルギーはつかうわけに行かない、というつもりなのである。

考えてみれば、二度めにたおれたときも、風呂桶の中で無意識のまま絵筆をうごかしているような恰好をしていたというのも、独特のアイサツだったかもしれない。

老境に入ると、どうも岐阜の人間は、徐々にこういう態度を機会を得て会得しようとしているようにも見える。これは脳が軟化していたりしている症状に近いというよりは、脳が非常にハッキリしており、冴えておるばかりか、人間としても非常に優秀であるということの証拠なのではないか。古田の晩年の父に対する記憶は、このような境地を何とか会得しようとし、そのために自分の家族や医者を相手に色々とこころみていたのであったと思うとよく分るような気がする。ひょっとしたら母親もそうだったのではないか。

支考のことも、古田のことも前に触れたことがある。支考が何度も自分を死んだことにして供養をさせ、そのあと名を変えて放浪の旅にのぼったりしたのは、古田の友人であり先輩で、『月山』の作者でもある林貢氏によると、横蔵寺のミイラや、長良川の関市の小瀬の橋のたもとに円空が穴を掘って入定したのと似た儀式ではないか、ということだ。

「支考は妙心寺派の禅寺に育ったのですが」

と古田は電話で林氏にいった。

「妙心寺派は禅宗だ」

「それで頭がいたいのです」

「古田さん、そういうことは、ほとんど問題ではない」頭など何をいためることがあろうかと林氏はわざと一般的な演説調で叫ぶようにいうと、久しぶりに呵々と笑った。それは林氏の精神衛生上の健康法の一つでもあった。それをきくことは、古田の健康にとってもよいことを考えてのうえであることも事実だった。「早い話があなたのよくいう何番めかの札所の谷汲山華厳寺にしたって」

そこで、林氏は一息ついた。紅茶かコーヒーか、ミルクを飲んでいるのであろう。

「ところでその何とか、谷汲でしたかね。あれは何番でしたかね。一番は熊野の那智山ですがね」

「三十三番結びの札所だったと思います」

「きっと御詠歌にもそのことはうたってあるはずです」

と林氏は決然といった。

「そのようです。たしか」

と古田は何ということなく心おどるのをおぼえて、いった。

「今までは親とたのみしおいづる（笈）をぬぎておさむる美濃の谷汲とありましたから、その通りです」

「それでぼくのいいたいことは、忘れないうちにいっておきますが、もうこのごろは、どんどん片っ端から忘れて行くので、さっきの続きをいっておくことにしますがね。何しろ記憶しているとむしろ驚くくらいです。これはどうしたのでしょうかね。忘れんとする意識のせいなのか、おのずから忘れるのか、それともただの老人だということなのでしょうかね。もっとも老人であるということは間違いのないことではあるけれども」

古田はしばらくどう答えたものか沈黙し、できれば、林氏よりも先に何かいいたいものだと苦しんだ。じっとみつめている相手の眼が見えるようである。こういうとき、林氏と古田は非常に親しい間柄であって、何もかも知り尽しているにもかかわらず、いやそれゆえにこそ絶妙な会話の運びになるのであった。それは賢作と古田、八郎と古田、あるいは既に世を去ったとはいえ、いよいよ生きているように思える野村進や、まだ十分に世を去ったとはいえない矢崎剛介と古田、とくに平山草太郎夫妻どうし、平山と古田、といったぐあいに、彼の生まれ故郷とつながりのある人々とのやりとりとは違うけれども、一種の親しさからくるところの、何というか、まわりに宇宙をとり巻かせてしまうような、可能なかぎり拡大させ、やがて人も言葉も雲散霧消させてしまおうとする意図がたえず感じられるのである。もし対話というものがこんなふうに生みだされて行くものなら、その時間というものほど有難いものはない。生きているダイゴミでもある。

それにしても気がせいて何かいってしまったものが負けであるという勝負の気持になり、もうそういった勝負というようなことから早く解放されたい。そう思うことこそ、思う壺である。いや、思う壺などというような問題なのではない。それに「いったい、あなたの知り合いの岐阜の人々はどうですかね」といいそうにも思えるのであった。もうよした方がいいと思う。

林氏はいうのだった。

「古田さん、真言も禅寺も稲荷も雑居しているじゃないですか。大智寺はどうであれ一般に寺がそうであれば、一人の人間にしたって同じでなければならない。それにそのように旅をするものは、ほとんど山嶽行者と見ていいですからね。これはどこにかいてなくとも、本人の支考が——支考でしたかね。誰でもいいが、どうせ『美濃』の中に書いてあったように、名前を数え切れぬほどもっていたのでしょう。何といおうと関係なく、そうしたものです。おそらく神道とも手をむすんでいたにちがいないですよ。彼らは何とだって手を結んだのですから。それで、これまた忘れるといけない急に思いついたことをいっておきますが、あの岐阜の田中写真居士だって、あれは生きているうちに死んだことにしましたからね」

古田は田中写真居士という名が出たとき、ほんとうにあれは岐阜の人物であったかどうか疑った。この人物が彼の郷里の人であると、林氏がいうについては、ほかでもない古田自身がそういったからであるにちがいない。林氏は古田本人さえも忘れていることをこのように不意に口にしては、古田を驚かすのである。あたかも、林氏の記憶が急速に衰えはじめているというのは、ほんとうはいつわりであるということを古田のみならず林氏自身にもなっとくさせようとしているためにそういっておるのであろう。しかしそうかといって本当に記憶がたしかだという証拠であろうか。それはまったくほかの理由からただそうなっただけのことかもしれない。そうとするなら、「古田さん、その理由はいったい何のためであり、どういうことをあらわしているのでしょうかね」といわんとしているのである。このように親しい人との間ではそれぞれの理由で、一般にその幸福と不幸とを同時に、あるいは交互に感じるものであることは、今まで書きつづけられてきた文章の中であきらかなことではあるが、古田はひょっとしたら独特な形でこの二つを感じるのである。ダイゴミというような程度のことではなくて、快楽そのものであるのかもしれない。

「それから今ふいに思い出したからいっておきますが、」

と林氏は一息ついた。タバコをふかしているのだろう。

「先月号だったかに『イブキサン』というのが出ていましたね」

「どこにですか」

と古田はいった。

「どこにといって『文体』にですよ」

「ああそうですか、思い出しました」

林氏はゆっくり待っていた。

「『イブキサン』のサンは山という意味というよりは、さまのことじゃないですか」

古田は賢作に電話で、田中写真居士というのは、はたして岐阜の人物であるか、それとも岐阜とはともかく大垣の人物ぐらいではないか、問い合わせた。

「さあ、岐阜には瀬古と清水の二軒の写真館があり、瀬古は横浜に出て写真を習い、明治十九年に創業していますがね。当時は写真館というのは最先端の仕事でしたから」

と賢作はこたえた。彼はたまたま明治十九年の新聞をしらべているところだ、とうれしそうにいった。つい先日三月の末に東京へ出てくると賢作は日傷会館に泊り、いくつかのパーティに出たあと国会図書館に出かけた。日曜日と月末とが続いて、彼は片一方のことは知っていたが、翌日、軽い革のカバンを肩にかけ、片手で杖をつきながら図書館の門の前に辿りつくまでは、その日もまた休みであることを忘れていた。そのために彼は一日在る。彼は岐阜市史の明治から昭和二十年の戦前までの分の執筆を担当している。彼は図書館のマイクロフィルムで朝日新聞の岐阜版をしらべている。明治十九年の新聞、と電話でいっていた、その「新聞」とは、おそらく岐阜の市史編纂の代表者松本氏がどこからか見つけてきた新聞で、動かすと崩れるし、新聞だから表と裏と両面に印刷されているので、コピーするわけにも行かないのだ、といっていた。それならフィルムにとればいいのじゃないか、と思ったが、古田は黙っていた。その世界中に一つしかなく、もちろん国会図書館にもない何年間分の岐阜の新聞のことを思って陶酔していたからである。田中写真居士のことをたずねたときおそらくちょうど、そのボロボロの新聞を眺めていたところだったのだろう。あるいは数日前にゆっくり楽しみながら調べているうち、いくつかの記事が彼に発見の喜びにひたらせ、誰かそのことを伝える相手をほしがっていたところに、都合よく古田から電話がかかり、歓喜したのであろう。古田は賢作が率直に喜びにひたっているときにどんなに口もとがゆるんでくることであろう。詩人や小説家として世の中に認められたとか、子供の成績がいいとかいうこと以上にそうなってくる。眼鏡をかけたことのなかった賢作が、老眼鏡をかけて眼のあたりを反射させながら活字を見つめているのを思うだけでも心が和む。そういうとき、彼が顔をあげると、はずかしげなおとなしそうな顔に見えるのである。事実はずかしがり、おとなしくなっているのであろう。翌日大垣の古い写真館もまた田中ではなかったといってきた。すると田中写真居士とは何ものであったのだろう。写真とはどういうことだったのだろう。

「代を譲るときには一度死んだことにするというのは田中写真居士もそうしたのだから、かれ各務支考がそういうことをするというのは当り前のことというより、むしろすべきことといってもいいくらいですよ。これは何も特別面白がっていっているのではなくて、そういうものなのですよ」

「支考は『終焉の記』というものを、死んだ翌年自分で別名で書いているというのですからね」

と古田は十分になっとくがいかぬもののようにいった。すると林貢氏は即座に励ますようにいうのだった。もし励まされたら、いかなるものといえどもそうされなくてはならぬ性質のものであり、もしそうせねば、林氏自身悲観し、この世だけでなく来世においても縁が切れてしまうというような絶対の勢いがあり、もう絶対というものが何一つ残されていない時代に、いったん歩みよってしまうと、えもいわれぬ快よいものがあるのだった。

「古田さん、それは実に愉快じゃないですか。まるであなたの親父さんを見るようだといいたいところだが、死んだことにしたうえは、『終焉の記』を自分で書くくらいのことはこれまたきわめて当然のことですよ。弟子たちが芭蕉の終焉の記を書いてきたのだから、彼らもまた彼らの弟子たちによって終焉の記を書かれてもよいわけですからね。これは何ともいえぬうまみのあるところですからね。実にうまみのあるところだなあ」

と林氏はよそから電話がかかってきたから切らずにしばらくそのままで待っているようにといった。古田も一息ついた。

賢作と忠節橋のそばの九官鳥のいるうなぎ屋で、タマリで焼いた岐阜のうなぎを食いながら、支考の話をしたことなどを思いうかべていた。林氏が電話口に帰ってくるまでは、もう捕虜の身のように哀れな立場だった。そのあいだは呪文にかけられたように頭の中も身動き出来ず、ただひたすら首を切られるのを待つように待つのみだった。仕方なしに小説家の古田信次は賢作のことを思い出すことにしたのかもしれない。

「賢作さん、さっきの支考が若いころと晩年をすごした大智寺の土塀に三本筋が横に走っているのは、大した格だといっていたがあれは本当かね」

「そうですよ、先生」

賢作はうさんくさいように信次を見た。

「そうですよ、先生」

と九官鳥がいった。

「賢作さん、賢作さん」

ともう一羽がいった。

「むかしの軍隊にも金筋三本というのがあったようだったが、寺にもあるとは、はずかしながら初耳だったね」と古田は今は岐阜県の土岐市に住んでいるグヮム島帰りの横井庄一氏によって復活した言葉をわざとつかった。「たしかにあそこは大した道場のように書いた石碑がたっていたね」

賢作は岐阜しきの「ハン」とも「ホン」とも「オン」ともつかぬ返事をした。岐阜に育ったものに女性がその返事をしたときには、彼女との間には障害はなにもなくなった、というふうにとってもいいことが分るのである。もっとも岐阜人どうしはいつもそんな返事をかわしているのだから、とくにどうということはあるまい。しかし東京から戻ってきた、元岐阜人にたいして岐阜の女性がそうしたアイマイな返事をしたときには、障害はとりのぞかれているという証拠と思ってもいいくらいのものだ。たぶん白昼夢だろう。それなら、すくなくともそのときの古田は、賢作の返事をきいて、もし賢作が女性であったら、障害はとりのぞかれたも同じだ、と思ったというのが正確な表現であった。

「それはそれとして賢作さん」

と古田は川風をうけながら、堤防の方を見たり互いをふりかえったりしながら合間を置いて岐阜の人間の言葉をしゃべりつづけ、運ばれてきた岐阜のうなぎのかば焼きを口にしはじめた。

「岐阜市史の調べものをして忙がしいだろうが、一つ、各務支考のことを書いてみたらどうだろうか」

賢作は、古田が東京からやってきて持ち出してくるこうした話に眼を輝かした。その注文は何もアテがあるわけでない。必ず、次に、古田は釘をさすことになっている。二人の長いつきあいからすると、正しいことだ。よけいな期待をもたせず、その仕事の内容が見るべきものであれば、中央は岐阜に手紙をよこしたり、訪ねてくるであろう。見るべきものだ、ということは、古田が東京にいるのだから宣伝するだろう。しかし見るべきものというところに達していなければ、彼は多様な方法をとるが、それは賢作が地方にいて自分の力でどこかに発表し、ひとりでにしかるべき中央の出版社の誰かの眼にふれるというのと同じ結果になる。それは賢作にとって苛酷といってもいいようなことだ。しかし度々、古田は思い出したように、賢作がゆっくりとした調子で、当座の目標に向って、自分ふうに歩いているときに、古田はそのひそかな使命をおびて舞いもどったように、賢作に注文を出す。何故かしらぬが、彼の顔は輝く。古田の表情や口調が生き生きしているためかもしれない。あるいは賢作自身が何とかしなくてはならないとひそかに思っているところだったからかもしれない。それにたぶん古田の身勝手な岐阜にたいする愛着が、たとえば支考とか光秀とかといった人物のことを口走らせるのだろうが、岐阜にいる人間には忘れていた何かを吹きつけてくることも事実だ。意外性といったものだろう。その意外性にはまんざらただ意外だけではないものがある。

「岐阜には各務虎雄氏のような人もおられるし、いくらも資料を貸してもらえる」と古田はいった。

「支考の資料なら、さっき県立図書館の村瀬さんに出してもらった資料でみんなでしょうね」

「しかし美濃派も二派に分れているそうだし、その美濃派の流れぐあいは、各務さんに教えてもらうといいのじゃない。それとも色々とぐあいが悪いかね。それに岐阜には篠田数馬の友人の松井氏という虚子全集の編集員もやっていた専門家もいることだし、あの人も資料をもっておられるのではないかね。そういう人から教えてもらうのは、ぐあいが悪い？」

「あまりよくはないでしょうね」

と賢作はこたえた。

「そうか。ところで、今の話だがね」

と古田は本筋に入りはじめる。

「支考にしろ、光秀にしろ、関の酒屋の広瀬惟然にしろ、斎部路通にしろ、はじめから小説ふうに書こうとすると、平凡になる。なるべく地の利を生かして、俳句なり、手紙なり、それから資料そのものとが一体になって彼らが何ものであるか、そしてそれが篠田賢作とどこかでつながっている。そのつながっているというのも、結果からみるとそうなるのであって、はじめから決めてかからない、といったふうになるといい」

賢作は夢みるような眼つきになった、おそらくしゃべっている古田の方がそういう表情をしていたからなのは、さっきもいった通りだ。こういうとき、古田は非常にしあわせなのだろう。賢作もしあわせがこんなに簡単に向うの方から近づいてきたことの危険にまだ気づいていない。

「路通は何でも芭蕉に忌まれた人物だそうだね。犀星が絶讃しているそうだがね。美濃でないともいわれるが、美濃でいいのじゃあないのかなあ。芭蕉が遺言でこの男を許したそうだがね」

賢作はじっと耳をすませていた。

「『芭蕉葉は何になれとや秋の風』というのがあってね。これは芭蕉を意識しているともいわれている。まあ、しかし、こういうことはあんまりいそいで物にしようと思わないでゆっくりゆっくりと、まあ念頭においておくといったくらいのことにしておいたらどうかなあ」

古田は、彼自身、何か危険をかんじた。

「それにしても、あのゆうべ見せてもらった近作の詩はおどろいたねえ。ほんとうに賢作寺という寺がこの世に存在するとはねえ」

「あれはフィクションでなくて、ほんとうにリストにのっているもんで、思いきって『賢作寺坂』というふうにしてやったのです。あれは割にうまく行ったと思っているのです。賢作寺とは、もちろん、寺でもあるがぼく自身のことです」

「そうだろうと思ったよ。篠田賢作もいよいよ居直ったな」

「居直ってやろうと思ったのです」

賢作の声は上ずった。

林氏が近づいてくる気配がして電話から元の声がきこえてきた。いつものように気が抜けたようになり、また次第によみがえってくるものがあるのは、宿命的ともいってもいいくらいのものである。この関係はもう未来永劫つづくのではないか。

「それでそのようにして美濃派は何世になっているのですか」

「先だってもいったと思いますが、何でも二派に分れましてね。そのうちの一派の方はたしか三十四代くらいじゃないですか」

「よくやっているなあ。それで古田さん、その美濃派の俳句というのはどうですか」

「どうですかって？」

「いいですか、よくないですか」

「それはそう特別大したことはあるはずがないのじゃないでしょうか。そう大したものでない、ということを支考がいい出したようなものですから。支考そのものが大した俳句が作れないからなのか、そういう説にもとづいてそうしたのか、どちらかはぼくには今のところ分らないのですが」

「古田さん、それはあなたに限らず分りませんよ。実に楽しいなあ」

と林貢氏は笑った。

「美濃というところは、ほんとに面白いところじゃないですか。古田さん、支考というやつはひょっとしたら傑物かもしれませんよ。古田さん、いま思い出したが、その支考というのだったですかね、いつわり、とか狂とかいう字のついた名前を色々つかっていたのは」

「そうなのですが」

「あなたからきいたのかな、それともどこかで読んだのかな。このごろすべてのことが重ね合さってしまって、自分のいったことも他人のいったこともいっしょくたになっちゃって、古田さん、ひどいもんですわ。だから自分の意見のように語っているのに、実はたとえば、古田さんがつい先だってぼくにいってくれたことを、その本人の古田さんに語ったりするというのですからね。古田さんとの間柄でそうなったって、どうせもともと一心同体みたいなものだからいいようなものですけど、誰彼となくそうなるようでは、いい気持になっているわけには行かないですわ。しかし古田さんほんとをいうとね」

林氏は声をおとした。

「もともと俳諧というものはすべてそうしたものですからね。そういう名をあえてつけたり、自分の終焉記を別の名で自分で書いたりするというのは、これは俳諧の精神そのものじゃありませんか。あれは支考だったですかね、ほかの誰かでしたかね、近江かどこかのサムライあがりの俳人のことをヤユしたようにもとれる何とかという句をつくったのは？あれは古田さん、あなたがいったのじゃなかったですか」

「ぼくはいったように思いますが、忘れました。すくなくともその句は忘れました。ノドのあたりまで出かかっているような気もしますが」

「あなたもそうですか、困ったことだなあ。古田さん、これは自分を忘れたいのかもしれないなあ。こんなことあなた以外の人にいうと誤解されてえらいことになるかもしれませんがね。しかし、思うに、理解ということは、誤解に沿って行われるということですよ。ぼくと古田さんの間柄というものも、ぴったりと一致して分り合うということじゃないものね。いつも誤解の連続だものね。古田さん、許六じゃなかったですかね」

「たしか、そうです」

「許六か、どうして許六というような分りきった名前が出てこないのかなあ。アタマの中のどこかへ隠れやがったのかなあ。それはそうとして、よけいなことだが、その男でしたかね。悪い病気で死んだのは」

「さあ」

「たしかレプラみたいなものだったですよ。辞世の句に、一時に打破す糞尿の壺、芬々《ふんぷん》たる臭気梵天《ぼんてん》に供す。下手ばかり死ぬることぞと思いしに上手も死ねばくそ上手なり、というのをのこしたやつじゃないですか。古田さん、どうしてこうスラスラと出てきたのかね。まったくぼくは許六にしたってとくに興味をいだいているわけではないし、いつおぼえたのかなあ、古田さん、ぼくに語ったことがあるのではないですか。第一この辞世も平凡だし、彼の業病からすると、あんまりよいかんじのものじゃないしね。それにこの年齢《とし》になるとお互いに有難くないですからね」

「ぼくはすくなくともその辞世は林貢に語ったおぼえはないのですがねえ」

「すると、林貢もだんだん岐阜的になってきたということですかね。考えてみれば、ぼくらもけっきょく『終焉の記』を書いているようなものじゃないかね。こうして語らいあっていることが、これすなわちそうであるのだし、『文体』の『美濃』は一種の『終焉の記』といったものではないのですかね。それはなぜか？　それは生きのびるためみたいなものだからですよ。みずからを殺して、みずからの死にざまのことを書く。これはたいへんな物の考え方の進歩じゃないのですか。いやあ、岐阜か美濃か知らないが、おどろいたなあ、自分のことを外から見るということだなあ。しかし古田さん」

　林貢氏の茶をすする音がきこえ、それから電話の信号が鳴った。またもや古田信次は電話口で待たされ、いよいよ捕われの身になった。古田はこんどは支考のことを思った。このように、ムチャクチャに称賛されることを支考が想像しただろうか。何度かの「終焉の記」のあと、彼は大智寺のあたりで死んだ。村瀬氏がハガキにその写真を刷りこんだ書簡は晩年のころのものであったようだった。古田は先日まで机の上のガラス板の下に入れておき今はどこかへしまい忘れた書簡のことを思い、あれを早く手軽に読めるように活字にしてもらえないものか、それとも誰かに読んでもらうか、それとも、岐阜県立図書館で毎夏にもよおされる古文書を読む会に出席して勉強しようかと考えた。しかしおそらく彼はそうはしないであろう。要するに古田は待つ間実にタワイなくなり、まったく働かなくなったアタマをもてあまし、ひたすら林貢氏のもどってくるのを待った。

「いやあ古田さん、お待たせしました。大した電話ではないのですが。そうそう岐阜の海《かい》津《づ》というのは、岐阜からどのくらいのところにあるのですか。あなたよく知っているところですか」

「林さんがこの前講演に出かけられたところでしょう」

と古田はいった。

「そうそこなのですよ。あそこの講演にきていた大垣の歯医者さんが、こんど大垣で講演をしてくれといってきているのです。大垣というのはどんなところですか。海津から近いのですか」

「前にもいったと思いますが、海津はその字の通り、デルタ地帯にあり、大垣は中流にあり、大垣には戸田家の大垣城というのがあり、そこの藩士に荊口という俳人がおり、芭蕉はここから桑名へ向って運河を下ります。今もその出発点に燈台があります。大垣は前は地下水がふき出て自然の水道があったのですが、今は出なくなっています」

「地層に変化がおきたのかな」

と林貢氏はいった。

「先日東京から大垣どまりの普通列車で出かけた松本出身のぼくの若い友人が、大垣では見るものが何もなかったといっていました。ほんとうに何もないのじゃありませんか。あとは美濃赤坂へは電車が出ています。中仙道の宿場です。大理石が出たのですが、今では加工場があるだけときいています。矢橋さんという人の工場でこの人の屋敷を見たことがありますが、ホコリをかぶっています」

「古田さん、あなたが前に書いていた三野の一つの青野というのはその赤坂の近くじゃなかったですか。それから万葉集のうたを引用していたが、あれも関ヶ原をおりてきて、そこからそう遠くないところにあるのではなかったですか。それから洪水のあった安八郡というのも、そこから遠くはないのでしょう。何もかもそのあたりにそろっているではありませんか」

「こんどは何のことを話されるのですか。海津のときは、篠田賢作もききに出かけたといっていましたが」

「それが、まったく同じ内容のものがいいというのですよ。古田さん、ぼくは前はそうでもなかったし、同じことをくりかえすのは、ぼくの主義でもあったのですが、もうこのごろは、不意にイヤになりました。そうかといって別の話ということになると、何も話すことはありませんしね。ぼくはあのあたりは日本の中心で、あのへんの人間がいちばん利口なんじゃないかといってやったのですが……すくなくとも、とてもよいところだといって利口やったのですが、みんな講演にくる人は、どういうわけかこんないいところはない、とい

ってくれるといいましたがね。もっともあれは講演者の挨拶なんですがね。それで賢作氏

はその後元気にやっていますか。ぼくは『文体』で様子をさっしているのですがね」

「ぼくは賢作に光秀か文考のことを書いてみたらといったのですが」

林貢氏の声はしばらく途絶えた。そのあいだに今までとちがった気配がただよった。

「古田さん」

と林氏は声をおとした。

「あなたの気持は分るが、それは何といってもあなたが書くべきですよ」

「しかし、ぼくは賢作に書かせ、いずれぼくはぼくなりに書こうかと思います。賢作がう

まくやってくれれば、ぼくの方のことはどうでもいいのです。ぼくは『文体』の文章の中

に書こうかとも思っているのですが、しかしとても間に合いませんから」

「古田さん」

と林貢氏はいった。

「『文体』に書くのはおよしになった方がいい。ぼくは『文体』をひいきにしているけれ

ども、それはそれで別にした方がいい。あなたの新しい小説のジャンルを開いた方がい

い。大衆作家のものを——ぼくは大衆小説大賛成で、出来れば書きたいのですが——ふんだんに取り入れて古田信次流の時代小説を書く方がいい。といったって時代小説じゃないのですがね。あなた自分でいっていたじゃありませんか。賢作氏のことは、これはまた別のことです。ぼくもあなたほどではないが彼を愛しています。彼は愛すべき人です。どうして愛さずにいられましょうかね。詩だって小説だっていいはず。あなたがそういうのだから間違いない。でも、古田さん、それとこれとは別のことです。離れている人が書くものです。ところで、忘れないうちにいっておきますが、何しろ思いついたときにいっておかないと、それっきり思いつくことが永遠になくなるかもしれないような不安な気持になっていますからね。もちろん、ぼくはすこしも悲しいとも思わないし、むしろ楽しんでいはしてますがね。ぼくはこのごろ何かしらあなたにいっておきたいことがある、という気がするときがあるのです。そのときもいつの間にか過ぎ去って行きましてね。ぼく自身が見送っているのかもしれないのですがね。

ところが、そのいっておきたいことというのが、いったい何であるのか、分っているわけではないのです。それとぼくがさっきあなたに待っていただいて別の部屋へ受話器をとりに出かけ、あとからかけるようにいって廊下をもどってくるときに思いついたことなので、今すぐいっておかないと、これもそれっきり忘れてしまうような気がするのでいっておきますが」

そこで林貢氏は声をおとした。今までのことは、いいかげんな話というわけではないが成行上あるいは離れがたいがために、あるいは元気をつけるためにそうしていたのであった。ところが今からいうことはそれとはいくぶん違う性質のことで、そのためにこっちも声を一段おとし、自分に用心しているところである。したがってそちらでもそのつもりできいたら如何、というふうに受けとれるのだった。

「古田さん、実はね、ぼくは子供の頃によんだ『ラ・プラタの博物学者』のことを思い出したものですからね。あれ、ほら、何とかいいましたね」

「ハドソンでしょうか」

「そうそう、ハドソン。ぼくはファーブルの『昆虫記』とともに昔、愛読したのですがね。何しろ子供のころのことでほとんど忘れてしまったんですが、たしかね。〈死んだふりをする本能〉というのがあったので、ホラ、あれを思い出したのですが、ホラ、分るでしょう。ホラ、あれですよ。あの動物の死んだふりをするというやつですよ」

「死んだふりといって熊におそわれたとき人間が死んだふりをするというのではないし、動物がですね。たしか動物がそうするのを見たことはあるが、ぼくが見たのは何でしたかしら」

と古田はとつぜん〈死んだふりをする本能〉という文句をきいて『ラ・プラタの博物学者』は、彼もむかし覗いたことはあるが、これといっておぼえていることはない。

「もちろん動物のことですよ」

「するとどういう動物が死んだふりをするのでしょうか」

「いろんな動物がします。たとえば狐だって死んだふりをしますよ。古田さんもきっと一つや二つは見ておられるはずですよ。狐はほんとにふりをするだけですがね。何だったかある動物は、死んだふりをしている間、ほんとうに意識をなくしているというのですよ。これですよ。ホラ、分るでしょう。ちょっと分るでしょう。もうあなたにこれだけいえば、何もかもいってしまったと同じことです。もっともぼくはこれ以上は何もおぼえてはいませんけれども」

（『文体』第八号）

美濃⑼

昭和五十四年九月一日

昭和五十二年の秋、岐阜出身の小説家古田信次と、今も岐阜に住んでいる詩人の篠田賢作とが、字《あざ》浅間山を出発して八ヶ岳のふもとのロッジにやってきたことは、前に書いたとおりである。古田の妻が車を運転してはこんできた。

古田は賢作と和解をしたように感じていた。彼の妻は「和解」のことをすこしも知らなかった。なぜ和解しなければならないか、彼女は想像もしなかった。いったい、和解とは何であるか。賢作もほとんど知らなかったかもしれない。古田は賢作にあからさまなことは何一ついっていないからである。それに、どうして和解せねばならぬのか、その理由は本人の彼にもわからなかった。

しいていえば、何かしら、賢作の態度に変化があらわれている。夫婦の間では、不和の気配がだんだんハッキリしかかってくることがある。そのとき問いつめたとしても、こたえてくれるだろうか。第一、そんなこと問いつめるというようなことはしたくない。たぶん、おおよそのことは見当がついているからだ。見当がついていることも、相手にはわかっているのであろう。そのために、もし問いつめれば、沈黙を守ることが、そのシコリのいちばん大きな原因を暗示することにもなる。シコリの原因は過去のことなのか、それとも今こうして二人が車に乗っているということの中に新しいシコリの原因があり、それは、もともとのシコリと同じ性質のものであろうか。だが、その原因ははたして何であるのか。

いうまでもなく、賢作とは岐阜のことである。と、こう古田はいいきかせた。私の妻はお前だ、自分の妻とよばれる女にいうのと同じようなものだ。妻といっしょにくらしているものだから、女のことを忘れている。たとえ、ほかに女がこの世に何万といたとしても、男と女のいちばん深いかんけいは夫婦であることだ。あるいは夫婦に似たものだ。たちまちこのかんけいの中に閉じこめられてしまう。

だから、賢作と古田とのかんけいは、そのようなものである、と古田はずっと思いつづけていた。賢作の挙措動作を前から後ろからながめつづけていた。(気をぬいてきたのではないか)

しかし、ほぼ和解のメドはついたように見える。とはいえ彼のこの表情は？　この歩き方は？　この言葉のハシバシにあるニュアンスは？　ただ彼が今はいつもこの通りであるのか、それとも自分とのことでこうであるのか。そのような次第は以前に書いた文章と思いあわせてもらうと分るだろう。

彼ら三人は一つの部屋で寝た。古田の妻はサイドベッドに小柄な身体をしのびこませて、

「では、岐阜のお二人さま、おやすみあそばせ」

といって笑った。

賢作はスウィッチを切るような音を立てて義足をはずし、片がわの肩からサスペンダーをとりのぞくと、のこった一方の脚で力づよくトイレまでとんで行き用をすますとベッドに坐りこみ、何か一言二言その日の感想か何か、思いついたこと、それともいい忘れたことをいいたいような様子をして、

「ぼくらは、岐阜のぼくの家では横になってからがけっこう長いのですよ。たいてい先生の方があとまでしゃべっておられるようですが。ぼくはいつのまにか眠っているので。先生がぼくの名をよんで確かめられるのは気づいているのですが、そのへんまでが花で、あとは子守唄をきくように眠りこんでしまいますから」

「この人はしゃべり出したら、しゃべりつづける人ですから。岐阜はほんとによくってよくって仕方がないらしいですわよ」

と彼女は夜具の中に顔をうずめながらいった。

佐久の平から海の口を通り野辺山への坂をのぼりはじめる頃、賢作は鉄道教習所を出た

あとの実習期間のことや関ヶ原ののぼり坂に汽車をのぼらせるいつもの話をした。これは彼の寝るときに義足をはずす次第と同じように彼がよく語ってきかせる物語である。鉄道教習所や実習や機関車の種類のことは、今日ほどくわしく語ったことはない。中野重治の「汽車の罐焚き」のような話を彼は、物語として話した。関ヶ原をこえるとき、あとおしの機関車をもう一台つける。石炭を罐の方へ放りこみつづける仕事は彼らの苦労であり、誇りでもある。

賢作が物語を語り出したのは、もうすぐ野辺山という日本でいちばん高いところを小海線が走っている場所にさしかかるということからであろう。彼はその話をちょうどはじめて行った飲み屋かバーのママさんに自己紹介をかねて話すときのような様子で語っていた。そういうときが人間のいちばんしあわせなときである、と古田は思った。

翌年の昭和五十三年の五月、古田は賢作と中野の飲み屋へ行った。今年の夏で店じまいして北海道へ帰るという五十すぎの婦人が、賢作の紐ネクタイにつけた七宝のペンダントに眼をつけた。賢作は故郷で手に入れ、婦人は、彼女自身も若い客たちも愛知県の津島あたりで仕事場をもっているとか、まあ、それに似たようなことを語ったようにおぼえている。賢作は、ペンダントをきっかけにして、東京の一角に彼の存在がひろがるのをおぼえた。それは詩人の篠田賢作という存在とは直接にはかんけいがないところの、もっと彼そのものの、彼の顔つきが人をひきつけるとか、人柄がいいとか、ナイーヴであるとかというような性来のもので、どんなに努力したり、ほかのものをもってきて競おうとしてもムダである、といった性質のものである。例はよくないかもしれないがどんなにダメであるようにいわれている男でも、あるいは女でも、異性からみると心を奪われてしまい、けっきょくそのひとを憎みきれず、いっしょに人生を終える。臨終の枕もとで、その男あるいは女はザンゲする。それですべては帖消しになってしまう。残酷であったことも、あれはあれで、かけがえのない人だった。本来はよい人だった。となつかしがられる。

このときの賢作はちょっとこれを思わせるような物語中の人物に、さっきもいったように東京の片隅とはいえ、易々となっていた。それが人柄とか風丰とかいうものとまったく無関係とはいわないまでも、それほどの関係はなく、七宝焼のペンダントという郷里とかんけいのあることで浮びあがっているのである。小説家の古田信次は、自分と一心同体だともいうべき篠田賢作が、ひとり何ものかになっているのを眺めていた。賢作はたぶんこう思っていたのであろう。古田もつながりのある、そうしてあんなに関心がある郷里がペンダントによって脚光をあびている。古田はきっとよろこんでいるのであろう。すくなくともここへ連れてきてくれた古田にも、功徳をほどこしたことになる。今晩はじつに愉快である。こんなに濃密な幸福はめったに訪れるものではない。やがて北海道へ戻る一人の婦人と自分たち二人とが、一生に較べると短い時間とはいえ、こうして同じ話題でむすばれることができた。ああ、実に実にユカイではないか。

「あなた、それ、とてもいいわ。どこで手に入れられたの」

彼女は串にさしたキンメダイをイロリ火に立てかけながら、くりかえし賢作の胸のあたりを見やった。おそらく商社あたりのおとくいさんのサーヴィスは、ああ実にユカイだと思わず叫ばせるようにするのが最上なのであろう。それよりずっと高度な、無計算な自然な経過をたどってそうなったのだ。

野辺山にさしかかるまでに、賢作が岐阜からやってきたときに眺めてきた紅葉した山肌が、帰り路にも当然つづいていた。さっきまで、字浅《あざ》間山の極楽とも地獄ともつかぬ紅葉の林は、ここでは、文字通り壁にたてかけたつづれ織のようなぐあいになっていた。

「ここへくるにつれてすこしずつ紅葉がおくれているのが見えましてね」

と賢作がいったのを、もう一度逆に見ていることになる。彼は窓から外を眺め千曲川沿いに走る線路が山へさしかかるにつれて、機関車にまつわる思い出を語りはじめた。そこから話は大陸での汽車の運転中にアメリカ軍のP51にうたれて転げおちたテンマツにうつる。

「ほんとにたいへんでございましたわねえ」

「今になってみればただの話ですけど、けっきょく二度きりましたからね。すみません、つい調子に乗ってしまって」

賢作はほっとタメイキをついた。

「いいえ」

と古田の妻は、運転しながら前方に向って頭を下げた。

このひかえめに話された物語は、古田は、機関車の種類のようなことをのぞくとよく知っていることだ。（野辺山あたりを走っているSLの種類を彼はもちろん知っていた）しかし、こういう話をまだきいたこともないものに、十分に語ってきかせることは、そうザラにあることではない。それは運転中の彼女が古田の妻であり、その話はほぼ古田が知っていることで、通常の人間よりは何倍も関心をもっておるからである。それだけではない。彼ら三人が和やかに一日か一日半かを送り、こうしてまたもう一日を泊るために、同じ車中にいるからである。翌年の東京の飲み屋のときとはほんとうはまるで違う条件ではあるが、それでも実に愉快だ、という心境に賢作はなっていた。そしてとつじょとして我に返り、

「どうもすみません。つい調子に乗ってしまって」

といったのだ。

野辺山駅前に標柱が立っている。標柱は踏切のそばの文字通り最高地点のところに一つ。それから最高地点駅としてのこの駅のところに一つ。そこで賢作は古田夫妻の写真をとり、彼自身の入ったのを、古田がとった。古田とその妻はそこで乗車する賢作にわかれた。杖をついて義足を大きくふり出しては一足一足彼の「鳥が歩く」の地面を歩く鳥のよ

うに駅の中へ入って行く彼の後姿を見とどけてから車をターンさせた。ターンして去ると、急に水くさくなったみたいで、今までのことはみんなウソっぱちだったように見えるかもしれなかろう。これはいたしかたないことだがそう見えてもらいたくない。どうもまだ賢作は前の賢作かどうかしかとは分らない。古田は窓からのぞいてカケをするようなつもりで賢作がもう一度ふりかえるのを待った。賢作はまっすぐ切符売場の方へ左へ折れてかくれた。

「賢作はこれから岐阜へ帰って行く。それではこちらは東京へ向って出発!」

と古田は妻にいった。

「こちらは東京へ向って出発!」

と彼女はくりかえした。

「あれでよかったのかしら」

「賢作さんにたいするサーヴィスのこと?」

「ええ」

彼女はハンドルをにぎりながら、八ヶ岳の方にも視線を送り、低い声でお座なりと見える返事をした。それは、もうさっきの自分の問いの中にすべてがあって、あれでもうすんでしまったことであり、自分の気休めのためにいったことだという意味である。

「彼もぼくもよろこんでいるよ」

「そう、そんならいいけど。もっともっと話があるんじゃなかったの。いい詩がかけるかしら」

古田はそれからも賢作が見てきたという紅葉の山を見とどけつづけ韮崎にくる。そのあと大月から中央高速に入り、それからあとが賢作は見てこなかった山が見えるはずである。賢作の予定は小淵沢から諏訪へ、そこから飯田線で東海道へ下り、そのまま（たぶん大垣行きであろうから）岐阜まで行きつく。彼もまたはじめて見る渓谷で紅葉の変化を見とどけて行くだろう。何だかそれが二人のつとめみたいになっているのはどういうわけだろう。いったい賢作は、あいつもいったとおりＳＬのことや教習所のことや戦地のことなど上ずった調子でしゃべっていたが、あのままの調子で物を書くのではないだろうか。賢作のやつ、ロッジの廊下の今は通らなくなったＳＬの写真を見て感慨にふけっていたが、大丈夫なのだろうか。ちょっと外へ出て見ますから、と古田というよりも、古田の妻に向っていいのこすと、ドアを押して賢作は外へ出て歩きまわったあと何かを見あげている。ロッジの屋根の風見鶏などでもながめているのであろう。そんなもの眺めていていいのか。もっと眺めるものがほかにあるのではないか。ハネ返ったドアが賢作の通り抜けたあと何度か揺れながら元の位置にもどるのを見ていた。賢作は何をし、何を考えているのだろう。この一、二年間、何を考えているのだろう。こちらがそう考えて後姿を眺め、ハネ返るドアを煩わしげに見ていることを知っているのだろうか。知っていないわけではないが、そんなこと先方のことで、こっちはこっちのことがある、とも思ってはいないように見える。きっとそうだろう。篠田賢作とはそういうところがある男であり、それをおれは愛しているのだ。いや、愛しているなどというような悠長なことではないけれども。彼はこの東京におり、夏はこの信州の字浅間《あざ》山にきて、そしてときどき郷里の岐阜のことを考え、そのときに賢作が書斎で坐っており、彼、古田の書いたものなどがはいっているダンボールなどどこか片隅にあるはずであることを知っている、この古田のことを念頭においてくらしているのか。古田が彼のことを念頭においているとき（といっていつもというわけでないどころか、時たまといった方が正確ではあるけれども）、ちょうど彼、賢作はまったく忘れきっているのではないか。

もし、と古田は考える。もし、ある条件をみたさなければ、もう東京の古田信次などというものは何者でもない。岐阜とのかかわりあいもない。岐阜は岐阜でやって行く。もう岐阜のことなど考えてくれるな。考えている恰好をしてくれるな。岐阜のことはともかくこの篠田賢作のことを忘れてくれ。すくなくとも、岐阜と賢作とをむすびつけることで、何かしら大義名分がたつような考えはよしてくれ。おれはおれ自身だ。いったい古田信次とは何なのだ。何者なのだ。

いったい、古田信次とは何者なのだ？　と小説家古田自身は考えた。あのダンボールの中にあるものか、この、ここにいる、昨夜、賢作と一夜を共にし、さっき彼と駅前で別れてきて、こう賢作をめぐって考えている、このつかみどころのない雲みたいなものなのか。

中央高速をおりて、二、三日ルスをした東京の家へもどってくると、古田は、

「いまごろ篠田くんは飯田線もボツボツ終りに近づくころかな」

とつぶやいた。

「岐阜へは夜十時につくのだそうよ」

「十時？　それじゃ、まだ四時間もある」

筆者がこう書いているのは、昭和五十二年の秋のことである。そのことは次に私が述べることなので、いっそう明瞭になることだ。

八時をちょっとまわった頃、小説家古田信次は電話が鳴ったので受話器をとりあげた。いったい、古田信次なのかどうか、私にももう分らなくなった。

「矢崎剛介です」

矢崎剛介であるといっていいかどうか私には分らない。まだ矢崎はこのときには、この世には出現していたわけではなく、次の号か、その次の号あたりの『文体』に登場しはじめたからである。

「先生はこのごろお身体の調子はいかがですか。病院から出られたそうな、ともうかがっているのですが」

「老《お》いぼれの身にいまさらどうということもないで」

中学時代からききおぼえのあるカン高い声が、ハッキリと教室での大ぜい相手の英語の発音のように、それでいて、最後のところの「ないで」は、確実に笑いをさそうようなところがあった。「ないで」は尻上りになり、そのくせくいちぎるように終った。「ないで」とは「ないで、アカンテ」という文句がつづくのを、わざといわないでおくいい方である。矢崎（今もいった通りそのときはまだそうではなかった）の「ないで」は土佐うまれで大阪育ちのせいなのか、それと、さっきもふれたように教室で英語を長年発音してきたせいか、その「ないで」は、われわれ岐阜育ちの人間のように、一語一語がアイマイで、アイマイにいうな、というのなら、もう言葉などいっさいしゃべりたくない。言葉というものは、そもそもどうしてアイマイに柔かくいわないで成り立つものであろうか。それは本来なら、世界中がそうでなくてはならぬはずのものを、なにかのぐあいで誤ったことをしているにすぎない。ただわれらは、それをあまり声を大にしていいふらしたり、抗議を申しこんだりしないだけのことで、理非曲直はおのずから明らかなところである。しかしそのとき、小説家は、ほんとうの中学での先生であり、詩人として岐阜というか、美濃いったいの第一人者である矢崎剛介の「ないで」をきいたとき、あたらしい解釈がとっさにうかんだ。非常にみじかい間のことだから、風のごとく思いうかんだだけのことかもしれない。岐阜あたりでもちょっとどこかへそれると、そのアイマイさに多少変化をきたすこうか。ことによったら、同じ美濃でも東濃あたりかもしれない。そうとすれば、とても周辺というわけには行かないかもしれない。岐阜市あたりは中濃《ちゅうのう》というのが正しいのか知らないが、いちばん近いのは西濃という区域にあたるであろう。北濃といういい方はあるかないか知らないが、このごろ南濃という呼び名もあるときいているし、南濃町という町さえもあるときいている。それに奥美濃といういい方が昔からある。長良川上流の郡上八幡あたりはその奥美濃にあることは分っているが、この「奥」というのは岐阜市あたりから平地の西濃や南濃にたいする上流地域であることはいうまでもないが、どうも揖斐、長良、木曾の三つの河川のうち、長良川だけの上流にかぎるような気がする。

いずれにせよ、「ないで」と一語一語を説得するように、どなるようにとまでは行かなくとも、押しつけるように発音するしかたというものは、筆者の記憶では東濃あたりか、どこか東濃に向うところの岐阜市の周辺のいい方のように思える。

矢崎剛介が、いった文句の内容は岐阜てきといってもいいものであり、彼の「ないで」もまた、ほんとうは、岐阜市のものもまたけっこういっており、賢作や八郎や、草太郎さえもこのごろは、そのときの矢崎のようなふうに「ないで」ということがあるかもしれない。当人の矢崎自身は、まったく岐阜弁を語っていると信じていると思っていることはまちがいないことだ。岐阜の人間でもないのに、昔から教壇から彼は生徒に向って小さな身体とは裏腹の大きな声で、岐阜弁を投げつけ、大いにヤユしたものである。土佐弁も大阪弁もつかうことがない。平山草太郎のように、大阪弁と岐阜弁とを話の内容に応じてつかいわけるというようなことはない。また矢崎の教え子の中学生であったものの代表者のひとりである中嶋祥雲堂（八郎）などは、賢作と同じように、岐阜弁と標準語をほとんど芸術的にまぜあわせて、その境界線をはっきり見分けることができない。しかし腹の中では岐阜弁を妥協する気はすこしもなく、かりに世の中がこうなり、西と東の中間にあってどちらの言葉にも属することがないという悲運にあっているけれども、本来、日本中が岐阜弁だけあればいい、という態度をすてているわけではない。もっとも西や東に移動するときに、彼らの岐阜弁はすこしずつ相手の領域の言葉に順応することは、九州や東北や北陸とはまた違う。こんなことといっていたらキリがない。要するにやがて矢崎剛介ということになって『文体』のそのあとの号に登場したところの詩人、つまり矢崎剛介の「ないで」は、岐阜しきとはいえないが、やはり岐阜しきとも思えるいい方であるけれども、そして岐阜弁そのものをヤユするつもりのものであるけれども、けっきょくは岐阜育ちではないために、よくもわるくも批評になっている。このヤユの方法そのものは、元は大阪ふうのものだと思う。たとえば平山草太郎が大阪弁をつかうときは、大阪をヤユしているのではなくて、自分や、自分をめぐる世間をヤユしているのである。ヤユなどしていないのであろう。便利だからそうしているだけなのであろう、と思われる。

もと中学の教え子であったといっても古田はその期間は正確には中学二年の一ヶ月間だけであった。矢崎のアダ名は豆という。岐阜ではマメとアクセントなしにいうのが普通であるが、矢崎のアダ名はマの方にアクセントをおく。「マメちゃん」とか、「マメさん」とかいい、矢崎自身が教壇からでも、教室の通路を通りぬけながらでも、「マメが」といったりする。花咲、鳥啼と矢崎が大きな文字で板書する。これはどう読むか、という。こんなものが分らんか。分らへんのか、どうやね、と岐阜弁できく。みんなは当然用心する。彼の岐阜弁にも神経を集中する。それにこのアダ名。自分で自分のアダ名を披露したり口にしたりするような教師は油断ができない。こちらの領分にわりこんできてひっかきまわすのだからである。ほかのどの教師が自分のアダ名を大きな声でさけんでどぎもを抜くようなことをしたであろう。姓と名の頭だけとってくっつけて呼ぶ愛称のようなものじゃない。「仁丹」とか「赤馬」とか、「シラミ」とか、当時の漫画本か漫画ふう活動写真の主人公であったガンプスをそのままとった「ガンプス」など。この人たちはみんな自分のアダ名をちゃんと知っていたけれども、さっきもいったように、教室で自分で叫んだりしない。

いったい「マメ」とマにアクセントをおくのは、「ちゃん」や「さん」、をつけたときに恰好がつかないからであろうか。しかし矢崎は自分のことを「ちゃん」や「さん」をつけて呼んだりしたことは一度もない。おそらく彼がやがて男女共学の高等学校を教えるようになってからも、女子生徒の前で、自分のことを「マメ」とよんだに相違ないからだ。大阪や土佐では、「豆」のことを「マメ」とマにアクセントを置くのであろうか。このアダ名は生徒がつけたものか、それとも彼がつけて発表したものだろうか。新任の教員として彼はその頃の岐阜中学にやってきたのだから、いずれにしても、そのアダ名は、岐阜で誕生したものであろう。どっちがつけたものか分らない。おそらく八郎にきいても知らないであろう。思うにやはり生徒がつけたものであろう。赴任して二、三日後には矢崎剛介が「豆」であるということは学校中に伝わったものと想像される。彼は「豆」と呼んだ少年の天才ぶりをこよなく愛したことであろう。愛したにせよ、そうでないにせよ、彼は自分のアダ名を知ると、逆に生徒に向って豆がはじけるような勢いでつかいはじめた。豆とは、小さくて堅くてマトマっていて、そしてはじけるという物のことだ。

花咲鳥啼と板書して読んでみろ、といわれたとき、マメの術中にはまりそうで、何とかしてそこから逃げようと生徒は思った。かんたんにはまれば愛されず、あまりムキになりすぎると埒外の人間になる。一般に教師と生徒とのかんけいは、そんなものかもしれない。たぶん花咲は花ワラフ、とよみ、鳥啼は、鳥ウタフとよむのであった。（これは記憶ちがいのような気もする。八郎にきけば知っているだろう）きわめて優秀で頭のめぐりもよく記憶力も抜群であれば、教師はその生徒を神格化し、伝説化する。

祥雲堂中嶋八郎は、ひじょうに秀才だという意味で知られた人物ではなかったらしい。

彼のところへふいと姿を見せる人々のうちの一人である矢崎剛介のことを、八郎はあの人にはなぐられたり、からかわれたりされどおしだったというからである。秀才と矢崎など教師たちとの間には真剣なものはあまりない。互いに伝説をそのまま育てるために遠くから眺めあっているようにする。

矢崎剛介となるべき、岐阜においてとても有名な詩人が、あの日の夜の八時すぎに古田信次となっている人物に電話をかけてきたことから、このように道草をくった。道草のついでに、ちょっと次の何行かを、古田夫妻が東京の自宅にもどってきて、賢作は今ごろ飯田線のどこあたりを走っているだろうか、と古田がいい、妻が、十時ごろに岐阜につくといっていた、というようなことを話しているあとに、つけ加えておいてもらいたい。原稿は、この字《あざ》浅間山の家から、前半の部分が東京へ運ばれつつあるところであり、書き足すとしたら、ここに書いておく方が無事だからである。

「篠田さんの奥さんってどんな人?」

と不意に古田の妻はいった。

「とてもリハツな、いい人だというより仕方がないな」

と古田はこたえ、こうつけ加えた。

「もっとも賢作は、尾張一の宮の出だから、人がよくない、といっていたけど」

「ほんとうなの？」

「奥さんの前でいっていたのだから、一種の愛情表現と見た方がいい」

「そう。私にはよく分らないけど」


挿入部分は、以上である。


矢崎剛介となるべき詩人は、古田信次が賢作と別れて帰京した夜の八時すぎに電話をかけてきたことは、前に述べたとおりである。

「こんど『文体』という雑誌に出たそうやが、私は読んでおらんがなも。話にきくと、篠田賢作が音頭をとって古田信次文学碑をたてるとかたてないとかいうことやそうやがなも。それだけはあかんわ」

「先生、それはちょっと、別に文学碑を、……それに篠田くんが」

と古田はいいかかった。

「いや、そのことやったらなも」

つい三、四時間前にさっき別れたことを、矢崎氏は知ったのだろうか。

「それよりも、『文体』を届けないでいまして、申しわけありません」

ドギマギした古田の声が終るか終らぬかに、

「そのことならええて」

と、透明ともいえるツヤのある声がなりわたった。

「岐阜に売っとるかどうか知らんが。岐阜の本屋の方もとどけてこないもんやで、そんな雑誌がこの世にあるとは露しらなんだでなも。本屋はみんな、マメに多少なりともやなも、関係のあることが掲載されとりさえすりゃあなも、先生、どうやね、マメさ、知っとりんさるか、といって向うから鎌かけてこらっせるで、ホ(オ)ン。それがあかんて、このごろは岐阜の本屋もドサボッておりゃあすでなも。そのことはええて。そのことは、東京の篠田数馬に、出版社にいわせて送らせたるで」

「『文体』のことなら、私の方から早速にもお送りします」

「雑誌のことならええて。別に読まんならんこともないで。なに、このマメが電話したのはなも。おまはん(お前さん)も知っとんさると思うが、マメが古田信次に電話したことは、そうないで」

「そのことはよく分っています。文学碑のことですが、あれは……よく読んでもらえれば」

「篠田賢作という男は、気をつけなあかんよ」

「先生のいわれようとすることは、たいていは分っているつもりですが、それはぼくの考えでは、というより、賢作については、じつはぼく自身が……」

「篠田賢作は、どえらいクワセモノやでなも」

「クワセモノというのなら、この」

「おまはん（お前さん）のことも、えらいワルクチをいっとらっせるそうやで。みんながそういっとるであかんぞな、なも」

と矢崎となるべき詩人は内緒話をするように声をおとした。

「あの仁《じん》はそうは見えんでなも。ところがアカンて。誠実そうな表と腹の中とは見事に正反対やで。長年つきあってきたこのマメでさえだまされておったのやでなも」

「しかし先生、賢作のことについては、たとえ彼がぼくのワルクチを岐阜の誰かに洩らしたとしても、それは本当のことで、ワルクチではなくて別に……」

「なも」と前よりいっそう声が低くなった。

「そこがアカンのやて。そこがコロッとだまされるところやて。アカン、アカン。おまはんも知っとるさるやろ。このマメがどのくらい賢作には親身にしてやってきとったか。賢作がおまはんと知りあったのも、このワシやろ」

「そのとおりです、よく知っています」

「どこでおまはんと会せたか、ワシが何をいって紹介したか。それが、ゼンゼン、アカンのやで」

古田は矢崎が泣いているように思えた。

「しかし、賢作のことについては、私がよく事情をたしかめて」

「それで、文学碑のことやがなも」

「先生、それはもうやめにして下さい。あれは別にぼくが建ててもらいたがっているというわけではなく」

「古田信次の文学碑は建ててちょっともおかしいことあらへんがね」

「何をおっしゃいますか。岐阜のために尽してこられた先生の碑こそ建てるべきではありませんか」

「このワシの？　矢崎剛介の？　マメの？」

矢崎の笑い声がきこえた。

「私はただあそこに書いたのは……」

「そんなことはないて。なも、賢作などに任せてはあかん。なあにも、賢作なんかにやらせんでも、なも、中学仲間にやらせりゃええて。わしがそういってやるて。あいつらが号令するて」

「先生、私は、くりかえしになりますが、ぜんぜん考えてもいないのですし、第一、私の碑をどこに建てますか」

「建てるところ？　そんなもん、岐高の門の前に建てりゃあええて」

「ご冗談を」

「ほんとやて、ちょっともおかしいことあらへんて」

「マメさんこそそうすべきじゃありませんか」

「このマメが？」

矢崎剛介と古田信次とが、自分の文学碑について何かひそかな画策をこらしているように見えるであろう。公《おおやけ》の岐高の門の前を何か自分たちのものであるかのように。それはあの大野伴睦が新幹線をとおすとき、羽島駅を作り、そのあと駅頭に老母とつれだっている伴睦の銅像をたてたのと同じようなことをねらっているように見えるのではないだろうか。

十時半ごろ小説家の古田信次は、岐阜の篠田賢作に電話をかけた。賢作夫人が電話口に出てきた。

「あッ、先生ですか、どうもこの度は色々とありがとうございました。ちょっと前にもどってきました。今あの風呂から出るところですで、ほんならすぐ出させますで」

賢作が右脚だけで、よく知っている風呂場からとびながら近づいてくるのがきこえた。

「どうでした」

「飯田線はどうということなかったですわ。ちょっとアテ外れでした」

「疲れたでしょう」

「ちょっと」

「実は矢崎さんからさっき電話があって」

古田は要点を話した。何か賢作に腹を立てており、文学碑建設の責任者にするな、ということであった、といった。『文体』は読んでおられないが、噂をきいてのうえのことらしいのだが、立腹の原因は、あなたが新しく詩の同人雑誌をはじめるということなのだろうね、といった。

「ぼくは矢崎さんが何を先生にいわれようと、こっちはちっとも驚かへんで」

と賢作はひきつったように笑った。古田に向っていっているというより、矢崎に向っていっているように見えた。

「こんなこといわなくてもよかったのだけど、出来れば……せっかくのところ不愉快にさせてすまなかったね」

（『文体』第九号）

美濃㈩

昭和五十四年十二月一日

今年の夏に入る前に、小説家の古田は岐阜に平山草太郎を訪ねた。新幹線の中で、古田は三彩社刊の加藤栄三の画集を読んでいた。この秋には銀座の和光で、素描展があるということだ。加藤氏は昭和四十七年に、鎌倉の家で、自から生命をたった。

古田は画集の中の、「加藤を語る」という座談会を読んだ。加藤の死は、そのとき九十歳であった川崎小虎の死よりも三年前のことである。

座談会の出席者のひとり鈴木は、美術評論家の鈴木進で、山田と中村はそれぞれ、山田中吾、中村勝五郎のことで加藤の同級生である。小虎の女婿の東山魁夷なども、思い出を書いている。

平山は今年になって岐阜で病みついてそのまま東京にもどることが出来なくなった。祥雲堂に電話で問いあわせてみると、平山の弟子のひとりでもある医者のやっている駅前の個人病院に、入院しているということである。たとえば詩人の矢崎剛介が入っていた市民病院のような大きなところへ入ることをすすめたが、その個人病院でないかぎり、家から出ることはいやだといいはっていたそうである。どんなに楽しげにこのことを祥雲堂は伝えただろう。そのあと、祥雲堂は、私のところへきてもらえれば、いっしょに見舞いに参りますから、といっていた。

祥雲堂へつくと、長男が店番をしていた。なぜか知らぬが顔を見合わせて笑い合った。加藤栄三の画集や平山草太郎の『墨絵の周辺』という本なども出した東京の美術出版社がつぶれたので、今では父の八郎に代って仕事をまかせられているのである。

「ついそこまで父は出かけておりますので、先生がこられたら待っていただくようにいっておりました」

古田は、八郎が自分に相談なく出かけていることが気に入らぬような気持になった。そこから二キロと離れていないところにいるはずの賢作のことが気になるとはいえ、古田は何ともいえず心地よくなった。息子はいった。

「じつは先だって『文体』をやっている古井さんが私の家にとつぜんやって見えました」

「あの古井由吉が?」

「そうです」

「本物の古井?」

「ニセモノかと思いました。それが先生、彼は私の家へきたのは、まったくの偶然なのです」

古井由吉は記者と美濃のどこかに取材にやってきた。その記者と八郎の長男とは、東京の詩人を通じて知っている。息子は浮き浮きとつづけた。

「ここが『美濃』にくりかえし出てくる祥雲堂だとは知らなかった。へえ、ここがあの……なるほど、ここは岐阜の関所みたいなところだな、と笑っておられました。そんなら関所の看板でもかけようかなも、とみんなで大笑いでした」

「それで『文体』の古井はどこへ取材に出かけたの」

「あの方はたしかお母さまが美濃市の醸造元の出だときいていますから、あちら方面へ先ず行かれたのではないでしょうか」

「何を取材するのかな」

そこへ中嶋八郎が大きな身体をはこんできたので、店が暗くなるようなかんじがした。

「あ、古井さんのことかね。あれはびっくりしましたわ。あの人もびっくり仰天ですわ。あの仁《じん》はね、お父さまが垂井《たるい》の出でしてね。これもまた名家でたしか県会にでておられたようですよ。おじいさまでしょうかね。そういったところですに。古田さん、あの仁《じん》の顔はあれは、垂井あたりの顔ですわ」

「垂井の方はみんなああいう顔？」

それから、

「古井由吉のところは、そんなに由緒ある家ですかね」

とつぶやいた。

「ところで矢崎さんの奥さまは、ようやく落着かれたようです」

「ぼくも昨年手紙いただきました。矢崎さんの一周忌のころです。矢崎は可哀想な人だったという人もあるが、私は主人はずいぶん勝手なことをして一生を終えた人だ、と思いますと書いてありましてね。それでぼくはよけいなことかもしれないが、あなたさまのいわれるとおり矢崎さんは可哀想な人なんかではないと思います。とくに矢崎さんはそうだったと思います。私はやはり相当に勝手な一生を終えたしあわせな人だったと思います。それより何故そんな可哀想な人だったなどというのでしょう。と書き送った。よけいなことだったかしらね。それにしてもその男はニセモノくさいね」

「賢作さんはあれから一向にやってきません。といってぼくの方から働きかけるのも何ですでなも。このまま放っておこうと思っとるんですわ。こういうことは自然の方がいいですで」

「八っちゃん、それはムリせん方がええよ」

「今日はそれで賢作さんのところへお泊り」

「いいや、今日は平山さんの見舞がすんだらすぐ帰りますよ」と古田はいった。

「それでは先生、どこぞで軽い昼でもやって、ボツボツ病院をのぞいてみましょう。平さも、口だけはあいかわらず達者で、うるさいくらいですわ。あの人のうるささは尋常一様ではありませんで」

二人は外へ出た。例によって岐阜の人々が岐阜の街を歩いていた。

「奥さまはつきそいですかね」

「お嬢さまもずっとこちらにいっきりのようですよ。とにかく三人で病室ぐらしで、一種の大名ですがね」

「どんなことがうるさいの？」

「それがね。先生。さすが絵かきというものはおそろしいものや、とぼくはつくづく感心しましたわ」

「いつかフロの中でたおれたとき、意識のないままで空中に絵筆を動かしている恰好をしておられたという、あの類のはなし？」

「なあに、先生、あれは平さがひとりでやっとらっせることやがね。今はぼくらの坐る位置が、ああでもない、こうでもない、そこに坐られたら気持がわるい、といわっせるですがね。ぼくらも絵の一部分のようですわ。たんと甘えさっせるがええ、といってやるんですがね。それから、そうそう小説家の古田信次のこともいっとらしたですよ」

「この身体になってあいつのさし絵をかかせられるのは因果なことだというようなことではない？　病気になったのはぼくの文章のせいだとでもいうのでしょう」

「古田の親父さんが首をつるマネをしたというから、わしもそうしようかな、といったことです」

「歩けるのですかね」

「五メートルぐらいヨチヨチ歩きできる日もあるようですね。しかしあの人はよくなりますよ。もう腰の方もよくなりましたからね」

「けっきょくどこがお悪いのですか」

「脳血栓だと自分ではいっておられますがね、内臓は検査の結果どこもわるくないそうです」

「いったい、ほんとに悪いのかね」

「ぼくにもよく分らんですわ。しかしまたよくなることだけはまちがいないですよ」

「八っちゃん、それであなたはこのごろ心臓の方はいいようだね」

「ぼくは先生、早朝に先生の『文体』に書いておられた山ぎわを東へ往復一時間は歩くことにしていますでね」

　彼の話によると、中嶋八郎は途中一軒の店へよる。仕出屋のようなものであろう。そこでは赤飯のおにぎりなどをこさえているからである。彼は一包か二包買うとポケットに入れる。それから彼は途中にある、知人の家の前までくると玄関先きのポストの上に置くと、そのまま歩きつづける。

「ぼくが毎日黙って置いておいたもんやで、どえらいびっくりしたらしゅうてなも。これはどういうこっちゃ。毒でも入っとらせんかと様子を見ていたそうやですがね。四日めにはじめて食べてくれたそうですわ。それで電話をかけてきましたわ。そのあと毎日待っとるそうです。ぼくの方も、こうなると散歩を欠かすことはできんでしょ。先生、これはグッド・アイディアでしょ。ときどきオカラも置いてきてやります。ぼくはそのうち賢作さんのところへもくばってやろうと思っています。しかしそのジキがむつかしいですがね。しかし先生あれですな」

とふいに彼はいよいよたのしげに自信ありげにいうのだった。

「ぼくは息子に店をまかせてよかったと思っています。もしぼくがつづけていたら、どういうことになるのか、おそろしいくらいですわ。ぼくは自分がやっておればええとばかり思いこんでいました。ところが、息子が店に坐るようになったら、どうです、さっきも女の客が何人かきておったでしょう。ああいうのは、ぼくでは来うせんですわ。ここですわ。マメさ、矢崎剛介のもんだいも、どうせぼくが意見いったってきいてもらえなんだでしょうが」

かくのごとく中嶋祥雲堂はしばらくの間に、これだけのことを話したのである。そして以上は、ほんの序の口にすぎない。

「先生、ぼくは先生の書かれている『美濃』にケチをつけるつもりないのですが、ちょっと申しておきますが、ぼくは悲劇的人物ではないそうですからね。しかし、ぼくも悲劇的人物になるところでした。つまり、さっきのマメさの奥さまの手紙の中の文句ではないですけど、あれですわ。何でしたか？」

「何のこと？　一生を勝手なことして終えた、ということ？」

「いや、もう一つの方、何やったですかね。先生、身体がよくなったら、かえって忘れっぽくなりました」

古田は忘れっぽくなった、と八郎がいうのを、あまり信用しなかった。

「可哀想な人であったということ？」

「そうです、そのことです、先生」

「そのことはもうよそうよ」

と古田はさえぎった。

「おこらんでちょうだい。ええですか、先生。もちろん、あそこに出てくる人物は先生のいわれる通り、モデルの人物とはあまり関係がないことは十分に分ってはおるつもりでして、先生自身が各務支考ばりのことを踏襲して、何かしらんですが、美濃のことを世間に示そうとしておられることは承知のうえでいうのですが、ぼくも悲劇の主人公に、そのうえ、可哀想な人間になるところでした。賢作さんのように目立つものではなく、別にどうということもないといってもいいくらいですが。それでもやはり何でもないというわけではないですからね。ぼくもようやく娘をつい先だって結婚させることができました。それまではぼくは死んでも死にきれんと思っておりましてね。これは今では笑い話ですけど、本気でぼくは絶望もしたし、悲しい悲しい気持でくらしていました。娘が子供のころ、ぼくらの不注意でケガをさせたことは、御存知でしょう。このことは『美濃』の中に書かれてもぼくはいいのです。それによって娘や家内やムコが肩身のせまい思いをすることもないでしょう。真実はあくまで真実ですからね。それからついでにいっておきますけど、娘は結婚後奇跡的に恢復して今ではどこも悪くはないのですがね」

古田はすっかり感動した。

「そのことは是非お祝いをいわせて下さい。ほんとに八っちゃん、おめでとう。あいてはどういう人？」

「それが先生、ずっとあの円空の写真をとってきた山田の息子で、やっぱりカメラマンですわ。円空全集の写真もとっていますよ。円空が乞食坊主でなぜ悪いといわれた飯沢匡さんの下で働かせてもらっていましてね。先生、親父の山田とはぼくは長い長いつきあいであったのに、山田に息子がいることにぜんぜん気がつかなかったですでね。ほんとにこれはふしぎなことで、先生、世の中にはふしぎな、めぐりあわせというものがあるということがよう分らせてもらいましたね。山田の息子に気づき、山田もうちの娘に気づくまでは、もうあきらめていました。先生やで、いいますが、ぼくは家内にも本人の娘にも、親しい連中との間でこのことの話になると、ぼくは、宣言しておったのです。それで気持をまぎらすつもりであったのです。だからぼくは先生、ぼくは賢作さんが帰ってきてから、家の中で両親の前でよくあばれたということもようく分ります。ぼくだって足をバタバタさせてあばれてみたかったですからね。ところが、先生、娘はぼくではないですでね。娘がそうするところをぼくがしてなんになります?」

「八っちゃん、ぼくは賢作から、お嬢さんのことはきいていました」

祥雲堂主人は顔をそむけた。ちょうど賢作が祥雲堂のことを耳にするとそうするように。

「山田の息子とめぐりあう前に最後の見合いをしましてね。それで娘を呼んで自活の道を今から考えるようにいい渡しましてね。因果をふくめましたわ、先生、ぼくの長話はタイクツですか」

「とんでもない」

「それでは先生、ここはちょっとこのへんでは食わせるところですよ」

と彼は駅に近いところにある神田町通りの大きなビルに、小説家の古田のセナカをだきかかえるようにして通って入った。

「先生、ごらんのようにこのビルは今ではParcoですわ。こんなふうにして大阪と東京の資本に牛耳られとるですわ。よう見といてください」

「前は誰の経営だったの」

「それが先生、今にして思えば笑いもんやないですか。先生、医者の奥さんがやっとったですでね」

「なるほど」

と古田はソバ屋の椅子に腰をかけながら返事をした。

「栄誉ある東西の文化の接点も今はこの有様ですわ、先生も『美濃』の中でこの点はぜひ強調してもらいたいところですわ。先生のところへ『美濃の文化』という機関誌は入っておりませんか」

「きてはいないと思うけど」

「おかしいなあ、『郷土研究・岐阜』もいいけど、これも読んでもらいたいなあ。この創刊号に接点のことは分るように書いてあります。あとでお見せします。おかしいな。届いていないのかな。先生、穂積《ほづみ》の〝別府細工〟のこと御存知ですかなも?」

「そんなものいつからあるの」

「それがちゃんとありますで。平さからきいておられんですか? ほんとに?」

「まったくきいておらんね」

「平さは別府細工を一つもっておりやすでなも。最高のものとはいえんが、それでもなかなかのもんですよ。さし絵につかわれたらどうです。本文のさし絵というより、ああいうものを平さふうに写したものの方が向くところもあると思いますよ」

祥雲堂の意見は、はてしなく続いた。これでは平山草太郎の病室へ辿りつけるだろうか。

「ソバもソバやが先生、それよりもちょっとこっちの方見て。ちょっと、ちょっと、ここ」

祥雲堂は壁を指さした。

「先生、こっちの方」

「どっち?」

「そっちの方やないで、こっちやがね。そっちが平さの絵のことは（どこへ行っても平山の絵がかかっている!）、先生もすぐ気づきんさるやろうが、こっちの方ですわ。この歌?」

「なるほど、これは歌だね」

「ようく、見てちょう」

祥雲堂のつかう言葉は不意に自在になり、名古屋弁までつかうのだった。

「あの人ですがね」

「男? 女?」

「もちろん女ですわ」

「女というと」

「あの人のものでは、ずっと古いもんですで。先生も読まれたらおぼえはないとはいわせへんでなも。あの人はこんど結婚します。おととしマメさんがいよいよというときに、先生にきていただきましたなも。あのとき新幹線の中で彼女、先生を見かけたといっとりますよ」

「さあ、ぼくは知らないけど。そういえば名古屋でプラットフォームへ降りて歩いて行く大柄な帽子をかぶったハイヒールの女性は、はっきりと記憶にあるにはあるがなも」

「それがあの人ですがね。先生、ところでおソバは何が宜しいですか」

小説家の古田は我に返った。


（『文体』第十号）

美濃(十一)

昭和五十五年三月一日

祥雲堂主人（岐阜市美殿町《みとのちょう》在住）から読者への手紙

小説家の古田信次が岐阜市の往来で事故で重傷を負いました。昭和五十四年の十二月の末のことで、その日、彼はかねがね読者なじみの篠田賢作の家を出て徒歩で上加納の市営墓地へより、そのあとずっと山際の道を通り、篠谷梅林公園の中を一巡して、そのあと私が朝の散歩のさいに立ち寄る一種の仕出し屋（弁当屋）の前を通り、それから美殿町の加藤栄三氏の住居のあったところを経て、もうすこしで私の家というところで、急に手前の道を左折、そのあと右折して神田町通りに出られたのでした。私が役についている信用金庫をすこし行き、新岐阜駅に近づいたとき左手のダイエー百貨店の屋上から飛下り自殺した中年の男が下を歩く人の群れの上に落下し、二人を直撃し一人を掠ったのですが、先生はその第三の被害者で、はずみを食って路面に転倒されたとき全身に打撲をうけ、頭部も例外ではなかったものですから、人事不省となり平山草太郎画伯が現在入院中の市民病院に運ばれました。

先生の鞄の中にあった手帖には数人の岐阜人の名が書きこんであり、その中に私の名も入っていたというわけで、私は病院へ出かけて行きましたが、その直前に賢作に電話をかけようとしたところ、ベルが鳴り賢作からでした。賢作の声をきいたのは二年ぶりでしょうか。彼は例によって泣いていて、その声もトギレトギレでよくきこえず、もどかしいくらいでした。彼が泣いたのはついさきごろまで自分の家にいた古田の不慮の大怪我で動顚していたのですが、何しろ声だけにしろ私の前で泣いたというだけで、あのいうにいえぬ困った事件、矢崎剛介の事件解決への手がかりがついたような気持にさえなりました。

平山草太郎は駅前の個人病院から、その院長と私とが相談したうえ、亡くなった矢崎剛介の自宅の隣りといってもいいところにある市民病院へ入ってもらったのですが、今では車椅子に乗って病院内を散歩できる程度になっています。画伯は夫人のおす車椅子で手術室の前までおいでになり、そこへ眼を真赤にした賢作も到着しました。

「これぱっかりは仕方がないなあ」

と私と賢作に画伯はなげくようにいった。

「誰がわるいというわけでもないからなあ、それでどうや」

「意識はもどったようですが、生命の方は安心とはいかんようです」

「それで東京の方には知らせたの」

「そのことは手を打ちました。かくごもしといてもらいました」

「奥さんはびっくりさっせたやろうな。それにしても、どうして人ごみの中へ飛下りたりするのかね」

「ほんとに、そのことを、さっきも娘と話しとったのですわ」

と夫人がいった。

「あの仁《じん》が死んでも死なんでも、あれやな」

と画伯はいわれた。

「賢ちゃんと八っちゃんとの仲直りをさせようということかもしれんで、なあ、おまはんた、そのことを考えな、いかんぞ」

「別にぼくたちは喧嘩しているわけではないで」

と賢作と私とは異口同音にいった。悪いけれど、私はこのとき、今までそんなふうに思ったことがなかったどころか、むしろ自分が憎く思われているだろう、と思う気持を鬼になったつもりで抑えつけてきたのですが、彼を憎く思いました。

何も私が小説家のマネをしてこのようなことを申しあげる必要はありません。しかし古田信次はたとえ一命をとりとめても半年や一年は執筆不可能ですから、これで連載の中断は免がれず、先生自身が今朝もすこし気分のいいときに私に、詫びのつもりでせめて計画を語っておいてくれと申されたのです。賢作自身が書くよりは、賢作のこともかえって書き易いし、それにお前は、一種岐阜人特有の批評家精神をそなえているから、正確に自分のこと、わしのことなども思いつくままに書いておくがいい。これはきみもこのところ名古屋でかかった『ハムレット』や『ロミオとジュリエット』の最後のところでいわれる通り、「公平に伝える」がいい、というようなことをかすかに笑いながら申されました。そのあと附添いの夫人と看護婦の眼くばせによって病室から追い出されました。病院の赤電話で賢作にこの役目のことを伝えると、彼は、「先生がほんとにそういわれたのか。雑誌は八っちゃんの書いたものをほんとにのせるのか」などいいました。「のせるかのせないかは別問題だと思っておいてくれと先生もいわれたと」事実その通りのことを伝えました。「どうせ覚悟はしている」という意味のことを岐阜弁で色々の思いをこめていいましたが、そんなことはどうでもいいことです。私も書く以上容赦しません。先生についても。

私はとりあえず古田先生——古田先生がほんとに古田先生であるかどうかは、これまた私の知ったことではない。そのほかすべての人物についても同様である。また私は私であるかどうかは分らない。だって私は近頃、とても妙な気持で暮しているのですから。古田先生が私の家へ来られると、古田先生というよりほかの名で呼ぶべきであるとしても、私どもは古田先生ということにしています。賢作です。野村進も、矢崎剛介も、この名で呼んでいます。平山もそうです。もちろんペンネームとか何とかいうようなことではありません。彼らの人間そのものが私は疑わしく見えてきました。

とりあえず賢作が古田信次の人生にまつわる資料をボツボツ集めていることをいっておこうと思います。何しろ彼はこのところ、詩作やときどき頼まれる中部地方の諸学校の校歌を作るために出歩いたりもしてはいるが岐阜市史の文化面のために図書館を訪れたり、図書館にもないボロボロの古新聞をにらんだりすることが多く、やはり市史の編纂の主任である松本先生が入手された「岐阜日日新聞」のたしか明治二十年頃のものの中から渡辺霞亭の資料を得たり、女流詩人深尾須磨子の夫である岐阜附近の三輪町――支考の大智寺のある――の賛之丞《ひろのじよう》の生涯についての新発見を『郷土研究・岐阜』にのせている。これはとくに墓の家紋をめぐった研究で、賢作は、丹波篠山の兵隊時代の友人を訪ねるかたわら、須磨子の実家、荻野家の墓（明石月照寺に現存）の紋との比較をしている。名古屋うまれで岐阜の宿屋の養子となり岐阜日日の記者をしていた霞亭の、「岐阜時代の影響」の項には、〈岐阜に取材したもの〉として、次のようなものをあげている。

「阿姑麻」　霞亭主人稿＝明22
「惟然坊伝」　霞亭主人＝明24
「養老土産」　渡辺霞亭＝明31
「各務原」　渡辺霞亭＝明38

「春日局」　碧瑠璃園＝明43
「仏佐吉」　無名氏＝明44
「孝子仏佐吉」　碧瑠璃園＝明45
「光秀の妻」　碧瑠璃園＝大5〜6
「森蘭丸」　渡辺霞亭＝大8

古田先生の話によると、一の宮の漢学者、森春濤の後妻となった国島清は、槐南をうんだ詩聖の母としてしか知られていないが、岐阜の黒野の人である。これは賢作が調べている。賢作は名古屋にあった春濤、槐南親子の墓については追跡調査をしていた。古田が知らぬうちに、着々とそういう仕事をしていて、その合間に、古田の家族についての活字になった資料や写真などを集めている。それらはほとんど賢作が古田のことを忘れているとき、向うの方からとびこんできたもので、ある日の古新聞の小さなところにほんの一行あるだけのものを見つけてきたのであった。そんな些かなものが見つけようとしてどうして見つかるものか。古田のことは頭のどこかに、ほとんど忘れんばかりにしてある。そのときが一番、とびこんでくるときで、賢作はすべて偶然によって資料をあつめてきたのだ。
(古田先生の言)

このようにして賢作はつい最近——ほんとに最近、古田先生の事故のあったほんのちょっと前のこと、例年おこなわれる近鉄百貨店の古書即売会で、たいへんな掘出物を手に入れた。数年前に、古田の小説「ガリレオの胸像」の原稿を見つけた。（これは読者は御存知のことだ）これを賢作は、浅間山まで鞄に入れて持参した。この即売会には俳句の研究家として有名な、数馬の友人で剣道のつかい手である岐阜大の松井利彦夫妻がかならず一番乗りをしてくる。それより前に賢作が待ちかまえていることも先生が自分で書いておられる。

昨年のくれの即売会で、この小説原稿なんかとは較べ物にならない掘出物があった。この催場には、芸伎名鑑とか娼妓にたいする調査報告（主に診療的な）といったものが出てくることがある。「もし君がその気ならば、ぼくの兄貴が美術学校のころに帰郷して岐商のOBたちと芸者相手にうつした写真があって、そのうつしは君も持っている。あの芸者が誰であってどういう生涯を辿ったかをしらべることは無意味だろうかね」と笑いながらではあるが、いわれたことがあるそうで、これに似たことは先生も書いておられる。生きた人間が自分や自分の家族の過去にかんする資料をさがしたらどうか、というようなことは、本人からいい出された場合には興をそぐものであることを、先生が知られぬわけはない。またとくにそうしたものを求めておられるわけではないこともいうまでもない。そんなものを必要とする小説を果して先生は一度でも書いたことがあるだろうか。

賢作の掘出物はおどろくべきものといっていいと思う。私にはこんな他人の資料は、たとえ先生のものとはいえまったく興味はないが、それでもやはり驚くべきものだといわざるを得ない。それは生死の境をさまよい、帰京もできずにいる、小説家古田信次の長姉と非常に深いつながりのある資料で、そんなものがあるとは賢作自身はぜんぜん知らなかったのであった。私の考えでは、この資料を出したのは、市役所近くの神田町通りの西垣書店である。このことは私が主人から直接きいたので間違いはない。賢作が買いとったことも主人からきいた。主人はそのとき催場にはいなかったが、賢作のことは店員からきいた。主人は賢作が買うことは予測していた。賢作がそれに気づかぬようでは彼も問題にならないというつもりだったそうだ。というより賢作ひとりをねらって出品したのだ。

主人は『文体』に「ガリレオの胸像」の原稿のことが載っているのを読んでいたから、賢作がその当日やってきて何げなく置いてある資料を見つけ出す、つまりワナにかかるのを待っていた。

その資料は、前の「ガリレオの胸像」の場合とはちがって相当に専門的なところがあり、実は久しぶりに私は感動した。私ごとになるが、昨年、東柳ヶ瀬の御浪町ホールでドキュメンタリーフィルム「江戸時代の朝鮮通信使」というフィルムを見たときや、養老町荘福寺で私の祖先丸毛氏の室町時代のある遺物を眼のあたりにしたとき、それからこのごろブームとなった穂積《ほづみ》町別府の〝別府細工〟なる蠟細工の異様な風体の人物群のモデルは何ものであるかを発見したとき以来である。ほかでもない、通信使が別府に必ず滞在して行ったところから、彼らの風俗がとり入れられたのであり、網と梯子から成立つ燭台の下の方に何かしら笛を吹いて笑っているのは、あれは、使節そのもので、あの笛はチャルメラであるのである。今まで誰ひとり気づいたものがなかったのである。

このさいついでにいっておくと、『別府細工』という書物が出版されている。これはみずから蠟細工を手がけている大垣市在住の中島実氏が出した写真集で、扉のところに木版画が入っている。「蠟細工できあがりたる夜みそにこみ」という句の間に小ザルとおぼしき動物が坐りこんで万歳をしているようなものが見える。おそらくこの小動物が中島氏自身なのであろう。別府は、私の想像ではもともとは海辺ではなかったか。したがってアミを用いて漁をしていた。穂積の穂という文字があるのは、稲穂ではなく、海辺に生えるガマのようなものではあるまいか。

以上私は勝手な自分の感動のいくつかを例にあげてしまったが、わが家の歴史についてはは子供らにも、何度きいても忘れてしまうからお父さん書きのこしておいて下さい、といわれているのでそうしたいとは思っている。しかし自分のことというのはテレくさいので、よほど心をしめ、励まさぬとしずじまいに終るかもしれない。

賢作が買った資料というのは、こうだ。古田信次の長姉は東京の吉原へ売られた。そこへ彼女の加納小学校のころの担任の教師から百通にも、二百通にものぼる淡彩絵入りの葉書が送られてきていた。この通信文の束のことである。大正七年から八年にわたっているそうである。何しろ現物は賢作が所持していて、どういうわけか知らないが、古田にもそのことを教えてはいないはずである。

西垣書店の主人は、岐阜にかんけいのあるものは、手をのばして集めていることは誰でも心得ているが、どうしてそんなものが彼の手に入ったのであろう。主人は古田のかなりくわしい年譜をよく読んでいる。年譜は賢作が台本をもっている。思い出したように、半信半疑の様子で書き加えたり訂正したり、みずから断定を下したりしていることは、読者は承知のところである。

西垣書店は今から七、八年(?)前に森田草平展を催した。草平にかんする資料は、岐阜市鷺山の草平記念館にそろっているが、ここの資料も西垣の世話になるものが多いが、ここに収められていないものも、かなり主人は持っているということである。草平展には古田信次らの作品などもいっしょに展示されたが、賢作が自分の書庫かダンボールの中にあるものを持ち出した。そのあとで市立図書館にいって西垣を通して古田の著書を入庫させた。

主人は古田の年譜をよく読んでいて古田の姉の名をおぼえていた。たとえおぼえていないとしても古田何がしという名は彼の注意をひいたかもしれない。そういうことは別としても、あきらかに東京の吉原の遊廓の若い女に、岐阜に住む教育者として知名の人物(のちに市内の校長となった)が差出した絵入りの数え切れないほどの葉書は見のがすわけには行かない。むしろ古田のことより、その差出人のことが彼の注意をひいたのであろう。これらのことは西垣もまた言を左右にして語らぬものだから、いっさい私の想像である。

賢作の作った年譜にも、この長姉のことはその死亡年月日のほかは何もふれられてはいない。ただ西垣が洩らしたところによると、古田信次は、十五歳年長の姉が幸之町二丁目十四番地（賢作は十三番地だとしているが、古田本人は十四番地と子供のころから書き続けてきたといっているのはこれまた読者は御存知の通りである）の家の二階の押入れの長持の中に葉書の束が入っていて、あるときから姿を消してしまった。おそらく彼の小学生の高学年の頃か、中学生の初年級の頃で、その頃その姉夫婦は名古屋で旅館をいとなんでいたそうである。この束が消えたのは、たぶん姉が持ち去ったのであろう、と先生が語っているのはきいたことがある、と賢作は西垣にいったそうである。賢作はそれ以上いわないし、西垣も発見の経路を賢作にさえ教えなかったということである。あるいは賢作との約束で経路を賢作にも隠していたことにしているのかもしれない。西垣も経路については、永久に語らぬだろう。

古田の姉は長持の中から手紙を持出すと、昔の教師に会う道を考え、そのうえで手渡したのではあるまいか。であれば手紙は差出人のところに戻って保管されており、割合いに最近になって持主あるいは持主の家から外に出されたことになる。その校長の名は私も知っている。篠谷梅林の近くにあるから梅林小学校という名のついた小学校の校長もしたことがあり、教育長をしたこともある。その弟は、つい先頃亡くなったが岐阜信用金庫の理事長をしていた。西垣からきかなくとも遺族からきき出せば、おそらく経路はわかるけれども私には探索の興味はない。既に誰かの知っていることを調べて何の役に立つものか。

しかし私が感動したことには変りはない。西垣書店主人に賢作が、この手紙のことは先生にはいわないでくれ、自分も当分いわないつもりだから、と念を押したということだけは、西垣の口からききだした。題は忘れたが古田信次の書いた小説の中でこういうのがある。

中山道の茶所から加納の安良《あら》町にやってくると川がある。川に沿って大きな構えの二階家がある。名古屋から岐阜にかけては壁を黒い防腐塗料のチャンで塗っている。これは昔からある傘屋である。ここへ賢作らしき人物と古田らしき人物とが探索に出かけたようなことが書いてある。ここからほんの僅か北進すると右側に小さいがしっかりした構えのクスリ屋兼雑貨店がある。そこの隠居が古田の父親を知っている。古田は賢作に案内されてテレくさげにその前まで行くには行ったが、古田が赤ん坊のとき住んでいたはずの長屋のあったあたりを教えられた。そこに、ここより中山道加納を経て岐阜へ至るという道しるべの石が立っている。

このクスリ屋と八十いくつになる隠居に賢作がテープレコーダーをたずさえて古田の父親のことをきいた。そのクスリ屋の娘が岐阜市の七軒町のタバコを売っている文房具屋の女主人で、それが古田の長姉と加納小学校の同級生で、教生を真中にして小学校四年生の女の子が写っている写真をもっていた。クスリ屋にしろ、このタバコ屋にしろ、どうして賢作が見つけてきたのか、私はよく憶えていない。今の各務原市の中屋と加納とか岐阜とかの間をつなぐ仲買人のようなことをしていた古田の家には娘ばかり大勢いてその下の方に男の子がひとり、ふたりいたかどうかそこまではハッキリせん、とこの大家でもあった隠居はいった。ふたり男の子が（といっても赤ん坊にちがいないが）もしいたとしたらどちらかが古田信次ということになる。賢作はこの長屋で信次がどのくらいいたかはともかく、生まれたことは生まれたのだということにした。

「先生は小さい頃紙の蚊帳で寝ていたことはおぼえている、といっておられたが、そのときの家が幸之町の家か、そうでないか、よく思い出してもらえると世話なしですがね」と賢作は彼のところへ泊った古田と、夫人が運んできた昨夜の「にこみうどん」を温かい飯の上にかけながら、くだけた調子で幸福そうにいったようになっている。岐阜の「にこみうどん」はこのようにして食べるのが最高だと二人がいいあい、夫人も「主人が是非そうせよというもんですで。そんでも、ほんとに、これはおいしいですで。何といっても味噌が違いますもんやで」といったことも記してある。これで古田の生まれた場所についての取引がきまった。古田はどちらとも思える、といったが、自分でも分らぬものは、他人にまかせるより仕方がないし、賢作がどういうわけか安良町にしたがっているのなら、それで喜んでくれるのなら、その方がよい、と考えたことが書いてある。

「もし訂正するときがきたらそのとき訂正すればいいのだが、どうせそうするのは、このぼくですから」

和やかに彼らは夫人も交えて笑った。

というふうに記してある。

こうしたことはどうでもいいので、私はこう書いているとおそろしいもので自分の文章がだんだんと古田信次に似てくるのみか、自分が古田そのものになったようにさえ思える。断わっておくが私は先生との約束を果しているので、小説を書いているのではない。のんきに書いているとすれば先生に申し訳ないみたいであるが、といってのんきそうに書かなければ公平を保つべく私に課せられた仕事を果すことはできないのである。

「八ちゃん、お前さんには荷が重いなあ。気に入るか、気に入らぬかだけではすまんぞな」

と病院にいる平山草太郎の声が、

「あの仁《じん》(古田のこと)も存外に運が弱かったな。加藤栄三さといい古田といい、どうも最後がようないな」

と夫人にいっている声といっしょにきこえてくるように思えるのである。

私は、古田の長姉の資料についてさっきも息子がいったことを紹介しておこう。

「親父さん、ぼくの考えをいってもええかね。ぼくもこの問題には何となく一役買っておるから、いわせてもらいますわ」

中島実の『別府細工』という本だって息子がいた三彩社から出ているのである。それに今では彼がわが店の主人である。息子はいった。

「賢作さんは、その資料を見つけたことさえ、古田さんの生きている内は隠しておかれるような気がするわ。先生にいったり見せたりすれば、先生の小説の材料になるか、賢作さんが探しあてたことを面白がられるだけやろう。それで万事終りやがね。ところが、親父さん、先生も知らぬ先生の資料を賢作さんが、ひそかに持っているとすれば、これは先生にたいする愛情というか恩返しというか、そういったもんやないやろうかね」

息子が考えつきそうなことは、考えていないわけではなかった。とはいっても、どうしたって息子が口にした「愛情」とか「恩返し」とかいういい方にこだわらざるを得ないのである。

「では、そういうことにしておこう。ほんとうはどうだか分ったもんやないがなあ。そんな気のきいた愛情とか恩返しとかいうもん、あの仁《じん》もっとるかなあ。あんな直情径行で、それに自分のことを賢作寺とか何とかいわっせる御仁《ごじん》が」

「でも親父さん、それも賢作さんの直情径行のあらわれやないの」

「知ったげな口をきかっせる、きかっせる。その手前の『ないの』といういい方はいったいどこの言葉や。気色のわるい。東京弁なら東京弁らしゅう、いったらええやないか。甘ったるいいい方するな」

「あれをぼくは持っているが、見せない。先生に洩らしさえしない。と先生の顔を見る度に、先生の眼をじっと見つめながら、自分にいいきかせる、というのであれば、ねえ、親父さん、賢作さんは、じりじりと愛情が深まるんやないの。それにぼくは野村さんからきいているけど、たぶん、これは親父さんには、彼は話してはいないと思うけど」

「どうしてあの野村が、祥雲堂へしげしげと足を運んでおきながら、おれには黙っとるんや」

「まあ、まあ、まあ、親父さん」

と息子は「まあ」を三度いった。三度めのとき、何かしら変だ、押しつけがましいと思った。息子がほんとうに、もう完全に自分の時代になった、と思いこんでいる様子が見てとれたように思えた。読者に申しあげておきますが、これはとても重大なことなのです。私はこの三度めの「まあ」にショックを受けたのです。

この野村とは、私の中学の同級生で、先年亡くなった各務原出身の野村進（あの平野謙と同一人物かどうかは私の口からいうことは出来ない。私が自分のことを本名でいっているからといって、本当の祥雲堂であるか、どうか分らぬのは、前に『文体』に書いてあったことで、私はその枠からはみ出る資格はないのである）の弟で、何年か前まで名古屋の中日新聞に勤めていた人物とたぶん同一人物であるが、といってまったく違うかもしれない。近頃こういうあやしげなことが流行している。その本家本元は、各務支考あたりかもしれないが、平山草太郎が病院で数ヶ月前見舞に出かけた私にいったところによると、これはジャレつく方法というものだそうで（支考のことをちょっと口に出したのも、私が『文体』を読んでいるからであるが）絵の方ではみんなが心得ていることだそうである。

「何ごとぞ、祥雲堂、それを知らぬとは」

といわれ、これは『去来抄』の中で芭蕉が弟子たちに向って説教するときにいういい方だと教えて下さった。

「だがあれやね、支考は、あの『去来抄』の中ででも割がわるいなあ」

「何ごとぞ、とか侍る、とかは簡潔で力づよくていいぞ、八っちゃん。これは古田や賢作にもいっといた方がええな。それにしても死んだ矢崎は詩では賢作より一枚上だったな」

と矛盾した趣旨ともとれることに話はうつった。

読者よ、そういっては何だが、賢作には『骨の遺書』など傑作がある。この最後の平山の評言はあまり信用しない方がいい。私が別れるとき、夫人が、

「中嶋さんちょっと頼まれて」

といった。平山先生がベッドから降りようとしているところで、先生の口の動きと身体のそれとは雲泥の差であった。

「中嶋さん、おしっこをしたいそうですで。私と二人で支えてあげて。悪いねえ」

「お安い御用で」

小用の間に、岐阜の知人の二人がたおれ、三人が亡くなった話をした。「あの仁《じん》はほんとに死んだかかな。半年前にあったばかりやったがなあ」

「たしか亡くなったそうです」

「それはちょっとおかしいぞ、よう調べた方がいいのやないかなあ」

平山画伯のいった通り、このことは私の方が間違っていた。亡くなったのは一人だけだった。

私が古田を案内したことのある駅前のその個人病院を辞するとき、平山はベッドの上で横臥したまま、

「八っちゃん、もう読みとうもないが」といってベッドの下から夫人に大きな活字の『去来抄』を取り出させて、

「これはどうや。『年〳〵《としどし》や猿に着せたる猿の面』というのは。名前なんていうものは、こんなものよ」

といった。

そこで私は、平山が、古田のさしえの中に思いつくままに一枚挿入したといっており、私の店のギャラリーで展示した「岐阜日日新聞文化賞受賞記念、さしえ展」(この賞は何

年か前に矢崎剛介がもらっている）の中にも入っており、消したり書き直したりした次のような寒山詩があったことを思い出した。もちろん、さしえには、古田先生岐阜の市を歩くの図、市もまた山道の如しとしたうえでこの詩が添えてあったのである。それを読者のために書き下せば次のようになる。

笑《わら》うべし寒山《かんざん》の道《みち》
而《しか》も車馬《しやば》の蹤《あと》なし
聯谿《れんけい》　曲《きよく》を記《しる》し難《がた》く
畳嶂《じようしよう》　重《ちよう》を知《し》らず
露《つゆ》に泣《な》く　千般《せんばん》の草《くさ》
風《かぜ》に吟《ぎん》ず　一様《いちよう》の松《まつ》
此《こ》の時《とき》　径《みち》に迷《まよ》う処《ところ》
形《けい》は問《と》う　影《かげ》は何《いず》れ従《よ》りかすると

この寒山詩の「形は問う　影は……」は意味ありげだったことを、思い出したのだ。
もっとも私はそれよりも実はほかのことの方に興味があり、それには勝てなかったのである。『去来抄』の頁に眼をうつしたとき、そこに、季題がかくれている例をあげていることが分り、そんなことはどうでもよいがそこにとびこんできたのが、あの問題の、「歩《か》行《ち》ならば杖つき坂を落馬哉」という芭蕉の句であった。

「先生、これのことはもうじき、南濃町の石川良宣という人が、『美濃文化』に、『倭建命と伝承の地、南濃町上野河戸杖衝坂』という題で寄稿されることになっとるやつやがね。偶然といい恐しいわ」

といった。

「その『美濃文化』たらいうのは何のことやね」

と平山先生がいうのだった。そのあと、ついでに書いておくと、『文体』の表紙の絵のことに話がうつった。尾張一の宮の「なかなか面白い」主人のやっている喫茶店へ、しばらく前、たぶん弟子の早野の車で夫人らと出かけて行ったとき、（そこには平山の絵もかかっている。私のところを通して売ったのでよく知っている）『文体』の表紙絵の画家の絵が展示してあり、マッチ箱もその仁《じん》のものであった。県立愛知芸術大学の美術の教師であり、その学校には賢作の息子が行っているはずである。（平山はその画家を「はやりっ子やが、それだけのことはある。あの表紙絵はさすがや」といっていた）

彼ら一行はマッチ箱を五個もらって、（こうしてみると一行は五人だったことが分る）コーヒー代を支払って外に出た。そしてコーヒー代が五人分とすると、端数の五円のつく金額にはならぬはずなので、おかしいと思った。

「マッチ代は一個十五円ずつとられたことになるがや」

「マッチ代はいただきますと、いえばええのにね」

と夫人がいった。平山は弟子の院長の書いた文字の額を笑った。まだ絵の方がましだといった。そのとき、いつも話題になっている鶏が時を告げた。昼間、ビルの中のシモタヤに飼われている鶏がなくのであるが、病院の裏どなりはヤキトリ屋であった。このとりあわせを平山は夫人と共にしゃべった。あれで夜明けに眼がさめて困るといい、さっきの夫人のマッチ代の計算のマチガイを正した。夜眠れんのでもう疲れたから帰ってくれ、いつも土産はありがたいが、すこしは変ったものにしてくれといって眼をつぶった。


　そのあと、よけいなことのようだが、賢作に張りあうわけではないが、杖衝坂については『古事記』に次のようにあるのである。倭建は伊吹山から玉倉部《たまくらべ》の清泉《しみず》にやってきて、一息つきただちに当芸野《たぎの》にきたとき足がもつれて、蛇《たぎし》の形になったといわれた。そこから当芸《たぎ》という名がおこった。そこから杖をついて坂をのぼり、尾津ノ前《さき》の一ツ松に到った。そこで歌をよみ、三重の村で足が三重のまがりをしているといわれた。それでそこを三重というようになった。そこから能煩野《のぼの》に到り例の、「倭は　国のまほろば　たたなづく青垣　山隠れる　倭しうるはし」と歌いたもうたというふうになっている。この杖衝坂は四日市の方だということになってしまっているけれども、もともと碑ならば、早くから南濃町にもあるのである。それなのにこんな一方的なしかも誤ったことになったのは、伊勢神宮の渡会延佳が『古事記』の写本をかき、その写本の頭註に、「杖つき坂は伊勢国三重郡の采女村にあって、『古事記』に書いてある順路は間違っている」ということを書いているところからはじまっているのである。百年たって宣長が『古事記伝』で采女説をとりあげたものだから、これが正しいということになってしまった。

何も私も南濃町の石川良宣氏もどうしても美濃にもってきたいわけではない。石川氏もこう記しているのである。「伊吹山で病気になられた倭建命は、杖をつきながら美濃から伊勢に向ったので、その道すじに杖つき坂という伝説の坂がいくつもあるのが当然であろう」。私もまったく同じことをいいたいだけのことである。

芭蕉は貞享四年十二月に采女の杖つき坂で、『笈の小文』に

日永の里より、馬かりて、杖つき坂上るほど、荷鞍うちかへりて馬より落ぬ。

歩行《かち》ならば杖つき坂を落馬哉

の句をつくった。せっかく書いたのでいっておくと、これは伊勢の神官が註をつけた写本を出した翌年だが、芭蕉は見ていなかったであろうとまことに正確をモットーとして、石川氏はいっているのである。私はこの人を尊敬する。「宣長は芭蕉のこともよく知り、また『笈の小文』も読んでいたに違いない。采女の杖つき坂が芭蕉の句によって有名になっていたので、『古事記伝』を書くときに宣長はあらためてよく調査もせず、また何の疑惑ももたずに延佳の采女説をそのままとり上げてしまったものと思われる。」このあと、こ

んなふうに懇切丁寧に場所が記してあるから、読者の参考のために引用しておくことにする。古田信次もさっきからの脱線を腹の中では喜んでくれるものと考えられるからである。「近鉄養老線『美濃山崎駅』一キロ半、国道二五八号線（大垣――桑名）から西へ入った南濃町上野河戸という部落の旧伊勢街道に杖つき坂がある。長さ一〇〇メートルほどのゆるい坂で傍に『日本武尊杖突坂』と刻んだ石標（大正四年）が立っている。これは後の城山村長、伊藤規矩夫が区長時代に書いたものである。すぐ近くに倭建が手や顔を洗ったと伝える古い池が、青く深く樹木の影を写している」

その最後の文章はありきたりだが、かんべんしてやってもらいたい。

息子の話では、野村進の弟である野村満が育った、各務原市那加の西市場にある真宗大谷派の寺の過去帳をしらべたところ、古田信次の家の家系があかるみに出てきた模様である。というより篠田賢作がやってきてしらべて行ったということが彼の耳に入ってきたのである。賢作がしらべて行ったとき賢作の顔つきから、ある成果を得たことだけは見てとれたということである。

野村満は中日新聞社を停年退職して浪人中で何か文筆かんけいの仕事につこうと考えていて、刺戟を求めて四、五日に一度はやってくる。満は古田が入院してから急に思い立って、賢作が成果をあげたということだけ電話できいて知っていたのだが、そのあと自分で出かけて行って、しらべた。あのあたりの三つの名家、旗本、平山家、古田家、それに赤座家があるが、古田信次のところは、名家の古田家の流れをくむことは別にふしぎでもないが、平山家ともやはり親類かんけいにあり、それもそう古いことではない。古田先生の祖父が身をもちくずしたということは、私も先生自身の口からきいているが、平山先生の父上も風流人であったというから似たようなところがあり、各務原の村国座で、二人の先生の父上たちは会われ、あいさつをされたことがあると思われる。

このことは野村満が知る前に、おそらく賢作がつきとめているに違いない。これはかなり前のことである。このことも賢作は古田信次には語っていないのであろう。たとえ賢作がしらべて知っており、興奮したとしても、そのことをさっきの長姉の資料の場合と同様に本人の古田に告げず、そしてたとえ、古田に第三者から伝わったとしても、黙っていたということによって、何ごとか彼の思いを古田に分らせることが出来る機会だとさえ思っているのかもしれないのである。真偽のほどは分らないがこのようなうがったことに思いを馳せるようになったのも、もとは我が息子の意見のせいであることは、さっきもいった通りである。

しかし私はこの古田信次の家系の問題についてはあまり信用もしないし意義も認めない。あのあたりは大なり小なり親類にちがいないし、清和から発し十四世紀以後、西美濃一の名家である丸毛家の私の家だって、それから垂井や美濃町の古井由吉氏の家だって辿って行けば彼らとつながりがないはずがないからである。

それに古田先生事故のすぐあとに起ったセンサクについては、私はさもしさを感じないわけには行かない。

いま驚いているところだが、早くも私が『文体』に手紙を認めつつあると知ったとしか思えないのだが、県立図書館の方から私に電話がかかってきた。篠田賢作がしばらく前に、古田先生の長姉の名を「名古屋芸娼妓きぬぶるい（ひ）」という名簿を図書館で見つけ出していたという情報である。彼女は吉原から中村遊廓にうつっていたのである。これは明治四十五年と大正三年、五年、六年だけありあとは欠本となっているが、その六年度のものの中に本名まぎれもない古田の姉の房江とその芸名小桜とを合せて記してあるのが出てきたというのである。

『吉原細見』なるものは明治四十二年から大正七年まであった。これは江戸時代からずっと続いて刊行されていたものだそうである。岐阜の図書館にも、「岐阜芸娼妓きぬぶるい（ひ）」はある。岐阜図書館で賢作はこの種の本のあることをかねてきき知っている。彼は岐阜図書館と相談したうえ、その縄張りでもある名古屋へと杖をひいて出かけた。

名古屋の県立図書館は郷土資料目録が鶴舞図書館にあることを教えた。すると「名古屋芸娼妓きぬぶるい（ひ）」は㊃と印を押した図書館にあることが分かったのである。賢作は㊃とはどこのことかと鶴舞図書館にきいた。するとそれは市立西図書館である。ここには元の栄図書館の蔵本の一部が移されている。と教えてくれた。賢作はいうまでもなく、杖をひいて、そこへ出かけた。彼はその日は早朝岐阜を出発していたから、このように手間どることはむしろ彼の喜びを倍加した。

彼は市立西図書館へ赴いた。すると㊄というのはその図書館の印ではなくて蒲郡《がまごおり》の近くにある西尾市岩瀬文庫のことであることがわかった。蒲郡は名古屋から東へローカル線で二時間ほど行くことになる。岐阜図書館の電話の話によると賢作はその日はそのまま帰ることにした。賢作は日をあらためて西尾図書館へ出かけて行った。そこでとにかく彼はめざすものを発見したようである。それ以上こまかいことは分らない。賢作から岐阜県立図書館の方に、とにかく成果があったと報告があったことは事実だということしか私はいうことは出来ない。また私もこのことを本人からきく気は毛頭ない。

このようにこの手紙を認めはじめてからやたらと情報があつまってくるのでふしぎに思っていると、ついさっきも、一年ほど前に古田先生と賢作とが可児《かに》町を訪ねたということが私の耳に入った。可児町の郷土館の館員の女性からのものである。といってもこれだけでは読者には何のことか分るまい。女性の話では、横井庄一さんを訪ねなさったかもしれないといっていたが、先生がそんなことをなされるだろうか。

ここまで書いてきて私は市民病院へ見舞に出かけた。昨夜先生は意識をとりもどされたそうだ。一応は家内にいってとりそろえておいた松源の筏バエと、私の発案による、「暫《しばらく》」支店製鮎の昆布巻と鶏のクン製とを携えて行った。なにしろ、副院長の同級生と、古田夫人、平山先生とその夫人にお嬢さんと、食べていただく人が何人もいるからである。私はまだ矢崎剛介と賢作のことは何も書いていないので、古田先生の顔を見るのがとても気が重かった。それに歩きながら岐阜市通りすがりの人々の顔を見ると、古田先生の事故以来、みんなが事故の原因は矢崎と賢作と私のせいであるかのように思っているようにさえ思われて仕方がないのである。

(『文体』第十一号)

美濃(十二)

昭和五十五年六月一日

祥雲堂若主人から読者への手紙

『文体』先回号に載っています「読者への手紙」を書いたあと、父の八郎は寝ついてしまいました。前に詩人の矢崎剛介先生が亡くなり、今では平山草太郎画伯が入院中であるところの岐阜の市民病院へ、今度事故で入院中であるところの小説家の古田信次との約束で、父はやっとの思いであそこまでつづったのです。そのあと、ぼくを書斎に呼んで「もうわしはあかんわ」といいました。「このまま続けると心臓病をぶり返して死ぬような気がする。そこでお前たのまれてくれ」

春山さんのところへ出むいて、何とか自分の代りをつとめてくれるように、その前に病院を見舞って古田さんの意識が戻っているときを見はからって、そのことを伝えてくれ、ぼくが書く予定のことはお前もだいたい心得ているからそれをアンバイして話してくれ、春山さんは文学者で矢崎が詩の方でなら、小説の方での岐阜文学の育ての親だから、あの人なら東京の雑誌に出す手紙もちゃんと書けるにちがいない。何といってもあの人は同じ美濃でもこのあたりとは違って東濃の恵那《えな》のそれも名家の出だから、独特のキビシさがありこの仕事には好都合な気がする。考えてみれば、元々、わしが引受けるのではなかった、といいました。

病院ではそれから二日後古田信次の意識が戻りましたが、病状はひじょうに不安定でした。私はこの話を持ち出すのに一日がかりでした。古田夫人は、「もうそんなこと『文体』の方にお断わり下さって宜しいんですの。きっと主人の責任でしょうから。文体社の方もわかって下さると思いますわ」「しかし奥さん、これはやっぱり古田さんのつよい意志のようですから」「そうでしょうか。私にはこの人のことは、何もかも分っているようで、何も分っていない気もしますから。きっと私は東京もんだからでございましょうが」「まあここまできたら、仕方がないよ、奥さん」とは、車椅子でその夫人と娘さんの二人がかりで押されてきた平山画伯の言葉でした。「では何分よろしく、事故のこと以外私にはほんとに事情がのみこめませんから」

意識をとりもどした古田先生は、黙って一部始終をきいて、「いいようにしてくれ、春山さんを助けてくれ、もし春山さんに断わられたときには、きみに任すから」といって、「くたびれた、データはそっちにあるはずだ」と眼を閉じたのです。

春山光夫氏とは行きつけの柳ヶ瀬通りから入った日の出町のコーヒー店〝たつみ〟で会

いました。平山氏の絵が壁にかかっています。そこらあたりは、古田さんの書いたものによると、彼が中学生の頃毎日登校のさい通ったところで、すこし入ると芸妓置屋があり、御存知かどうか分りませんが、あの有名な柳ヶ瀬通りを真直ぐ西へ伊吹山の方に向うと昔の金津遊廓があり、古田少年は下校のさいには、遊廓横を通ってもどってきたようです。

「あんた、古田の事故のことをどうしてぼくに知らせなんだのや」

平山草太郎と同じ年輩ですが、しゃんとした春山氏は先ずこういいました。

「何も咎め立てるわけではないよ。ぼくは二重に動顚したよ。どういうわけか、新聞社からも知らせがなかったからな。それに、このところ新聞を見ていないからね。まったくのツンボ桟敷に立たされたあげく、送られてきた『文体』を見て知ったというようなわけでね。ぼくは、二、三日は腹立たしく口惜しく、いくつになっても人間というものは、あさましさから逃れられぬということを教えてもらったよ」

古田さんのいい方にならっていいますと、春山さんはこういうとき、ほぼ標準語に近い言葉をつかいます。微笑をうかべながらいわれたのですから、本音でないことはないが、むしろ自分を見つめているという、作家らしいキビシさをかんじました。ぼくなんかにこんないい方しなくてもいいのです。そこをあえていわれたのにぼくは人間味をかんじました。戦前東京で暮したことがあり、中央文壇に出かかり、戦後もそういうことがありました。最近もPTAの雑誌に『幼年時代』を連載し母を恋することなど書きながらも、業《ごう》をしょっているという思いから逃れられぬというテーマは春山さんらしいと、古田信次がぼくの家で父に話していたことがあります。業をつよく感じるのもエネルギーのつよさかもしれないが、恵那地方の特徴かもしれない。どちらかというと剛介や賢作は我を前面に押出す方とするのに対して、早くも業に気づいて一歩後退し、おだやかな微笑のかげにかくれるようなところがあるが、それゆえに、作品や人間理解に西濃の人間とは違ってテイネイに入りこむところがある、と古田はいっていました。「しかしあの先生の『女たち』という『食べあるき』に連載されたコントは、物語すぎる」と父は反駁していました。コントなのだからそれはそれでいいのではないかとぼくは父にいったおぼえがあります。しかし、いま問題は春山さんとの交渉であります。

「ぼくの考えをいおうか。ぼくは古田を見舞ったが彼は無意識状態だったもんやで、古田とは話が出来なんだ」」

徐々に岐阜弁をつかいはじめた。(あいかわらず微笑をたやさないで)

「これは古田信次にいうつもりでいうと思ってもらうと都合がいい。アンバイがええといってもいい。そういういいまわしであらわすのにふさわしいことやでな。ぼくは古田信次は賢作を甘やかしすぎていると思っている。賢作にうらみがあっていっているのではない。どんな意味にせよ、甘やかしすぎている。そう思わんか。断わっておくがぼくはただの傍観者としていっているのやからね。矢崎と賢作、矢崎と古田、古田と賢作、そこに何というか、一種の忘恩というもののにおいがある。すくなくともそういうような言葉で思わせるものがある。それから一方に度量のなさというような言葉でいうようなことがある。乗りこえようとするものと、生意気なと思うところがある。あんなもの無視してもいいと思うところと、そう思われまいとするものがある。古田信次はもちろんそういうことを考えとらんわけやない。事実、古田がそんなことを『美濃』の中でつぶやいていたことも知っている。だが、そこのところのまわりをグルグルまわっているだけでなしにやな、たとえば忘恩の特殊をかくことによって忘恩の普遍性に至るというためには、甘やかしてはとてもやないが出来んぞ。賢作はあんなものやない。あんなものやないぞ。矢崎と賢作も、傍観者のぼくからいわせれば恋人同士みたいなもんや」

「あなたは恋人同士にならんのですか」

とぼくはきいた。

「恋人同士にならん人間なんかありやせんよ。生き生きしはじめたときは、たいがい恋人同士になっとるさ。それが人によって恋し方が違うというのだよ」

「すると忘恩というのは、恋人同士とかんけいがあるのですか」

春山さんは返事をせずにこういいました。

「生きていることが、日々これ忘恩のくりかえしやないか。ある土地に生まれ育ったということもすべて互いにな。そういうことやないか。子供に対しても親に対してもね。思いが募るからね。それで、お前さんのいう、その、例の祥雲堂に代ってぼくが続きを書くという注文のことやがな。ぼくはごめん蒙るよ。またぼくのことを誰かが書くにしても、ぼくの悪党ぶりを書いてもらいたいな。といっても何せ小悪党でしかないのが残念やがね。ドン・キホーテとサンチョのような、悪党ぬきのベタつく関係の仲間には入れてもらいたくない」

「ではやっぱり駄目ですか」

「ごまかしは誰のためにもならんでな」

「ドン・キホーテとサンチョというのは、そういえば思い当るようで、考えさせられますね」（しかし誰がドン・キホーテで誰がサンチョなのであろう）

「きみ、きみ、篠田数馬が古田を見舞いがてら岐阜にきているそうやないかね」

と春山さんの顔にどういう意味か知らないが、微笑がよみがえってきたばかりか楽しそうだった。

「彼に頼みなさいよ」

「篠田数馬さん？」

「そうや」

「考えてみます」

「数馬は矢崎とも古田ともつながりがあるし、古田、矢崎の二人ともこの世にいないも同然やから、書きいいと思うよ」とある意味では編集者のようにいいました。

「今日のことは、悪く思わんでくれよ」春山さんは立ちあがってぼくに握手を求めました。「ぼくは古田信次に語っているつもりでいったことやから。ぼくはきみに、『あんた』と呼びかけたかな。ぼくはこの頃めったに『あんた』とはいわんよ。毒舌を吹きかける相手にしか『あんた』とはいわんからな。どうやった？　いった？　そうやったか。それならぼくが、あんたをマトモに扱ったことの証拠や。古田とは愛憎がないとはいわんよ。仕事のことだけでなしに、ここでいうのも何やが、女性のことにしてもね。ワンノブゼムにすぎんとはいえ、彼もぼくも同じ女で結びついているのやからな。遠い昔のことや。にもかかわらず、ぼくらは仕事のことでは、容赦せずにいいあった。もっともっとほんとのことをいってくれ、遠慮せずにいってくれと頼んだものだ。そういうことを、矢崎や賢作が一度でも口にしたかということだが、そういうことはどうでもええよ」

いつか古田さんが祥雲堂で、

「春山さんは別れぎわがアッサリしている人で、その点では矢崎さんと共通点がある」

といっていたことを思い出しました。（春山さんは次の場所に予約があるようにコーヒー店を出て行った）父はそのとき、「二人とも酒をのまないお人やからな」と申しておりましたが。

篠田数馬は岐阜公園近くでもあり山際の、稲葉山登山口から眼と鼻のところにある彼の育った家はそのまま知人に貸しているので、来岐のさいは、長良川北岸のグランド・ホテルに泊ります。大野伴睦の甥で、中学時代の友人であり、私の家と同じ町内に住むお人が支配人をしているのです。『美濃』にもありましたが、岐阜の情報の一部はこの人を通じて東京の数馬のところに流れるそうです。数馬さんが好むと好まざるとにかかわらずです。以下はそのホテルのロビイでのやりとりです。

「古田さんには病院で会ってきた。意識はあることはあった。たいもないことでしたね、といったら、その岐阜弁ぴったりだよ、とかすかに笑われたよ。『きみはぼくがニセの事故で病院に入っていると思ったのではないかね。しかし、まさか入院しているのにニセということはないだろう』といわれてね。『いや、古田さん、正直いうとぼくはそう思いましたよ、奥さまには失礼ですが』とぼくも夫人にたいへん気をつかったよ」

と数馬さんは、今のところは機嫌よく話に乗ってくれました。

「そこでぼくもね。『だって古田さんは〈美濃〉で見ると各務支考のことを大分問題にしておられますからな』といった。そうだろう、それにきみ、きみの親父さんと平山さんのやりとりなどみると、あのとき古田抜きにせよ、〈年〈《としどし》〉や猿に着せたる猿の面〉などという句をもっともらしくいいあっているしね。猿に猿の面を重ねあわせたり、というところを見ると、いろんなことが重ね合わさっている模様だからね。何だかくさいよ。色々とくさいんだよ。出し抜かれるとバカをみるからな」

と数馬さんは笑ってくれました。

「春山さんは校長だったときいているが、あれかね、吉原にいた古田さんの長姉というのと手紙をかわしていたというのは、まさか若き日の春山さんのことではないだろうな。年齢計算が合わないからな」

「さあ、ぼくはよう知りません」

「ぼくは岐阜のことには矢崎さんのことも賢作のことも興味はないが、賢作が手に入れたという手紙というのは、あれはほんとのことかね」

「父はウソをつく人ではありません」

「それはぼくも信じているよ。ただここだけの話として。まあええよ」

篠田数馬は問題の、私の父に代って書きつづけることについては、引受けるとも引受けないともまだ一言もいわないのです。

「祥雲堂が病気になったということは認めるとして」と数馬さんはぼくの方を横眼で見て大きな身体にふさわしくない小さい、小さい、春山さんのより遥かにささやかな微笑をもらしました。ぼくは古田さんがぼくの父に語っていた野村進や数馬評を、数馬さんにこんなふうにしました。

「数馬はインターナショナルであるのみか、古今にもわたったスケールの大きい評論態度をもっていて、一方に小さいものに対しても不思議な関心をいだいている。彼はいつも開かれすぎるくらい開かれていて、世界というものは意外と共通なものだ、という考えをもっているのがうさんくさいと思われていた。その考えの発表の仕方も開放的であるためである。彼は現代文学について労作をしあげつつあるが、同郷のぼくのことを、ことさら無視しようというわけではなく、折あらば拾いあげようと思わぬでもないフシが見えるだけでも大したものである。平山草太郎さしえの評伝（?）『小泉八雲』（?）は早く本にならぬかと待っている模様である。数馬の訳した南米のある小説家の書いたたくさんの短篇がある。その作家は、同一性の原理と称するものを信じる人物のことを度々書いている。これはぼく（古田）が八雲のことを書いているうちに、一歩一歩とりつかれてきた考えというより、遊びはじめた考え方とも似ているものであって、これは対称の考えとも似ているもので、神秘家の系譜は、大なり小なり、このことを語っているかのようである。これは劃期的なものといわれるカントールあたりの数学者の説とも一致するかもしれないよ。この作家は鏡が大好きである。一個所にあるものは、世界どこにもあり、今あるものは、昔にも未来にもある。現在起こりつつあることは、過去の書物の中に既に見えている。これが数馬が若いときから愛着をもって訳してきて、今では日本でも評判になりつつある南米作家のえがく魅力ある人物たちなのである。数馬自身こう考えているかもしれない。大きいものも小さいものと同じであり、スケールの大なるものもチミツなものとそっくり同じであると。美濃は三野《みの》であり、三野は不破の関のある垂井附近から南の方の三つの野のことであり、それが今の美濃ぜんぶであり、日本の到るところとも似ており、世界の到るところとも似ている。数馬が早くからこの作家に着眼していたということは、同一性の原理のことを彼自身も考えていたのではないか。数馬は劃期的な説をもっている。これは受け売りではあるまいと思うよ。ちがうかな。やっぱり彼の発見だろうな。それは夏目漱石が東大をやめて小説家として筆一本でやるべく朝日新聞社と契約をむすぶ話はきみも知っているかね。それが、ほかでもない、八雲とかんけいがある。もともと八雲がくびになって漱石がそのあと釜にすわっていた。そこで、上田敏、厨川白村など八雲の教え子たちが漱石につらく当った。あるいはそれと同じ結果になった。そのために漱石は東大を退いた。どのように証明できるか知らないが、数馬は八雲があたえた影響を忘れている、といっている。ぼくはこういうことをいう数馬が好きだ。いろいろな種類のユーモアを解することができる半面にこういうところがある。

数馬が岐阜中学から松江高等学校（森亮先生のもとでそれこそ早くも語学の天才ぶりを発揮したことであろう。）に入ったあとぼく〈古田〉は彼の訪問をうけ、篠谷梅林に出かけ、平山さんやぼくの大好物である豆腐田楽を食べた記憶がある……」

ぼくがここまで話してきたとき数馬さんは、

「古田信次しきだな。というより、古田信次が背負わされた発想というべきかな」

といい、小さな微笑はハッキリした笑いになり、とうとう声を出され、それから思い出し笑いのようなあやしげなものになった。

「かねてから連載中の『日本の現代文学』やその前の『日本の近代文学』のみならず、『音楽に誘われて』や『読書の楽しみ』もぜひ読むように。それから、何より彼の責任編集に世界文学にまたがって数々の名著がある。きみの編集した三彩社かんけいの本だけでなく、数馬氏のものも本棚に入れておいたら」と古田さんがいわれたのでそのつもりになり、今日も数種類持参したので、サインをお願いしたい、といった。

「サインはするが、本棚におくのはやめた方がいい。そいつは断わるよ、きみ。ぼくは岐阜とは関係をもちたくないのだ。ところで何か食わないか」

「ぼくはけっこうです。どうぞ先生はめしあがって下さい。ぼくが注文します。グリルから取りよせます」

「いや、ぼくがする」

先生はしばらく座を外されました。ぼくは大きく息をしました。

「きみ、古田先輩が可児町へ賢作といっしょに出かけたというのは、あのつづきはどうなるの。くりかえしていうが、賢作にも、矢崎さんにも、興味はないのだ。古田さんが行ったについては、どうせコンタンがあるのだろう」

「可児町の郷土資料館の受付の女性からくわしいことをうかがいました」

「それで」

「駅前のバアさんがやっている食堂に立ち寄ったのだそうです。看板のペンキもはげてほとんど字が読めない店だそうです。関東煮とうどんを召しあがったあとタクシーでくくりの宮跡へ向いました。八坂入日子命の墓もそばにあるとのことです」

「知っている。万葉集にある〈くくりの宮の歌〉という歌がよまれたというところだろう。そのことなら、きみたしか『美濃』の中に、関ヶ原近くの何とかというところが正しいという説のことが出ていたじゃないか。あの説の方を支持している女学者の人はあのあと車の事故に遭われたそうだね。松井利彦からきいたよ。可児町のあのあたりにたしか三野という部落があるときいているよ。それにそうそう、新宿の交番か、三菱重工のか忘れたが、バクダン事件の犯人の若い夫婦の出身地だろう。あれはここ（グランド・ホテル）の支配人が教えてくれた。古田さんのコンタンは分らぬではないが、ミイラとりがミイラになるということもあるし、あんまり深入りせん方がいいな。まあいってみれば、古田も美濃を甘やかしているが、美濃の方も古田を甘やかしている。つまり、なれあいだな。三野がここだなんて、もちろん、コンタンは分るよ。こだわるのはつまらんよ。三野って小さい部落だろう。それにきみ、関ヶ原、青野ヶ原、各務ヶ原の三つの原っぱのことならともかくとして、三野なんて日本中いたるところにあるのだよ。風土記を見てみたらすぐ分ることだからね。松井なんか笑っていたよ。それからどこへ行ったの」

「それからですか」

ぼくは我に返って、

「それから、明智光秀の叔父さんの居城あとの長山というところへの登り口まで行き、岩木炭の発掘あとの小屋のところから引返し、寺のあとを見てまわったそうです。昔はいくつも寺のあつまっていたところで、今はわずかしか残っていないのですが。光秀が育った城、といっても土ルイ程度のものですが」

「あのころはそうだろう。しかし長山というのは初耳だね」

「さいきんだそうです」

「どうせ長い山というところからその名がきたのだろう。光秀の子孫が可児町にいるということはきき知っているが、そのこととちょくせつ関係があるというのなら、それはいいかげんなものだよ」

「そこのところは、ぼくは存じません」

「それからどうしたの」

「そのあと、荒川豊蔵さんたち陶芸家のいるあたりまで車を走らせ、そのあと可児町郷土資料館へ立ちより館内を一巡したあと、さっきの食堂のことなど一部始終館員に話され、そのあと〝光秀〟という地酒を買うとか買わぬとかいっておられ、土岐市の〝三千盛〟が東京の井伏さんや永井さんや石川達三さんなどの老大家の間で評判だということや、それから、土岐市在住の横井さんのことを話題にされ、各種のパンフレット類をみんな買い求めたそうです。そのとき賢作は二万五千分の一の地図を手にしたとのことでした。もっとも横井さんは講演旅行中だったそうです」

「その話はもういいよ、食事をさせてもらうよ」

と数馬さんはいわれ、ぼくは先生の食事中、時々ふりかえっては窓の外に見える金華山を見ていました。グランド・ホテルからは山城まで見えることが分りました。食事が終ると、「ほんとうに、きみはいいのか」と数馬先生はおっしゃった。二人分のコーヒーがきた。

「ここのコーヒーは割にのめるよ。きみの奥さんはたいへん美人だそうだね」

「そんなことといわんでください。つけあがります」

「それできみ、裏切りとか謀叛のことだがね。きみがさっき口にしたぼくの翻訳した南米の作家が、『ユダについての三つの解釈』という短篇を書いている。そのことは古田さんはふれていなかったかね」

「そこまでは、うかがっておらんですが」

「たぶん、古田信次は可児町を歩きながら、この短篇のことを考えていたにちがいないよ」

「光秀の謀叛の解釈にも三つあると申されていました」

「それなら、ぼくの想像が当っている。たしかに光秀についての解釈が三つあるということは誰でも知っている。しかし、古田信次はユダの三つの解釈のことをきっと念頭においていたと思うな」

「それで、先生、二人の人物のその三つの内容は同じものですか」

とぼく（祥雲堂若主人）はきいた。

「それはきみ、ぜんぜん違うよ。正直いってぼくは光秀の理由そのものには関心がない。ただ面白いことは、先日別の訳者の本が出て、その解説に、Tという小説家が、これは美濃の人間ではないがね、古田の若い友人だ。広島の男で、岐阜と似たようなもんだよ。『きんさい』などというからね。この男がこう書いておった。

《この本には『ユダについての三つの解釈』という小説もあり、これも、おもしろく読み、ぶつぶつ、ぼくもかってなおしゃべりをしたが、それを書くことはやめる。やめるなんて調子いいが、ちょっと文字にできないのだ。しかし、イエスを裏切ったというユダのことを、なぜか、ぼくは子供のときからわるい人のようにはおもっていなかった。ユダはふつうの人のうちでも、たぶんマジメな人で、だから、熱心党のシモンなどとはちがった意味の口惜しがり屋ではなかったのか。これは、この小説のユダとはちがう》

この口惜しがり屋ということも古田は読んで知っていると思うよ。ぼくはあくまで一般論としていっているので下らぬ小事件のことをいっているのではない。ところで、きみ、きみのお父さんは、西尾図書館へ名古屋からローカル線で二時間とか書いておったが、岐阜からなら新岐阜からまっすぐ一時間半で行くよ。あれはほんとに親父さんが書いたのかね。それに古田の長姉は吉原から名古屋の中村へ売られてきたのでなければ、ツジツマが合わないが、中村のことが脱落している」

「あのころ父（祥雲堂）はフラフラになっていたものですから。精神的に参っていたようですで」

「しかし、ほんとに何だって、どこにしろ古田さんと賢作は二人連れ立って歩いているんだろう。ぼくには野村進氏が藤村の『新生』でコマ子のことで叔父に金をこれ以上せびられないために釘をさしたという説がこのごろ分るような気もするな。もっともぼく自身は『夜明け前』を推賞したいけどな。ところで、きみ、各務支考のことだがね。ぼくも支考のことは『美濃』で度々名が出てくるという話だから、何となく考えるようになってしまったがね。誰もほんとには問題にしてやっていないが、彼の『十論為弁抄』という俳諧論はさまざまな古典仏典と俳諧と結びつけていてね、本人はたぶん大マジメだが、滑稽なところがある。大マジメと滑稽とが表裏いったいになっているところなんかは面白い。そこでだな、そういうことを彼は俳諧の精神と考えているが、このように徹底しているのは、支考ひとりじゃないかな。身を以って滑稽になっている生臭坊主でもあったからな」

「美濃人の特徴でもあるのでしょうか」

「そりゃ、そうでないとはいえんよ、きみ、生臭が多いからな」

篠田数馬はぼくの様子をうかがいながら、多少うす笑いみたいなものを口もとに漂わせながら話しはじめた。それを見ていると、ホクロを別にすれば今は入院中の古田氏が元気なときの顔つきとそっくりに見えた。

「支考佯死の件だがね。イツワリの死ということだよ」

「ああ、それなら分りました。焼け死にかと思いました。そのことなら『美濃』にも出ておりました。あれからぼくはちょっと勉強しました。美濃うまれでいて、そのことまで知らなんだもんですで」

「これに二説あるのは知っているかね。一つは、死んだことにして、世間の批判ぶりを見ようとしたもので、支考らしい機略を弄したものだ、というのだね。これはきみ、落語だよ。もう一つの説は、虚にいて実を行うの体験的実践とでも評すべき風狂意識が濃厚だ、というのでね。その葬儀のころからしばらくあとにかけて、京都や伊勢や名古屋に出かけていたそうだよ。これはきみ、ちょっとスケールが大きいというか、リアリティがあるというか。きみだって第二説の方をとりたいだろう。きみ、美濃を中心にして日本中を相手にしていたのだよ。もっとも世間はホラ吹き扱いしただろうがね。そこが面白いと思わないか。たぶんそのくらいのことも心得ていたと思うよ。何しろ本気でウソなのだからな」

「それで、実は父が春山さんから、おききしたか、それともちょくせつ各務虎雄さんからうかがったか、それとも、『日銭』の句集を出した枡でのませるマスヤの主人の高橋枡吉さんから入れた情報か忘れましたが、あるいは古田さんからのものかも分りません。ここに先生にお見せして参考にするようにと父から仰せつかっているものの一つに、こんなものがあります。

昭和三十四年九月『生活と文化』九月号（百四十六）

獅子門（以《い》哉《さい》派）二十四世道統を継いだ武藤景行氏の立机式は、七月十九日岐阜瑞竜寺山内の鶴棲院で行われた。来会者百余名に及ぶ盛会で、古式による獅子門伝統の正式百韻の俳諧連歌を興行したが、既に古式文化財として認定した処もあるだけに謹厳荘重の式典は美濃派俳諧の特殊行事として見学の価値あるもので、今春中央俳壇の大家や学者連が岐阜市常在寺で実地見学し感嘆したというだけあって無形文化財としての県の指定を要望されている。

それからもう一つの方は、『地方文化』という雑誌の一〇号で、昭和二十二年六月一日発行のものでして、これは数馬先生もよく御存知の岐阜文化の恩人、小木曾旭晃先生、この人はもう亡くなられた人ですが、この方の編集の雑誌です。こういう記事が載っています。美濃派には二派ありますから、別派のものではないかと思います。何しろ父は寝ついているものですから、うろおぼえです。でもポイントは数馬先生はよく分っておいでになるから、任せる、と父はいっておりますので。とにかく参考までに読んでみます。『文体』の読者にも参考になると思いますから」

「遥かなる岐阜にいて『文体』のことを、そんなに考えているのかね、マメなことだな」

と篠田数馬はあわれむようにぼくにいいましたが、ぼくはとにかく資料を読みました。

「もっともらしいところが面白いから続けなさいよ。利彦からきいたところでは、たしか、立机式というもののやり方を逐一筆写したものが、県立図書館にあるときいているが、あれは図書館の何とかという人がよく知っているのではなかったかね」

「村瀬さんです。それではこれも読みます。」

美濃派獅子門道統第卅一世恩田憲和氏は今回病気のため引退し、代って高橋清斗氏が卅二世を継承したので、その立机式は五月十八日羽島郡松枝村の高橋氏の瑞泉庭にて行われた。

来賓の各務虎雄、山崎喜好氏を始め獅子門各社中代表等約八十名参会、俳諧百韻、祝詞祝句披露、俳祖祭壇焼香、新道統の挨拶、当座俳句披露などすべて同門伝統の古式に則り厳かに行われたが、俳壇稀に見る偉観であった。

というふうに終っているのですが」

「それでこれが何の足しになるのかね。きみはどう思ってこういうものをぼくに見せたの」

「支考は一種のヒネクレものですので。ヒネクレものが実は当り前の考えをもっていたのかもしれんのですが。その支考さんが先生のおっしゃられた虚と実とを同時に見せたのが、あの悪名高い自分の葬儀をやって、また生きのびるという離れワザだとしますと、彼の平明主張とそれからこのものものしい継承式ということとはどうつなげたら宜しいか。何しろぼくの家なんかも華道の家元ですし、岐阜中家元や弟子ばやりで、弟子が忽ち小さい家元になるという有様ですもんで」

「矢崎さんは彼のやっていた詩誌の編集後記で、この雑誌はおれ一代で終りだ、誰にもあとはつがせん、と書いていたな。それにしても、きみは若いくせに意外に腹黒いところのある男だな。しかし、いくらきみが知れる限りのデータをきかせるとしてもだ、どうしてぼくが、矢崎の教え子で、古田の後輩であるというだけで、それから野村進の後輩であるというだけで、それからきみの親父の後輩であるというだけで、ぼくが『文体』のために書かねばならないと思いこんでいるのかね。春山さんがきみをたきつける以前に、きみら親子もそう考えていたのではないのかね」

「ひたすらお願いするばかりです」

「とにかく明日もう一度きて見たまえ、ただしそのときぼくは東京に帰っているかもしれないよ」

『文体』の読者よ、ぼくの今日の報告はここまでです。

翌日私（祥雲堂若主人）がグランド・ホテルへ電話を入れた。その前に、鷺山の春山光夫氏にも電話をして、昨日の一部始終といっても、電話口でいえる程度のこと及び本人に直接いえる程度のことであるが告げた。すると、春山氏は「数馬はぼくのことを軽蔑しただろう、どうせオレは猿だといっといてくれ、『美濃』にあったあの〈猿〉だよとね。いや、ヌエかもしれんぞ」とやさしくいった。私はたとえば数馬が私に語った次のようなことは口にしなかった。

「春山さんと古田信次との女性かんけいというのは、春山さんが県立図書館の副館長をしていた頃なのかね。たしか春山さんは一時教師をやめていたのだろう。春山さんは若い者の指導をしながら、ふいにその女性と東京へ出て文学に関する仕事で一旗あげようと思ったらしいのね。これはきみらのいうところの岐阜の情報屋からぼくの耳に入ったことだがね。といって家族を岐阜においてどうしてそんなことができるのかね。それともその女性とのことで起死回生をネラったのかね。これはぼくの想像だが、人妻である彼女は自分と春山氏とのことは古田に、古田とのことは春山氏にことこまかく話し、一方には自分の悪女ぶりを示したのではないだろうかね。その女性はもともと岐阜の女ではないのではないかね。どうもそうらしいよ。そういう女性にかぎって、岐阜弁を巧みに使いこなし、岐阜弁や岐阜がそうさせたかの如き恰好をしてみせるのでね。岐阜の毒に当ったのかな。案外そういうのは一種の聖女でね。すくなくとも春山氏はそれゆえに飛躍を願ったのではないかな。しかし彼が小学校か中学かの校長になったのはそのあとだろう」

私は昨日は書くのをやめたが、今日になったら書いてもいい気がしだした。「もちろん、賢作なんかは、そのことをみんな知っていると思うよ。こういう話は誰からともなし伝わるものだからね。それにどうせ互いに知っている仲間だからにきまっているからな」

と数馬氏はいっておられた。

篠田数馬はホテルにいた。新幹線が総点検をする日で、今日は午前中は運転休止だといった。そこで、数馬さんに東京で食べてもらうために、燻製のかしわを三袋もって行った。松源の筏バエももうしばらくは出るが、とっさで松源の方に用意が出来ていなかった。

数馬氏はロビイで私を待っていた。

「とにかく、きみの親父にしても賢作にしても岐阜日日新聞社にしても、春山光夫に古田の事故のことをさっそくにしらせなかったのはまずかったよ。日日の山下くんなんか何をしていたのかね」

数馬氏は約束の文章を『文体』に書いてやるともやらないともいわず四方山話をされた。

「春山さんが東京に出ようとしたかどうか、じっさいのところはともかくとして、矢崎さんが昭和二十年代半ばに東京へ出て出版社につとめて小説を書こうとしたことは、きみなんかも知っているだろう。郡上八幡出身の十和田操さんを頼って相談に行ったりした。伊藤整が彼のまわりの作家の中でいちばんかっていた作家で、朝日の出版部につとめていた。十和田さんの子供の頃、親父さんが逓信省《ていしん》の判任官であった。『判任官の子』という短篇は初期の佳篇だ。十和田さんにはぼくも会ったことがあるが、古田さんも遊びに行ったことがあるはずだ。あの人は、よく六八《ろくはち》（岐阜第六十八連隊のこと）の一年志願兵のころの話をされた。どこでも始められた。のどかなのどかな話でね」

「十和田さんの名もぼくははじめてです。たしかペンネームだと思いますが……。それはどんなような話でしょうか」

「部下の兵隊と、といっても十和田さんはまだ、下士官ぐらいの時分だったと思う。六八から山ぎわの琴塚のあたりを通って美濃町方面へ電車道を行軍しながら、兵隊たちの話をきき出しては、それから、それから、とききだされ、そしてゆっくりと笑われるのだな。あの人はそういう会話を岐阜弁で細部にわたって再現されるのだ。それのみか、こうおっしゃるのだ。パーティの席でもだな。ぼくがこんなことあなたなんかと家で話しているとなも、奥の方からぼくに岐阜弁で『おまはんええこらかげんにさっせんか』と注意さっせるんでなも、といった調子だ。『二階のない学校』という短篇は知らんだろうな。あれなんか、明徳小学校に通っていた十和田さんみたいな子供が小学校の近くの監獄の塀のすきまから覗くと、赤いものを着た女囚の姿が見えた。家へ帰って親になぜ赤いものを着るのか、ときくとね、女というものは業がふかいものだから、といわれた。それ以来、ずっと、業と赤い着物とがいまだに結びついて、女房を見てもそのことが思われるというのだったと思う。監獄は川向うに移転した。

『美濃』の中で前にマメさんがソフトをかぶって県営グラウンドを前かがみになり、近道をして中学の正門へ向うのを古田が見ている話があったと思うが、あのグラウンドは監獄あとだ。あそこで、甲子園野球の予選があった。それから共進会もあった。

マメさんは東京行きをあきらめた。いつだったたか、東京の新宿三越でぼくはマメさんが階段に腰を下しているのを見た。声をかけようと思ったら、すうっとマメさんは立ちあがって、階段を下りて行かれた。ぼくはわざとあとを追わなかった」

「よく分りませんが、伊勢丹でもなく、三越本店でもなく、新宿三越というのが、面白いように思います」

「『階段』という詩知っている?」

「それは傑作ですか」

「そういうことはどうでも宜しい」

G・ギッシングではないが

わたしにはこれから訪ねるべき家もなければ

愛する人を待っているわけでもない

ただこうしてぼんやりとベンチに腰かけているだけだ

冷房のよくきいた新宿三越の階段のおどり場で

にはじまって、階段を通る人間たちを三時間も眺めているというものだ。そのことはともかく、ぼくはこの詩を見たときすうっと去って行ったマメさんのことを思ったというわけ。かと思うと、不意に電話がかかってくる。マメさんの詩の集大成の『重い虹』が出た」

「あれは昭和三十九年のようです」

「林房雄が朝日の時評で賞めたあと、日比谷公園の松本楼で出版記念会があった。あのときぼくも古田も東京にいる卒業生の女の子たちも出席した」

「賢作が司会をし、そのとき、マメさんは賢作に、お前を東京で人の眼につくようにしてやる、といわれたそうです」

ぼくはちょうど手にしていた『重い虹』を見せて「序文に還暦記念だと書いてあります。最後にこうあります。『表紙と本文飾画とは、曾ての教え子である日展審査員、画伯加藤東一の彩管に俟った。東一君、まことにありがとう。印刷は長年わが盟友たる不動工房主、詩人篠田賢作の決死的労苦によるものである。賢作君、千万かたじけない』です」

「東一は栄三の弟だね。ぼくらの中学の先輩だ」

　と数馬氏はしばらく黙っておられ、思い出すように、

「このときもそのあとも、ぼくも古田さんも文学賞のことで多少応援した。実は結ばなかったがね。マメさんが小説を書き出した。原稿が送られてくると、ぼくは古田さんにこういった」

　篠田数馬氏は声をひそめた。微笑をうかべながら。ぼくは再現されておられるのだと見た。

「古田さん」

　とゆっくり、何げなくおとなしく、冷静に、ぼくが古田家の電話口にいる古田さんであるかのようにいった。

『古田さん、ぼくのところへ文芸雑誌に見せろ、といって原稿が送られてきたのです』

「『毛信』？　それとも『青春発色』でしょうか」

「さて、そのあとの方だと思うよ」

　しばらく数馬は黙っていたあと、もう一度さっきの自分の話にもどった。

『ちゃんと書いてはあるのだろう』

『そうですよ古田さん、もう読まれたのですか』

『いいえ、読んではいない』

『古めかしくて、若々しさがちょっと子供じみていて、どうもこれでは見せてもダメだと思うのですが、もともとどうぞ見せてください、とマメさんにいったものだから、どうも困ってしまって、先ずこういうことは、ぼくが苦労するくらいなら先輩の古田さんと苦労をわかつべきだと考えた。それにしてもぼくより、古田さんにおくってくるべきではないでしょうかね』

古田さんは電話の向うで、笑っていた。(数馬はいっそう優しくぼくにいった)

『先輩ということは別として、濃いかんけいにはありますよ。しかしマメさんのは散文となると、詩人ふうの身ぶりが子供じみて見えるようになることはある』

と古田さんは生き生きといった。

「濃いかんけいとは、岐阜へきて賢作を通して何度もマメさんに会っていることだけやなしに色々と世話なさっていることやないですか。それは、春山さんも同じことですが」

とぼくはいった。数馬氏は、

「まあ、黙ってきけよ。ぼくに間をもたせるもんだよ。きみの親父もこんなふうか。このごろの岐阜はそうなってしまったかな」といった。

「親父はそうでもないでしょう」

　そこでぼくはいった。

『古田さんの方に廻しましょうか。とにかくぼくだけで処理すべきものではありませんから』

『いいや、それはぼくの方に廻さない方がいい。あなたで何とかならぬものが、ぼくの力で何とかなるはずはない。よくないことは、あなた一人にとどめておいた方がいい。もちろん、ぼくはいつでもそういう役を引きうけるけれども』

　と古田さんはいった。

「この原稿は編集部から直接返されたのではなかったのかな。それが、きみの親父たちの同窓生の醵金で本になった」

「そのとき矢崎さんは、賢作さんは古田さん、それなら自分は数馬さん、と路線をきめられたのではありませんか」

「そんなことはあるまい」

　数馬氏は不快そうに黙ってしまった。

「それとも」とぼくはいった。「小説の向き向きということを考えられたのではありませんか」

「きみ、飯をくわんか。食わんのなら、ぼくひとりで食うよ。もっとここにいるというのなら、ホテルで食えよ。古田さんのようににこみうどんだとか、忠節の九官鳥の二羽いるうなぎ屋とか、〝松源〟とか、〝暫〟とか、桝酒をのませる〝マスヤ〟とかはごめん蒙りたいからな。もっとも〝マスヤ〟は夕方からだがね。あの〝マスヤ〟の主人は平山さんの世話で俳句の先生についていたらしいが、本を出したそうだね。もちろん、この燻製のかしわはもらうよ。これはなかなかいいものだ。よそから貰ったことがある」

「お酒は？」

篠田数馬氏は軽蔑するようなそれでいてとても一般的ともいえる笑いをうかべたあと、マジメな顔付きになって、血圧もおちついてきたがクマ焼酎を湯でのむようにしているといった。先だって焼酎を古田のところへ醸造元から、一色送らせたら、さっそく試飲して、血圧は低い方だが自分にも悪くないようだといってきたといわれた。

ぼくと数馬さんはいっしょに食事をした。想像がつくことだから細部ははぶくとして、松本楼で久しぶりに古田さんとあいさつをかわし、古田の手がけているはずの長篇の仕事のことをきき、期待しているといったあと、郷里へ作家が帰るとき、ホッとする気持と、にがい気持について語り、春山さんと古田との岐阜在住の女性についてのことなどは、古田自身も起死回生をはかる点では、春山さん同様であったかもしれないということや、そのことは、古田の小説の中に暗示的に姿をあらわしており、時期をつめて行けば、古田にとっても象徴的な事件だったといえぬこともない、といわれた。これはきみ、日本中誰も知らないことだ。古田のある有名な小説の中で、いよいよ妻があと十日でこの世からいなくなると医者からきかされて、二人の子供となげいているとき、呼び出しの手紙がきたと書いてあり、その女性がそれより二年前妻の不倫の事件の夜にそもそも、不意に泊ることになっていたことになっているが、ことによったら、彼女こそこの岐阜在住の女性かもしれない。つまり古田信次が岐阜の女性と何かかかわりあいをもつとき必ず、その意味からいってのことだが、彼の身に重大な事件が起っているということは面白いではないか。もっとも只の空想にすぎんし、ぼくはこういうことは好きでもないし、ツマランと思う方だがね、といわれた。

ついでにいっておくとこの小説は、ぼくは必ずしも買わぬし、マメさんもそう電話でいっておられ、こんど古田のやつが岐阜へきたら、そのことをいってやる、といっておられたし、事実そうされたそうだ。

「しかし、出来ればマメさんと弟子と賢作とのことにしぼっていただいた方がええのですが」とぼくはいった。「古田先生にわるいというわけではないのですが、何分にも目的が目的でもあり、古田さん御本人からの臨終の頼みでもあり、春山さんにも申しわけないですし」

「きみ、そんなことといっているようでは、お話にも何もなったもんではないよ。古田をはずして何があるかね。それに、たとえ彼が死んだとしたって、いわばやりそこなった『終

『焉の記』といってもいいくらいだ。たぶん死ぬがね。死ぬからこそぼくは今きみと話をしているといった方がいいがね」

それから、声をひそめて、

「祥雲堂が書くつもりだったことをきこうではないか。マメさんの遺言書のことは、東京のぼくの耳にもとどいてはいるがね。情報というのは、いつの時代においても、そう期待していることだということで何ものかだからね。もちろん大したことではないが」

古田信次は岐阜市民病院の病棟の一室で、夫人につきそわれ、前々からくりかえしてきたように、時々記憶をうしない、それからとりもどしていた。古田であることは間違いないと思う。名札がかかっているだけでない。数馬や春山光夫や賢作や病気になる前の祥雲堂や、その息子や、野村進の弟や、「日日」の新聞記者の山下君や、矢崎夫人や同じ病院に入院中の平山草太郎夫妻とそのお嬢さんたちや、東京から『文体』の編集部などが見舞にきていたのだから、疑うことはできない。古田の中学時代の友人や、そのほか顔見知りの一にぎりの女性もきていたが、それは証明にはなるまい。登場人物たちのみしかあてにはならない。といっても西濃いったいの人間は、ウソをつくそうであるから、どこまで信用していいか分らない。しかし春山光夫は同じ美濃でも東濃の恵那出身だし、矢崎夫人は矢崎同様、土佐の出身だし、それに東京の編集部がきている以上、古田信次がニセモノではないということは、ほぼ信じていいであろう。でなかったら、この世に何を信じていいのだろう。

ある日、『月山』の作者までが訪れた。彼の担当であったNHKのプロデューサー（と思うが）が岐阜支局づめになり、この作家を呼んで岐阜周辺の取材をたのんだので、そのついでにきたのであった。九州熊本ということにはなっているが、少年の頃から京城で育ち、その後、奈良や北氷洋や東北の出羽三山鳥海山のふもとや紀州の大台ヶ原や新潟の弥彦といったところで暮したが、岐阜の市中にやってきたのは初めてである。友人の古田が『美濃』に登場してきていて、彼の周囲に濃密なややこしい雲がとりまいていることをたしかめるということはないとしても、その時たまたま眼をあいていた高等学校（旧制）の後輩の古田に『月山』の作者はこういった。

「岐阜城へのぼってみると、なるほどあそこは四方八方が見えるし、要害堅固だし、うなずけますねえ」

この一事からしても、古田が本物であることはまちがいがない。だから彼はなぜそこにいるのか忘れたように思いにふける。彼は休日である。たとえそのまま死ぬとしても。

古田は『月山』の作者が話題にした岐阜城や、権現山や、水道山などを眺めていた。金華山は雪中行事をしたし、権現山の中腹の鐘つき堂は、運動会のときのマラソンの折返点である。そこで赤タスキを手渡される。水道山は、そこの頂山へ長良川の水をひきあげて貯水しているようになってから、そう呼ばれてきた。彼の小学生のころ貯水池ができた。

これが四十年前のビルが建てこんでいなかった時なら、今じぶんはオグマの堤であげる凧が見えるはずである。文壇へ出てから古田が何かのあいさつに市民病院のすぐにきの矢崎の家を訪れた。奥の間でフトンの上にゴザを敷いて横になっていた矢崎本人は夫人を相手に猥談をはじめ、いよいよ激しくなった。そのとき矢崎は多少身体をこわしていたのかもしれない。だから見舞ったのであろうか。岐阜に若い女をかこっておけといったのはそのあとか、その日だっただろうか。彼の靴を見て、オーストラリアのカンガルーの皮の靴をはいて戻ってこい、といったのはもうすこし前のことだったのだろうか。とにかくその日ははじめて〝八千代〟のレンガ造りの中庭でとんかつを食わせて、賢作をひきあわせた。たぶんその夜、駅前の引揚者のハルピン街裏の中華料理の店の二階で詩の雑誌の同人をひきあわせた。その店の息子が矢崎の教え子であり、彼に愛され、しかるべき学校に進学していたと思われる。

矢崎は『白描』の明石海人を愛し、『黒猫』の島木健作を愛した。『宝島』のスティーブンソンを愛し、あとでがっしりした手の九十歳の熊谷守一を愛し、G・ギッシングを愛し……たとえば『黒猫』のこういうところが気に入っていたと思われる。

『黒猫』の「私」つまり島木は、病人である。歌人の海人がそうであったように。寝ていなければならない「私」は樺太のオオヤマネコに感動する。オオヤマネコはいるはずはないが、堂々とした啼声ひとつ立てぬ黒猫が「私」の家のまわりを徘徊しはじめた。

「彼は決して人間を恐れることをしなかった。人間と真正面に視線が逢っても逃げなかった。家の中に這入って来はしなかったが、たとえば二階の窓近く椅子を寄せて寝ている私のすぐ頭の屋根の上に来て、私の顔をじろりと見てから、自分もそこの日向にゆったりと長まったりする。私の気持をのみこんでしまっているのでもあるらしい。いつでも重々しくゆっくりと歩く。どこで食っているのか、餓えているにちがいなかろうが、がつがつしている風も見えない。台所のものなども狙わぬらしい」

その猫は郷里の人のもってきた塩鮭をとるために台所の漬物石をはねのけて侵入した。母の疑いは的中した。戦争直後で食物が乏しく母が庭を畑にしていた。それで息子は食っていた。母が縄で猫をしばりつけた。

「私は母に黒猫の命乞いをして見ようかと思った。私は彼はそれに値する奴だと思った。私は彼のへつらわぬ孤傲に惹かれている」

「人間ならば当然一国一城のあるじである奴だ。それが野良猫になっているのは運命のいたずらだ」

彼は命乞いを母にいいだすことができなかった。

「食物を狙う猫と人間の関係も、愛嬌のない争いに転化して来ていることを残念ながら認めないわけにはいかなかった」

「日暮れ方、母はちょっと家にいなかった。そしてその時芭蕉の下の莚の包みもなくなっていた」その包みに母が殺した黒猫の死体が脚を出しているのを妻が見て彼に語っていたということになっている。そこで、『黒猫』は、ちょっとO・ヘンリイと共に矢崎が篠田数馬や野村進の弟や中嶋八郎や中華料理店の息子や〝暫〟の主人や中学生や後の新制高校生たちにあの大きな声で教えたにちがいないE・A・ポオの『黒猫』とちょっと似た文章で、それから北野中学で矢崎のいくらか先輩の梶井基次郎の『冬の蠅』や『交尾』などのそれとも似た文章で終っている。

「次の日から私はまた今までのように毎日十五分か二十分あて日あたりのいい庭に出た。黒猫はいなくなって、卑屈な奴等だけがのそのそと這いまわっていた。それはいつになったらなおるかもわからぬ私の病気のように退屈で愚劣だった。私は今まで以上に彼等を憎みはじめたのである」

そして梶井もまた寝ていなければならない病人であった。「私」も梶井と同じく肺を病んでいた。

「この人が篠田賢作ですか」

と、古田は矢崎にいった。

「前にもいったがなも、この人はたいもない仁《じん》でなも、高等小学校しか出とらっせんがやなも、それや仏教のことなら、ここらへんの誰よりもよう勉強しとらっせてなも。それや、あかんて。そういっては何やけどなも、古田信次なんか足もとにも及ばんほどよう知っとらせるであかんがなも」

「私は仏教のことは何も知りません」

と古田は笑いながらいった。ぼくの知っているのは、善人なお救わる、いわんや悪人をや、だけぐらいです。それから強いていえば、山ぎわの東別院です。あのとなりに佐々木女学校があって、ぼくは中学の授業をサボって権現山からグラウンドの女学生をながめていましたから、とでもいうところを黙っていた。髪の毛がモジャモジャしながら立っていることもあって仁王のような風貌に見える賢作も笑った。

「ええかね。笑っとったらあかんぞな」と矢崎はいった。

「今日はマメが売込をさっせるでようきいとかな。あとで古田信次もホゾをかむでなも。『詩宴』が出るようになったのも、この仁《じん》がおるからのことでなも。惚れこんだからやで。(矢崎はでを尻あがりにいった。そうすると文句があるのならいって見るがいいが、決して受けつけはしないというふうにとれた。) マメがそういうのわやね、この仁《じん》が手動機で印刷をしてくれとるだけやないで。マメがおまはんに頼むのは、この仁《じん》の小説のことや。それや、たいもないもの書かっせるでなも。古田信次もうかうかしとれんでなも」

「私はもう読みました」

「感心した?」

「感心しました。無いことはあることだ、というねらいが面白い」

「春山光夫もきみに同じようなことを頼まっせると思うが、賢作の小説がただ中央の雑誌にのっとるというだけやないで。先ずわっちんたは篠田賢作を送り出す。これが尖兵や。頼まれてちょうすなも。話がついたら、それで終り。それにしても、何としても」

と矢崎の口調がかわった。

「どんなことをしても、こんなところにおってはあかん。一刻も早う東京に出なあかん」

賢作は苦笑し不満げにいった。

「先生、そんなこといわれても、おいそれとぼくは東京へは出られへん」

「おまはんは先ず単身東京へ出んさい」

賢作は苦笑をひっこめなかった。

「おまはん、考えておってはあかんぞな。人眼につくところへ出て顔もおぼえられ、自分を売りこまなあかんて。それはぜったいにあかんて。マメがいい手本やて。それはぜったい田舎にいてはあかんぞな」

賢作はガンコに苦笑をつづけた。ほとんど傲慢とも思える。それはこういっているように見える。何だって岐阜弁をつかうんだ、先生は。土佐弁でもつかったらええではないか、と。

「先生、ぼくが食っているのは詩集を作ることによってです。岐阜の自分の家で自分が編集して、自分で組み、自分が刷っているからです。東京で作るよりうんと安いからです。

東京と岐阜とでぼくの年老いた両親と妻子とをこの隻脚のぼくがどうして養って行けます。親父はいまはまがりなりにも大工をやっています。そのうち働けなくなります。先生は奥さまとお二人だけでしょう。いざとなれば、また先生をなさるでしょう。いや、先生稼業をやめようとして、上京されたでしょう。先生は小学館かんけいの花村奨氏や朝日かんけいの十和田さんを訪ねたりなさった。出版社へつとめようとなさった。その先生が岐阜を出られなかったではないですか。ぼくは学校は高等小学校と、あとは鉄道教習所です。それに両親や女房がおそらくぼくがひとりで東京へ出ることには大反対をするでしょう。先生はたぶん忘れておられるしぼくもいちいち口には出しませんが、ぼくは隻脚です。ぼくが歩くのはあなた方が歩くのとは意味が違うのです。ぼくは一歩一歩考えるようにして歩く鳥の方に親しみをおぼえます。もっとも彼らはとびますが、ぼくはとべぬかわりに、夢の中でとびます。すくなくとも夢の中では二本脚です。それにない方の脚の感覚が、今でもあるのです。ぼくはくどいことはいわないが、二度手術をしました。ぼくは義足をはいてバランスをとって歩くようになるのにたいへん苦労しました。赤ん坊が歩きはじめに倒れるのと同じことです。ぼくはなるほど今は詩や小説にかかっているが、禅とか何とかいったって口惜しまぎれからです。ぼくは結婚する前には、タタミの上にひっくりかえって子供がダダをこねるようにして足をバタバタしたものです。ぼくは今でもそうしたいくらいです。年老いた両親相手にするわけに行かないものだから、可哀想だけど、女房の前ではやりたくなります。そういうぼくを知っている家内がどうして東京へ出すわけがありますか。古田さんに向って先生はそういうことをいっている。しかし、古田さんもぼくとは何もかも違うのです。ぼくと同じなのは岐阜のそれも近所で育ったということだけです。ぼくは今でも切った脚の方が冬になると痛むのです。義足は三年に一度交換です。使いものにならなくなるのですでね。

それとも先生は、ぼくが屋根裏の工房で印刷をしている詩人であることが新聞に二面にわたって紹介されたりすることが、その田舎名士ぶりが望ましいことではないと思って下さるのですか。しかしぼくは必ずしもそうとは思いません。これはいわばぼくの業績です。田舎名士がなぜ悪いのですか。なぜ田舎というのですか。東京名士だって同じことではありませんか。それに田舎出身が大部分でしょう。しかし誰だってそんなものでしょう。たぶんぼくの失った脚をもとにして得たものです。ぼくをガンコというのなら、ガンコでなくてどうしてここまでやってきたと思われますか。ぼくは好きこのんで脚をなくしたわけではないのですから。そのうちどうなるか知りませんが、今はぼくは恩給なども貰っているわけではありませんからね。そのうち貰えるようになるでしょうが、そんなものいらんから、脚を返してもらいたいですよ。鉄道パスを貰ってはいますがね。なぜ先生がそんな気持をもつのですか。先生だってしょせん、田舎名士じゃありませんか。それとも先生は、島木健作の『黒猫』のようにぼくになれといわれるのですか。今も先生は自分のことを古田さんの前ではマメ、マメといわれるけれども、ぼくら詩仲間の前では、マメとは自分のことを一度もおっしゃらないですからね」

何しろ古田信次は岐阜の市民病院のベッドに寝ている。たぶん本物であろう。そうであれば彼が何かを考えつづけるのは当然のことだ。彼は妻と部屋にいるが、何しろ看護婦もまたどんなにとりつくろってもそこに漂っているのは、岐阜のフンイキである。出入する医者たちが、自信ありげに言動すれば、現にそこには濃厚なフンイキが漂う。古田夫人ひとりの力でどうなるものではない。

古田は賢作の家の書斎にいる。

「先生、例の彼女とまたつきあっておられるのですか。あの人に手紙を寄こさないように伝えてくれといわれたのは、先生自身やないですか」

決して賢作はひやかしているわけではない。

「例の春山さんに東京に出ようといわれたという彼女のこと?」

「それはまったく違うのやて」

「ほんとうですか、ぼくは信用せんわ。前のことがあるであかんて」

「きみも知っている、あのときだけだ。そのときだって、実質的には何もなかったと同じだ」

「そうです」

「そんなバカな。実質的にはどうやこうや、といったって、何のことや分らんけど、それならそれで、かえってあかんやないですか」と賢作は珍らしくニヤリとした。誰かのマネをしているように見える。彼のマネかもしれない。相当の部分は矢崎のマネかもしれない。

「先生、その方はその方として、別のことですが、あの鈴木光子さんの出版記念会に祝電をうたれたのは何故ですか。たとえそうするにしても、ぼくに黙ってされるのは、ぼくの立場もありますからね」

賢作は岐阜弁をつかわなかった。

「あれはきみ、ぼくも顔見知りでもない、祥雲堂の八郎くんから電話があり、どうしてもぼくは責任上、みんなの前で花をそえるように祝電をうつようにというわけでね」

「八っちゃんが？」

「だって彼女は、ぼくは知らなかったが、八っちゃんのかんけいしている信用金庫の女性だからね。おまけに彼女は矢崎さんの教え子で、矢崎さんの話の大半は知っておられるので、矢崎さんがそうさせろ、といわれたそうなのでね」

「それならそれでいいが、ぼくはツンボ桟敷におかれたままですで、先生」

と賢作はようやく岐阜弁をつかった。しかし、彼はいっそう不満がつのってきたように見えた。

「奥さんを亡くされた直後岐阜へこられたときですわ。奥さんの骨も入れてあるので墓参りをかねてぼくの家にこられる予定なので待っていたところ先生から何の連絡もないし、夜になって山ぎわのアパートにひとり住いの鈴木光子さんのにきの公衆電話で電話をよこされて、家内が出たあと、ぼくに代れというので、ぼくが出ると、先生は鈴木さんのところに今夜泊めてもらうことになったから、そちらへは行けない。だからぼくは、そんなことして貰っては困る。歌人で信用金庫でも責任者の立場にいる彼女を紹介したのはぼくでそれというのもそのとき彼女の歌集を出すので、赤座憲久くんといっしょに歌の選別の打合わせのあと飲んだだけのことだったのですよ」

賢作はニヤリと笑った。

「赤座くんもいた。『痛みの歌』『目の見えぬ子ら』の著者赤座くんは各務原の名家だそうだね」

賢作は返事をしなかった。それから、

「赤座くんは今は童話を沢山書いています。『こぼたち』の責任者の一人です。でもそんなことはええですわ。それなのに、新岐阜駅から神田通りをきて直接、信用金庫によられ仕事中の彼女を呼び出すとは、どういう了見かふしぎなことです。先生らしくもない。家内もあきれていました。それから午後示しあわせて近鉄百貨店の地下で食料品を買いこみ、先生は彼女に買物を半分持たされたそうですね。これは彼女がぼくに話したことです。彼女は先生に私から持ってちょうだい、といってやったとあとでいっていました。彼女が悪いとはいえませんよ。それから権現山につづく裏山を見ながら彼女にフロを焚かせて、湯ぶねにつかり、内と外とで会話をかわし、いっしょに酒をのみ、食事をし、そのあと彼女の食事の好き嫌いとか、彼女の生活状況とか両親のことと か、両親の出身とかきいたのですね。先生の子供さんの話になり、これははじめは先生がなさったのかも分りませんが、たぶん彼女でしょう。彼女はあちこちの信用金庫とか銀行とかの若い女の子の指導係りをしている優秀な人ですからね。だから彼女は子供の世話は十分に出来るといい、上京して先生の家へ様子を見に行くが、一切はまかせておくがよい、といって、汽車の時間表をもってきたのでした。あなた方は同じ部屋に床をしき翌朝まで何ごともなく、それから彼女の両親に会い、ほとんど結婚の話に進んだあと、ぼくの家にきてこの話は白紙にしたいから、きみが宜しく彼女に話してくれ、といわれた。そこでぼくは先生に鈴木さんに渡す手紙を書かせました。ぼくは先生に自分でやってもらいたかったので、心外だったんやが、たってのことだから黙ってそうすることにしました。先生は岐阜だか、美濃だかの女性の声をききたかったといい、そのあと岐阜だか、美濃だかの女性の声をきいているうちに、彼女が東京の、まったく岐阜を知らぬ子供たちの家にくることに不安をおぼえだしたのだ、といいましたが、そんなことぼく眉唾だと思いますね。そのときも先生はぼくに『恥をかかせたことになるね』といいましたが、『その通りですよ』とぼくはいった。ところがそのあと先生は、浜松へ彼女を呼び出し、それが、浜松なら東京と岐阜との中間だからということです。けっきょくまた核心に入らず別れ、ぼくに恥をかかせましたからね。先生のいい方をすれば先生は岐阜に恥をかかせたようなもんですよ。これが先生でなかったら絶交です。それから彼女はずっと結婚せずにいることはともかく先生も結婚されてから、また祝電をうったと知ってぼくは腹が立ったとしたって当然でしょう。しかし先生のいわれたことは、本当かどうかあやしいものだ。まあ、そういうことにしとくでええて」

賢作は涙をうかべていた。

「ぼくらのことを、春山さんなら、ドン・キホーテとサンチョというかもしれへんわ。そういわれても文句いえへんであかんて」

「ぼくはそのことはずっと気にしているのだ」

と古田は病室で半死半生のままつぶやいた。「先だって八ちゃんが教えてくれた。そば屋に彼女の歌がかかっていたものだからね。彼女は車の事故で奥さんを亡くした子供のある高校の教師と結婚したそうだね。ぼくは新幹線の名古屋へおりるとき立ちあがってフォームへとおりる女性を見て見おぼえがある人だと思った。それが彼女だった。ヴェールのついた帽子をかぶっていた。あいびきするところかもしれない。しかし、それなら何故、東京からきて名古屋へおりたのだろう」

篠田数馬と祥雲堂若主人とが、岐阜グランド・ホテルのロビイで話をしていたからといって、古田信次が意識あるかぎり、無責任であるわけではなかった。古田信次は祥雲堂に頼んだからといって何も忘れてしまったわけではない。古田は病室にいながら、山ぎわを歩いているばかりでなく、雑木林の中に住んでいるつもりにもなった。その林は浅間山の彼の小屋のまわりの雑木林とも重なっていたと考えることもできる。東京育ちの妻をようやく説得して住んでいるが、不平が多くて困ると病室にいて思っているのだった。こんなことを考えているのは、岐阜弁にとりかこまれているためであろう。くりかえしていうが、岐阜の人たちは、思っているほどは岐阜を抜け切ってはいないどころか、隠すゆえに現われるのである。それを見つけることは、たとえベッドで半死半生の有様で横たわっているとしても、楽しみであってならないとはいえないのである。

古田は忘れたわけではない。いつか柳ヶ瀬楽天地のあとの高島屋の屋上のビヤホールへ祥雲堂につれられてのぼった。そば屋へ寄り、平山を見舞ったあとのことだ。

「先生、これが今の岐阜の若い男女家族の姿です」

一まわりも二まわりも柄の大きくて、ちゃんと着るものを着ているが、どこか見覚えある顔をして争われないしゃべり方をしている、その後方に、それこそ病室から見える山々と同じ山々が並んでいた。

その前に年の暮れ祥雲堂は東京の古田へ電話を入れて、矢崎が古田に会いたがっているというからすぐ来てくれといった。

「それでは先生、マメさんを見舞いに出かけることにしましょうか」

と祥雲堂の八郎は古田をうながした。古田は賢作のところへ寄り、八郎に電話をし、それから歩いてそこまでやってきていた。

八郎は古田にいった。

「このところにわかに悪うなられたが、とにかく先生を待っておられるもんでね。せっかくお呼びした以上、話せんと何にもなりませんでしょう」

「もう一度いうが賢作に待機するようにとぼくはいいのこしてきたんですがね。場合によっては病院へ呼んだらどうだろう」

「それはそのときですで」

祥雲堂はそれ以上いわず、「マメさんももう口に出来んとは思いますが、頼んであったものですで」

と机の上にあった土産の包みをとりあげて先きに立った。

「いかにも岐阜らしゅう、寒い日ですなも。伊吹山が真白ですが、もう、ここからは見えせんであかんですわ。見えるようにしとけ、ともいえませんでなも」

病室で仰向けになっていた矢崎剛介は、とりわけやつれたようにも見えず、はじめてはっきりと見る手や、立てた膝を支えている足が、思ったより大きくしっかりとしている上に、肉づきよくてこれが重態にある病人とは思えなかった。ところが、たしかにむくみがきているせいでもあり、はげしく胸を上下させて荒い呼吸をして、眼をつぶり、夫人の呼声にもなかなかこたえようとせぬところからすると、やはり剛介は遺言をする状態にあると思えた。夫人は八郎と信次がきたことを耳もとでくりかえした。八郎は眼と耳の中間のところへ顔をもって行っていた。剛介は眼をあけた。八郎に気がつき八郎の手をにぎった。そのあと信次も八郎ほどではないが、八郎に代って顔を近づけることにした。

「古田信次です。今朝やってきました。先生、お苦しいですか」

といって手を差し出して自分の方から剛介の手をにぎった。

「先生、いいたいことをおっしゃって下さい」

と祥雲堂が矢崎の耳もとに口を寄せて大きな声でいった。剛介は我に返ったように古田の手をつよくにぎり、眼をつぶったまま、

「篠田賢作なも。あの仁《じん》は気をつけないかんて。あれは裏切るでなも。そのことだけは忘れてはいかんでなも。どれくらいわしがしてやったか知れんが、あかんで、ぜんぜんあかんでなも。だまされんさるな、おまはんのことも悪口いっとらせるでなも」

いっそう力が入り、いい終ると、そのまま握りつづけているので、

「先生、分りました。おやすみ下さい」

「賢作はなも。あれは、あれは気をつけなあかん」

「分りました。よう分りました」

「先生、古田さんはよう分ったといって見えますで」

　と八郎が口添えした。

古田はギリシャ悲劇の『オイディプス王』のことを思った。ベッドの上に仰臥しているのが、祭壇と思えたのかもしれない。英雄がいま自からを生贄として祭壇においていると思える。数ヶ月前八ヶ岳からの帰り東京へ電話がかかってきたときとそっくり同じ内容であり、すこしも変化がないとは、どういうことであろう。

「うわごとのように古田はまだか、古田はまだかといっていましたが、あの顔ですと、もうすっかり安心してしまったようです」

　と夫人がいった。

　病室を出ると、廊下を歩きながら古田は八郎にいった。

「それではぼくは賢作のところへ行きます。彼も待っているから。途中で電話してやりますがね。御苦労でしたね」

「先生も、たいへんいやなことをきかされてお気の毒でしたが、儀式やと思ってちょうだい」

「賢作は今まで何とか出むいて行って詫びるとか何とか出来なかったかと思うが」

「二人の仲のことは噂にはきいていましたが、ぼくがとりなす立場でもないですからね」

「いつか戦争で脚をなくした大垣の僧侶の書いた本が出たとき賢作さんに推せん文を頼ん

だら、どえらい勢いではねつけられたもんで、それから、ぼくも賢作さんとは話がしにくうなりましてなも。うちへも寄ってくださらへんでしょう」

古田は、賢作に電話をかけたあと、賢作の前に坐りこんでいた。いったい古田は何をしているというのであろう。

「矢崎さんがこいといわれんのに、ぼくが行くことはできんですわ。こいといわれてもぼくはどんな顔をして先生の顔を見ることができるか考える、とても行かれへんですわ」

賢作は心持口をあけて、手ごたえのないものに向って話しかけている表情をした。

「矢崎さんの家の玄関先へでも行ってとにかくあやまってしまうというようなことは、誰しもつける注文のような気がするが」

と古田は自信なげにいいながら、一方に腹立しげな表情をした。

「ぼくが土下座しようとする前に、先生が、帰れ、わしがお前《ま》はんにどうして話をせなならん、といわれたら、それ以上ぼくは何もいうことはあらへんですで。全部手にとるように分っているのに、その芝居をしに行くことは、ぼくはできんで。早い話が先生を東京から呼んで、ぼくのことを気をつけよ、といわれることも、手にとるように分っとるのですで。それは、手にとるようにといっても、細かいことまで分るということはないて。それでもだいたいのことは分っているのですで。それはどう説明してええのか、玄関へ立ったとき、先生の家の中の様子、先生が奥さんに応じて何かいっておられる気配、それから足音、──先生はたぶん直接あらわれないでしょうが、それでも同じことですで。出てこられたらそのときの先生の顔つき、姿勢、これから出てくる声。その文句、あの調子、はぐらかすようなトボけるような取りつくしまのない辛辣な答えることを拒否する調子。先生は、そういうことは、みんなぼくが正確に分るということを承知のうえですで。といっても」

賢作は古田のかならずしも理解しているとはいえない表情に気づきながら、「といっても、先生」と賢作は古田をいつものようにそう呼んだ。「正確に分っておるんなら、矢崎さんいくら何でもぼくにはそんなふうに最大限な身ぶり口調でハネつけるようなことはいわれへんとは思いますわ。だけども、分っているのです。しかも、しかも感情的には正しいと思っておられることも、ぼくは分るんですわ。だけど、ぼくは反撥せずにはおれへんのです。ぼくには、いうにいえぬ暴力をかんじるので、困ってしまうんで。矢崎さんにはわるいが、話がちがう。もうぼくは何もかも、上手にいえんほど、考えるのもイヤやで。第一、ぼくが今さら矢崎さんに詫びるといって、何をいえというのですか。ぼくは何もわるいことをしておらんのに。ぼくはむしろ矢崎さんに喜んでもらわなならんことをしてきたくらいやのに」

古田は矢崎を見舞いに出かける前に賢作のことを祥雲堂とこんなふうに話し、相談していた。まだインドや東南アジア旅行が一般的でなかった頃、賢作は仏教遺跡めぐり団体に加わって船で出かけた。一ヶ月か二ヶ月といった相当に長い期間のもので、矢崎が音頭をとって金を集めた。不自由な身体で毎日ハンカチを二十枚つかうこの男は義足と杖一本とをもって無事に一巡してきた。『インド詩集』となり随筆などの材料にした。こんどは、小説の中に、東南アジアのアメリカの兵隊のことから、足を失なうときの話、関ヶ原を機関車をのぼらせていた頃、五体満足な彼の恋の思出、それに終戦後の結婚するまでのこと。

賢作は東京の常宿である日傷会館から東京のハズレの古田の家へきて眼の前で百五十枚の小説原稿を読んでいる古田の前にじっとしていた。古田はいつものようにあまり感心した顔を見せていなかった。

「そういっては何だが、詩人のくせに、どうして散文となると乱暴になるのかな、矢崎さんについても同じだがね」といった。賢作は、古田が批評したあと、「篠田くん、そういうわけでぼくはこれが受け入れられるという自信がないが、この原稿はどうしますか。おいて行きますか」と聞くと、

「もちろんおいて行きます」

「そう。これからどうしますか。夜が明けたが、眠って行く?」

「いや、すぐ帰ります。ぼくも用事があるで」

二階から駅の方を見ると、誰も通っていない道を一歩一歩力をこめて歩いている姿が、

もともと肩がはっているのと、義足をあげる度に肩をゆするものだから、傲慢そうに見える姿が見えた。

八っちゃん、と古田は祥雲堂の店のソファにいつものように腰を半分かけたままでいった。

「賢作は当り前のことをし、ぼくも当り前のことをし、原稿を渡すときにもあまり賞めたわけではない」

ところが、それは掲載され彼の尊敬する石川淳と同じ、大きな活字になり、広告欄の脚光をあびた。『月山』の作者が、古田の昔からの友人であったものだから、岐阜の賢作に電話をかけて激励した。春山光夫や矢崎や古田などが、それぞれ自分ふうに激励すると同じようにした。これもまあ当り前といっていいようなことだ、と古田は祥雲堂にいった。

「広告欄だけなのですか」

と八郎はきいた。

「ぼくは賢作に、電話で評判はどうかときいた」

「つまり先生は表向き何もされへなんだということですかなも、それはそれでええのではないですか」

六十歳の『月山』の作者を祝う会の案内状を受けとった賢作が上京して会場に姿をあら

わして、ニコニコと笑って古田の前にいた。すると、有名な評論家で賢作が中央の雑誌に作品を出したとき、むしろ辛辣といっていいような批評をした野村進が、友人の浜松の藤枝静男といっしょにやってきた。

「古田くん、きみは『月山』の作者といつからつきあっているの」

「いつからって、勿論、戦後ですが、名前は昔から知っていましたが、何か」

「いや、そんなこと分っている。ぼくがいうのは」

「ぼくが野村をムリヤリに今夜つれてきたんだよ。よく自分の眼で見た方がいいって。野村はおこっているらしいがな」

と藤枝がいった。

「そんなことではない」

と野村がいった。そのとき野村は、古田のそばで、ニコニコとしてこちらを見ている賢作を発見した。

「きみか？　きみはこんなところへ何しにきた」

「案内をいただいたもんですで」

賢作は微笑をうかべていった。

「しかし、野村さんをケナすわけには行かない」

と古田は祥雲堂にいった。「そうしたものですからね」

同じ気持は自分の中にもないことはなく、賢作がニコニコ笑ってあらわれたとき、野村と同じことをいいたかったのは、彼自身だったからである。

そのあとしばらくして岐阜の新聞の切抜といっしょに、「このごろ篠田賢作はぼくらに吹きまくっています。古田さんの口マネをしています。東京が彼に注目しているというような意味のことを彼が口にしている証拠をお見せします」

という手紙がきた。

だが、賢作がほんとうに「東京が注目している」と思ったとしたって、それほど不思議であろうか。古田が新しい仕事の口をかけ、『月山』の作者は賢作の作品を読まないとはいえ、本気で激励していたから。さっきもいったように、「月山」は遠い山形県の山で、作者は京城育ちである。しかし、ふしぎと古田と親しく、古田が『月山』の解説をし、古田自身ずっと激励されてきていた。その人に賢作が激励されるということが、ただの夢物語であろうか。それに古田が認めなかったが自分が認めていた作品が、これから脚光をあび、自分もそうなるかもしれない。お前たちは、自分を信じなくてはいけないよ。けっきょくは古田さんと無関係にぼくは中央に作品で顔を売っている。田舎の名士にすぎないぼくが実質で勝負している。中央がこの美濃に向って動きだしたのだ。ぼくが今日あるは、いわば誰のせいでもなく、ぼく自身のせいだ。へこたれず、自分を貫いたせいだ。古田や『月山』の作者が動いてきているのは、ぼく自身が作りあげたものにひかされてのことだ。考えても見ろ。今までぼくの中央の雑誌にのったいくつかの作品は一つとして古田の推輓によるものであろうか。古田が知りさえもしていない形で認められてきたのだ。いったい古田にしろ、野村にしろ、進んで引きあげる気持なんかありはしない。ケチな人物である。古田に対する野村だってそうである。ケチなふうに潔癖なのだといってもいいかもしれない。ぼくはいつか古田さん本人にきいたことがある。穂積出身の豊田穣さんの『長良川』の出版記念会が東京の中野の〝ほととぎす〟というところであったそうだ。美濃にもいくらもその反対の人物がいる。森田草平なんかは、古田の書いた『永遠の弟子』を読んで見たまえ、ヘマはするがケチな人物ではない。大らかな、辛辣だったり冷淡だったりする人物ではない。矢崎さんは英雄的であるのが好きだが、それは勿論、詩人としての英雄であろう。だが、このごろイライラしすぎている。もっともっと大きくてこだわらず、人をひきあげ、そのことに喜びをかんじているうちに、自分も人から助けられ、共々に繁栄するというような人物は、岐阜にだっている。むしろ、いっぱいいるといってもいいくらいだ。

そのとき〝ほととぎす〟には、一番前の大机に井上靖、中村光夫、野村進、それから『長良川』の装幀をした平山草太郎がいた。古田もその大机の一隅の前にいた。平山が各務原の同じ村の出身の野村に話しかけたそうだ。

「野村さん、ぼくと進さんとはいくつ年齢《とし》が違ったのやったいなあ。兄さまと小学校でいっしょやったで、ぼくは進さんより二つ年上やったかいな」

野村進さんは、横を向いてしまったそうだ。先だっても古田さんはぼくのところへ電話をかけてきて、きみのこんどの作品はどんな評判？　様子を見ているのだ、といってきた。古田さんとぼくの関係はこういうものだ。古田信次は自分の方から積極的にぼくのために働きかけたことはない。それはそれでいいのだ。きびしさというのは、ケチだということだろう。ということは何かが気になっていることであり、キビしさの反対のものがあるからではないか。美濃といっては何だが岐阜にこだわりすぎるのだ。ぼくもたぶん、そのようにきびしいかもしれない。ぼくはきみらが眠っていると思う。

古田信次は祥雲堂に話しかけ、何もかも話したとしたらこういうことだ。いずれにせよ、祥雲堂は、こうこたえた。

「それであれでしょう。そのあと賢ちゃんの思う通りには行かなんだというのでしょう。ぼくはそのへんのところはよう分らんですが、あれですて、逆うらみはあかんですわ」

「いや、別に逆うらみということじゃないのだ。全然そういうことではないのだが」

「ぼくはよう分らんですが、すくなくとも、マメさんのことは、何といったって、賢ちゃんの方から折れないかんですでなも。そりゃ、昔からムリなことはいわっせる。それはその通りではあるがなも。ねえ先生、世の中というもんは、そういうもんやないですか」

賢作の前に古田信次は、こんなときにいるべきでないのにいた。矢崎を見舞い矢崎が賢作のことについて一種の遺言をいったあと、賢作のところに、その書斎に、このようにして、坐っているということは、どういうことであろう。

篠田賢作の家に翌朝七時に八郎から電話がかかってきて、夫人が出ると古田がいたら電話口に出てくれるようにといった。古田が受話器をとると八郎の声がきこえた。

「矢崎さんが亡くなられました。今朝の四時頃でした。私もフトンの上で体操をしてからすぐ病院にかけつけました。たいへん安らかな最期で、奥さまの話では、先生と話をされてから、急に静かになられたそうで、それから何もおっしゃらず、ずっと眠りつづけておられたそうで、奥さまはたいへんありがたがっておられました」

「それで葬式は？」

「知事さんが葬儀委員長で、私もその手伝いをせにゃならんので、といっても実際は私がさせて貰わななならんですで、これから大忙がしです。お通夜は今夜ですが、葬式は明日ではなかろうかと思っとります。まだよう分らんのですが」

「八ちゃん、お世話さまでした。ぼくは今日これから東京へ帰るので失礼させてもらいます。ところで賢作さんのことですが」

「賢作さんには通夜にも葬式にも出てもらうことは出来んということになるのではないですか。先生、すくなくとも奥さまの意向はそうやと思いますよ」

「すみませんが状況によって、賢作さんに電話してやって下さい」

自分の家の電話のある部屋からもどってきた古田が、書斎に入ってくるのを、坐ったまま眼で追っていた賢作に、古田は八郎の言葉を伝えた。

「矢崎さんが亡くなったって？　いくら何でも早すぎるわ」

とつぶやいた。祥雲堂が企んでいるともとれないことはないくらいの驚きの口調であった。賢作の眼は清水が地面から湧き出るように、たちまち満水になった。何もいわず眼をあいたままなので、そこにたまったのが、涙というよりただの水のように見えた。いっぱいに湛えられながら、いまにもこぼれそうで、とうとうこぼれなかった。それは彼が何か絶妙な芸当をしているようにも見えた。

「さからうつもりはないですが」と賢作はこの土地特有のハズミをつけるような、スキップをするような調子で口を切った。どうもそれは、筋が通らんとか、筋は本来こうだ、というときなどにいういい方のようである。「奥さまや八っちゃんの意志はともかく、亡くなった矢崎さんの意志は、別ですで。先生の通夜とか葬式に、ぼくがおらへんということが、そもそもおかしなことですで。そのことは、矢崎さんとぼくとのことやと思いますで」

賢作から古田信次への手紙

同封の新聞のコピーは、かねてから矢崎さんの遺言による死亡通知の文章そのままがのったものと、それから古田さんが恩師矢崎さんの死の前に急遽東京から駈けつけたということで物語にした記事で、これは「日日」の山下君の書いたもの。もう一つ「中日」の記事。これは野村満氏のかんけいで大きく扱われたものと思います。何かの参考にと思って同封しました。

八っちゃんは遂に何ともいってきませんでした。矢崎さんの葬式には、ぼくは娘をつれて遠くからお別れするつもりで出かけたのですが、顔見知りでない人も大勢いてまぎれましたので、焼香してきました。

五年前矢崎さんはぼくの家のテープに遺言をふきこんで、お前に預けておくといわれました。もちろん手もとに、矢崎さんの資料の箱の中にしまってあります。

三年前、娘の勉強を見てやるからよこせと矢崎さんにいわれ、お願いしました。家の娘ももちろん出来がず抜けてはいないとはいえ、先生は随分つらいことを申されました。ぼくの性格でしょうか。ぼくは身をよじりました。(何も他人のことをいう必要もありませんが、八っちゃんの息子さんも同じ眼にあいました。) 先生のお宅で『詩宴』の合評会があるときなど、最後になるご自分の作品が近づくと、「もうわっちのことはええでなも。どうせおまはんらの気に入るわけはないで」といわれ、そのうち、奥へひっこんでしまわれました。こんなことが続くようになり、御承知のように、『詩宴』は自分一代かぎりで誰にもつづけてもらうつもりはない。

と思うと、あるときは、

「おまはんた、こんな田舎で何をしとる」とか、「自分で勝手に雑誌やってくんさい」と度々いわれるようになりました。ぼくが詩の雑誌をしばらく前に創刊したのは、「わしのことを放《ほか》っといてちょう」という先生の御意志を尊重もしたのです。もちろん中央にも働きかけはしますが、田舎は田舎の特徴をいかしてやれぬはずはないと信じているからです。矢崎先生が往年のはなやかなりし時代のことのみを語っておられたら、どんなにぼくらはしあわせだったでしょう。

矢崎先生は、古田さんに枕頭で何か申されただけでなく、古田さんあてに、遺言書を書いておられたのではないかと思います。先生が病院に「駈けつけられた」とき、それを渡されるつもりではなかったでしょうか。ぼくはカンで分ります。

ぼくはその内容が、見もせずに手にとるように分りはじめ、昨夜も寝床の上に起き、古田さんの名を呼びました。矢崎さんにたいするぼくの忘恩の数々が、箇条書きになっているということです。

その中には、あの東南アジアやインドへの旅のことで先生の世話になったこと。

不肖の生徒であるわが娘のこと。(娘はけっこう立派に成人して働いてはいますが)古田さんを紹介してもらったこと。(これはないかも分りません)

テープに吹きこんだ先生の遺言を、ぼくのところからとりかえして焼却するということ。

東京日比谷公園の松本楼での『重い虹』の出版記念会のときにぼくに司会させていただき、中央に売込みをしていただいたあと、矢崎さんの案内で新宿のトルコ風呂へ古田さんらと出かけたこと。ひょっとしたら、岐阜の小料理屋を紹介していただいたこと。

そのママさんは先生の教え子で、古田さんもぼくと行かれたことがあり、彼女は途中で家柄のことをいいだし、それがウソではない証拠にといって自宅へ行って土岐家につながる系図の巻物をもってきたことがありました。

それから古田さんが再婚しようとも思われ、あきらめられたあの女性のこともあるかもしれません。あの人もぼくらの友人ですが、矢崎さんの教え子ですから。ひょっとしたら、あの小事件(?)は矢崎さんの耳に入っていたかもしれません。そのほか苦しくなるのでやめますし、それに古田さんも不愉快と思います。問題は、一番最初にはぼくに心をあずけて一緒に雑誌をはじめたということであろうと思います。矢崎さんの特徴のある書体の文字が浮びます。遺言書はあったのだと思います。ぼくはどういうものか自分の詩集

『骨の遺書』のことを思いうかべました。

先生、ぼくは正直いって、矢崎さんとのことはどうして互いにこうなったのか、よう分らんのです。いくら考えても、分らんのです。ただどうしても出来ないことということはあります。

ぼくの出来ることは矢崎さんの年譜と作品歴を作成することです。とても困難なことではありますが。

祥雲堂若主人から読者への手紙

岐阜、長良川畔のグランド・ホテルのロビイで、ぼくは篠田数馬と二度めの談話をつづけました。市民病院にいるはずの古田氏の代りにぼくは数馬先生に書いてもらうために、ぼくの方の資料を提供することにしました。

きみのような話は、『夜明け前』のような大長篇というのでもないし、そうかといって、世界を七、八枚から十枚におさめるといったメタフィジカルな短篇というのでもない。たしかに下らぬもの、一地方的なるものも、すべてに通じるという意味では無意味とはいえないが、何だかぼくは気持がめいるばかりで、寝ているとすれば、ベッドでの古田さんの頭に何があるか知らないが、ほんとにあの人がうらめしいくらいだ、といい、しかし何といっても義理もあるからマトメて見ようといって下さり、遺言書のところは、ちゃんと書いておくからな、といわれました。それから、「きみ、こっちへきて見なさい」とぼくをひっぱって行かれ、「伊吹山がよう見えるぞ」といわれた。

ヴェランダに出るとほんとによく見えた。「あの山は考古学的にもたいへんな意味のある山だからな。大江山鬼退治の説話も伊吹山が本家かもしれんよ。あの鬼とは何を意味したか、についても面白い研究があるよ。いぶきとは何のことか分るかね」

といって見えました。もっと話していたかったのですが、約束を撤回されると困るので、引きあげてきました。いずれ数馬さんの文章は「文体社」の方にとどくと思いますが、とりあえず、古田さんに渡すようにと父あてになっていたその矢崎剛介の遺言書のことを記しておきます。（矢崎さんの机の抽出の中に入れてありました）それはこうです。

『重い虹』の頁数が書いてあって、そこを開くと、一つは「偶作」というので、

人々はみんな〔自分〕を中心として
ぐるり！
きょうの景色と思想とを廻す
混撥子《ぶんまわし》のように……
（かくて一生）

ただ　それぞれがちがうのは
円周の大小だけである

からはじまるものと、それから四六頁の「愛について」と題するもので、それは、

ひとを
愛したという記憶はいいものだ
いつも　みどりのこずえのように
たかく　やさしく
どこかでゆれている

ひとに
愛せられたというおもいはいいものだ
いつも　匂いやかなそよかぜの眼のように
ひとしれず
こちらをむいてまたたいている

「愛」をいしずえとして
ひとよ
生きていると　いろんなことがあるものだ

これらの詩は相当前のものです。やがて数馬氏が書くように矢崎さんの古田さんあて遺言書は、父が、古田さんがうちへ寄られたとき、古田さんにお渡ししたはずです。「これは一切なかったことにしますが宜しいですね。これはぼくと先生との間だけのことです」といって何かもっとほかの内容の遺言書を古田さんの眼の前で焼いたというのはウソです。失礼ですが傍点を打っておきました。　以上

平山草太郎は昭和五十四年十二月四日に岐阜市民病院で亡くなった。（草太郎は昭和五十五年に入っても入院中といえ元気であったのではないかって？　さあ）
長良川畔、（岐阜公園内にあるものかと思いちがいをするほど）公園近くにある天理教会堂で、彼の葬儀が行われた。出張先きの三国からかけつけた、古田信次『私の作家評伝』の例の担当編集者に平山夫人が語ったところでは、夫人は、お嬢さんの実の母親に当る女性を呼ぼうとされたところ、先方の方でことわってきたそうである。
葬儀委員長は祥雲堂がした。この教派の通夜の仕方はたいへん複雑で珍らしく厄介なも

ので往生したが、それでも略式らしいとみんなにこぼした。焼場からもどってくるとき、平山の大好きな虹が伊吹山の方角から能郷《のうごう》白山の方角にかけてかかった。これで主人は神に召され「出直しされ」たのだ、と夫人はいった。

しだれ桃ひらき初めたり夕かげり
初蝶やそれと見えたる花菜《はな》畠
（昭和五十四年三月二十九日小康を得て三里附近を散歩中に作句）

虹といえば矢崎の集大成詩集の題名にも出てくる虹である。

辞世の句は、鬼に金棒で鬼の顔と金棒とが添えてあった。

八郎が八十六歳になる雨田光平からの弔電の次に読みあげた哀悼の長歌は、三国の伊藤白楊からのものである。いつか雪のふる夜、平山が思い立って岐阜の祥雲堂から三国へ出かけたのは、白楊の愛人であり、虚子の「虹」の女主人公である愛子さんの母親にあうためでもあった。もう文字通りおバアさんで先年亡くなったが、このときはまだ存命中であった。古田夫妻と平山夫妻と編集者とが三国や福井へ出かけたときも、平山はこのおバアさんに古田らを会わせるつもりであったが、運わるく不在だった。

編集者竹田は、こう思った。平山草太郎は、コウモリ安の姿になってこの冷え冷えとした天に昇っていると。いつかベンテン小僧、定九郎、コウモリ安などに扮した元気な頃の平山の写真を、夫人に見せてもらったことがあった。「とてもええ男やったですで」と夫人は夢みるようにいった。そのとき若い女をえがいたすばらしい油絵があった。「お嬢さんですか」ときくと「何をいいんさる。これ、私やないですか」とこたえたことがあった。

古田信次はどうやら東京にもどってきた模様である。

（『文体』第十二号）

【参考資料】

あとがき（昭和五十六年五月　平凡社刊『美濃』）

その一

昭和五十二年九月に季刊文芸誌『文体』が創刊されるにあたって、編集委員ともいうべき若い小説家四人の訪問をうけた。随筆のようなものでも気楽に書くようにとの注文だった。当時私は毎月ほかの仕事で手いっぱいだったので遠慮してのことだったと思う。締切が今日明日に迫ったとき、その「随筆」を書き出したところ、思ったより長くなりいよいよ時間がきたときには、小説的になっていた。

こんなふうにして三ヵ月毎に締切がやってきて、私は自縄自縛の有様となり、これは『文体』が三年で休刊になるまで続いた。

自分でこんなことをいってみたって何にもならないどころか弁解じみているが、最初の三回あたりまでは、読者に腹立たしい感じをあたえるのではないかと思う。じっさい連載中の反応はそうであった。その腹立たしさは、作者にたいする罰《ばつ》でもあった。私はその罰には気づいていたから、自分に腹を立てていた。ところが意外なふうに、罰は明るみに出た。ここからあとは、語るのがむずかしい。

この小説『美濃』には作者の分身である小説家の古田信次をはじめ、ほとんどモデルのある人物が登場する。ほとんどが美濃とかんけいがある。いわば彼らはそれぞれ世間に知られた人の分身である。古田が作者から毎号切り離されるようにほかの人物も似たことになった。

この作品でいう美濃とは、どういうことなのであろうか。美濃尾張の美濃にはちがいないが、それ以上の……いま私の口からいえなくはないが、止めにしよう。どうか最後までつきあってもらいたい。

どんな読みようをされても、もちろん著者の云々すべきことではないが、くれぐれも、はじめ舌打する気持になられても、しばらくしんぼうして終りまで読み続けてもらいたい。

発表の年月日が記されてあるのは、この小説ではそれ相応の意味があるからである。それから最終回の分は、大分書き加えられています。

それから当然のことかもしれませんが、併行して連載していた『私の作家遍歴』『別れる理由』とも、似たところがあります。

その二

先日ある本を読んでいたら、こんな文句が眼に入った。「心労があるときは、昔を思い出す。この夜もそうだった」

それからこんな文句からはじまる文章があった。「心弱りたるときは……」

それからまた別の本にこんな人物が出ている。それは極端に煩わされるのを嫌っている男で、何か頼まれると苛立つのである。これは神経を病む独身男で、この男が手を抜くために、後見人となっている姪が、とんでもない危険なめにあうのである。

今例にあげた人物は、英国の百二十年ばかり前の小説に出てくる。私はちょうど今、途中まで読みすすんできて、ひとやすみし、この文章を書いているところなのである。

この小説『美濃』がはじまった頃、私は自分の故郷にたいして、声をかけねばならない気持にかられていたのであろうか。

スキンシップという言葉があるが、ひょっとしたら、結果においては、一種のスキンシップを求めようとしていたことになるのであろうか。可憐なほど脆弱な思いよ。

しかし、〈あとがき＝その一〉にも書いた通り、その思いが外に不用意にあらわれたときは、当然のことだが、波紋をひきおこす。私はそれを図々しいかもしれないが、罰だといった。もともと罰なんてものは、至るところにころがっていたり、身を隠していたりしているものであろう。自分のそれも、他人のそれも。そして誰のものであろうと大差はない。他人の罰も自分のものなのかもしれない。

だから、これは、作家の不用意が呼びさました罰の物語で、かくれていた罰が数珠つなぎになっていて、嬉々として登場してきたのかもしれない。といって罰の原因はよく分らない。

いったん外に出てきたザラザラした罰どもはどうしたらおさまることができるだろうか。

ついに作者でもある小説家古田は、幸運ともいえる事故にめぐりあい、故郷の病院に横たわる。まるで責任をとるかのようにときどき意識をとりもどしはするが、忽ち闇の中に隠れてしまう。

だれかが古田に代ってこの市の物語を、語りつがねばならぬ。バトンは三度めにとうとう同郷の評論家、篠田数馬に渡され、彼は重い腰をあげ奮闘する。

そして、いうまでもないことだがこの作品は、作者の一種の自画像である。こうして一冊にまとまってみると、『美濃』は私にとって意外な収穫のような気がせぬでもない。

『文体』の編集委員の人々、とくに後藤明生、古井由吉の二人には世話になった。そのほか星ひかりさんなどの編集部の方々、それから出版にあたっては福田英雄氏には一方ならぬ厄介になった。お礼を申しあげます。それからこの作品には『文藝』に載った短篇が一つ転載されています。これは河出書房新社の好意によるものです。感謝します。

昭和五十六年四月四日

小島信夫

天性の小説家

解説 保坂和志

『美濃』を読みはじめたときのこのうれしさ、ワクワクする感じは何だろうと読むたびに思う。これから私が書くものをふつうの解説のような文章と期待される方は読んでも失望するにちがいないと前もって言っておかなければならない。しかし私がこれからいかにも解説然とした解説を書き、それを読んだところで、『美濃』がさっぱりわからなかったと思っている人にとって『美濃』がわかるようになるわけではない。

「わからない」と思っている人は『美濃』を捕えよう把握しようとしている。しかし風景を前にして「いいなあ」と感動しているとき、あなたは風景を捕えたいと思っているだろうか。ましてそれがプールや池や川や海だとしたらどうなるか？　捕えるのでなく、あなたにできることはその中で泳ぐだけだ。私はいつも小説を音楽と同じだと言うのだが、音楽がいいと感じているとき、音楽評論家でもないほとんどの人たちは音楽を捕えようなどとは思わず、ただくり返し聴くだけだ。音楽評論家がその曲について書いた文章を読んだところでその曲と関係ない、評論家の心に去来した心象風景などが書かれているだけだ。『美濃』はほんの数ページ読んだだけで、捕えようという思いがつまらない思いであるという雰囲気がみなぎっている。小島信夫風に言うなら「捕えられるものなら捕えてみろ」と言っていると言ってもいいかもしれない。

「傑作を書くのを、どうして恥かしがるのか。」

という文がはじまって間もない12ページに書かれている。読者はふつうこれを「傑作を書くことをためらうな。」という意味に読むだろう。しかし傑作を書くことにためらいを感じていない人がこんなセンテンスをわざわざ書くわけがない。著者は傑作を書くことをためらっている、つまり〝傑作〟というものに対して疑問を感じている、もっと言えば、〝傑作〟というものを指標とする文学観がおかしいんじゃないかと思っている。

ギリシア悲劇は傑作である。というよりも、傑作という概念のひとつのひな型がギリシア悲劇だ。

『オイディプス王』を思い出すとじつにわかりやすいが、主人公オイディプスが舞台に立っているこの最後の時間に向かって、それ以前のすべての出来事が抜き差しならない因果関係によって収束する。カタストロフィーつまり悲劇的な結末という一点から過去を振り返ると、すべての出来事が緊密に結びついているとしか映らなくなり、人は長い歴史を通じて、それを〝運命〟と言い習わしてきた。が、いまだ結末を知らない現在時として出来事の渦中にいたときを正確に思い出せば――ということは、結末に毒されていない明晰な目で一連の出来事を見れば――、結末へと収束しなかった事柄もまたいっぱい見えてくる。

傑作を書くことに対する著者のためらいや疑問の理由のひとつはここにある。ギリシア悲劇のように結末に向かって収束する作品世界、その時間構成をしてしまったら私たちが生きて生活している複雑さ、というよりもむしろとりとめのなさをじゅうぶんに書くことができないと著者は感じているのだ。だから著者はどこに向かうとも知れない現在時から小説を書きはじめる。

というこの書き方は『別れる理由』の長期にわたる連載を通じて著者が身につけたものだ。ここで傑作を書くことに対するためらい・疑問の理由のふたつ目が出てくる。

傑作は充実感・満足感ともにとても高い、しかしそこに落とし穴があるのではないか？とでもいうような何かだ。

話は文学と全然関係ないように見えるジャズのことになって恐縮だが、六〇年代を代表するミュージシャンにジョン・コルトレーンとエリック・ドルフィーという二人がいた――こんなことを書き出すと、「おいおい、いい加減にしてくれよ。ジャズなんかどうでもいいから文学の話をしろよ。」と思っている人がいるだろうことは私も承知しているが、この程度の迂回をまどろっこしがっていたら『別れる理由』以後の小島信夫は読めない。真っ直ぐ無駄なく目的に向かう話など、書き手と読み手の予定調和の域を出ない。まどろっこしいと感じたとしたら、あなたはいったい小説・文学、広くは人の話に耳を傾けるという行為をどういう性質のものだと思っているのか？　人が何かを語りはじめたら、語り手によって鼻面を引き回されるようにあっちに行ったりこっちに行ったりするのを覚悟しなければならない。そうでないかぎり、既存の枠組（〝傑作〟などのことだ）によってはこれまで語られることがなかった何ものかを聞き出すことはできないだろう。

ジョン・コルトレーンは日本ではかつてひじょうに人気があり、今でも決して人気がないわけではなく、ジャズを聴かない人でも名前ぐらいは聞いたことがあるだろう。「日本人好み」という言葉を敢えて使わせてもらうが、コルトレーンには日本人好みの求道性があった。エリック・ドルフィーとなるとコルトレーンほど知られてはいないが、ジャズに一歩踏み込んだ人の中ではコルトレーンと同等の人気があり、その求道性はコルトレーンを凌ぐと言っても過言ではない。そして二人とも早世した（コルトレーン四十歳、ドルフィー三十六歳）。

一方、コルトレーンの同時代にオーネット・コールマンというミュージシャンがいた。いわゆる〝フリー・ジャズ〟の命名者であると同時に創始者であり、コルトレーンより四歳若く、ドルフィーより二歳若い、一九三〇年生まれながら、いまだにバリバリの現役

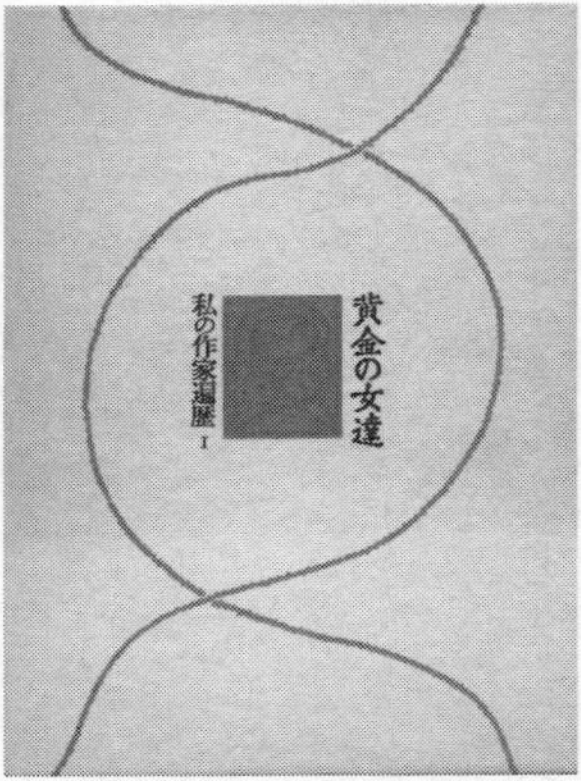

『私の作家遍歴　I』函
（昭55・10 潮出版社）

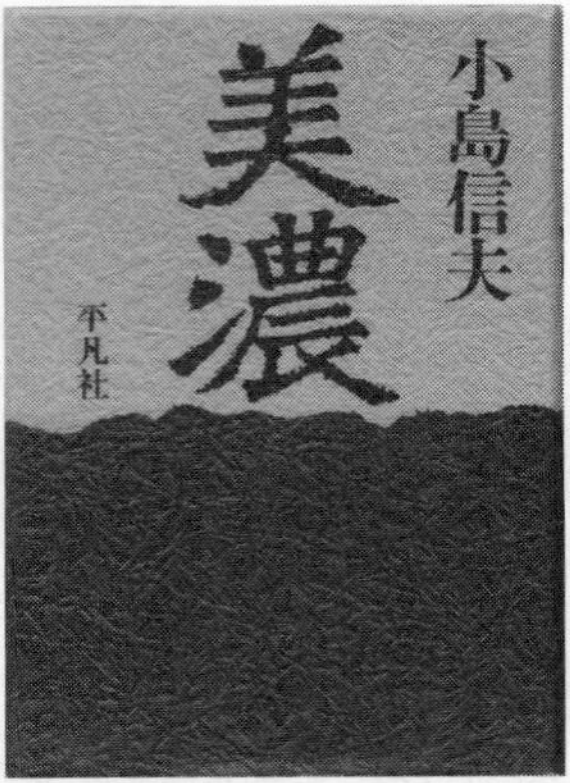

『美濃』カバー
（昭56・5 平凡社）

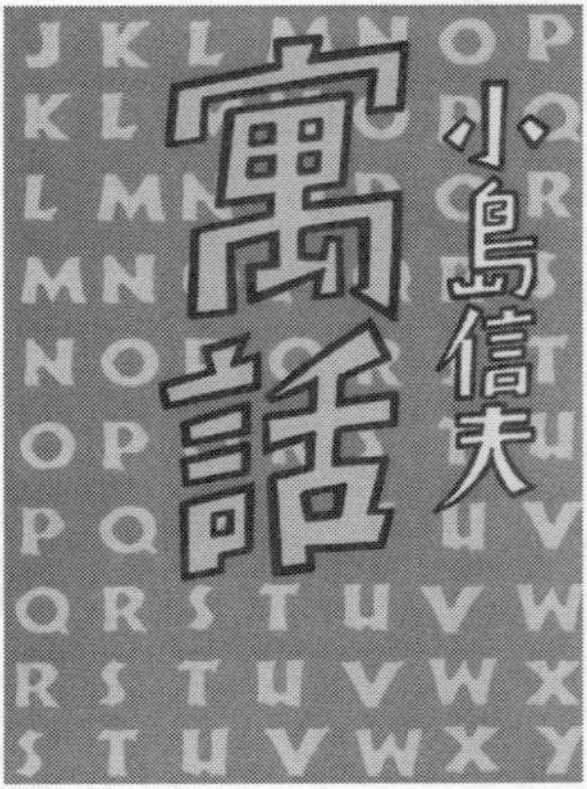

『寓話』函
（昭62・2 福武書店）

『別れる理由　I』函
（昭57・7 講談社）

小島信夫

だ。コルトレーンとドルフィーはたぶんあまりジャズを聴いたことのない人でも「あ、こういう風に聴けばいいのかな?」と、好き嫌いとは別に何となく感じがわかるはずだが、オーネット・コールマンはそこがとらえにくい。だから私も長いこと敬遠気味だったのだが、ここ四、五年、どんどんオーネットの深みにはまっている。

オーネットの最近のCDを聴くことによって、彼が六〇年代から七〇年代にやっていた音楽も聴けるようになり、音楽との接し方も変わった。

作品というのは、文学・音楽・美術……etc.、すべてのジャンルに共通して、集中力と持続力と作品を作品として束ねる(つまり、作品を空中分解させない)求心力の産物だ。この三要素が最も凝縮された境地がさっきコルトレーンとドルフィーについて形容した求道性ということなのだが(私がいま使っている「求道性」という言葉は本来の意味から離れているかもしれない)、オーネット・コールマンは、非-集中、非-持続、非-求心によって作品を作ろうとしてきたんだということが感じられるようになった。ジャズはよく知られるようにアドリブ演奏だから、オーネットのCDは〝作品〟という完成形でなく〝演奏〟つまりプロセスにシフトすることになる——というか、彼のレコードは最初からそういうものだった。

このアドリブ演奏というもののイメージが問題なのだが、求道的奏者は〝一回性〟を目指す。特定の日付がある××年×月×日のどこそこでの演奏こそ、あたかも音楽の神が降りてきたかのような高みに達した、と記憶されるべくミュージシャンはアドリブ演奏をする。一方、オーネットは「こんな演奏、何度でもできるさ。」と言っているかのように力が抜けている。しかしその演奏はオーネットにしかできない。しかもオーネットの演奏もまた毎回違うのだが、それは決して〝一回性〟という美学に収斂するのでなく、何度でも可能なように、そのつどの演奏をして見せる。

もうすでに私は小島信夫のことを語ってしまっている。傑作というのは中毒性があるのだ。傑作によってもたらされる充実感・満足感には、読者だけでなく書き手をも依存させてしまう何ものかがある。なぜそれがいけないのか？　傑作はギリシア悲劇のように緊密な作品構成によって作品内の要素を単純化したり切り捨てたりするだけでなく、作者が人生や生活を見る目、ものの考え方までも単純化してしまう。「依存」という否定的な言葉をわざわざ書いたのはそういうことだ。

小説を読むということは、読み終わった作品を「いい」とか「悪い」とか評することではない。それは小説の外にある行為だ。そうでなく、小説を読むということは作者といっしょに作品内の時間を進んでゆくことだ。「そんなことは小説家だけがすべきことで、読者はそんなことしない。」という反論はあまりに批評家的思考（あるいは読書感想文的思考）に毒された考え方だ。小説を「いい」「悪い」などと評することに関心がなく、自分がいいと思う小説をただひたすら読んでいる人を想像してほしい。その人たちはまさに小説の中で、作者といっしょに先の見えない時間、批評家的に一言で言えない時間の進行に身をまかせている。そのように読む人こそ生活の中で小説を読むことを必要としている。ギリシア悲劇のように、生活と別種の劇的な時間をひととき経験するためでなく、生活と切り離されていない時間を読むことにより、生活の時間が重層化され、考えが重層化されてゆく。

私は小説を読むのにキーワードや特定の概念を使うのは反対だが、ためらいつつも「重層性」というのをひとつのキーワードにしよう。著者・小島信夫はいかにもだらだらととりとめもなく『美濃』にかぎらず『別れる理由』以後の作品を書いていくのに、どうしてこうもおもしろいのか。読み出した途端に、他の小説では経験したことのない時間というか空間というか、そういうものに引きずり込まれた感じになるのは何故なのか。

小島信夫はいかにも自分の身辺のことばかり書いているようでいながらじつは篠田賢作なる人物を立てて篠田賢作に語らせている。篠田賢作が著者に向かってしゃべる話や著者に書いた手紙を読者は実際のこととして読むのだがじつはこれらはほとんどすべて著者の創作だ。たしかに著者の郷里には篠田賢作に相当する人物がいて、小島信夫についての資料を集めていた人がいたが、小島さん本人から聞いた私の記憶ではその人は小島信夫よりも先に亡くなった。もちろん『美濃』執筆当時は生きていたが、大事なことは篠田賢作の発言も手紙も著者の創作ということだ。

そんなことあたり前だと思う人がいるかもしれない。小説というのはいくらフィクション＝作り事だといっても根っこには事実があるはずで、作中人物にも当然モデルがいて不思議ではないと。そういうことではない。篠田賢作は完全にフィクション化された人物として、モデルとなった実在の知人と切り離されているわけではない。篠田賢作はフィクションとして完全に自立せずに実在の知人でもありつづけている。

小説というものははっきりとフィクションになってしまいさえすればフィクションとしての安定を得ることができる。私小説や評伝のように事実としての方向をしっかり持っていれば安定していることは言うまでもない。事実からフィクションへと離陸しようとする瞬間を全うさせず、事実の中にフィクションへの離陸の瞬間を内包させつづけている状態が作品を最も不安定な、つまり動的な状態に置いておく。その状態を持続させることで書き手も読者もともに、フィクションによって何を期待しているか？　とか、フィクションによって何が台無しになるか？　というようなことを考えもする。

明らかなメッセージとして「考えろ」と作品が語りかけてくるわけではないが、いわゆるフィクション然とした小説や私小説のように事実にべったりついた小説と『美濃』の手触りの違いについて考えないわけにはいかず、それは『美濃』を読み進める時間の中だけでは解決されるべくもなく、それについて読者は読み終わったあともずうっと考えつづけることになる。読者だけでなく書いた本人である小島信夫も考えつづけた。それは間違いのないところだ。それは『美濃』を読むという行為が完結せず、ずうっと行為の中にとどまることだと言ってもいい。「そんなわずらわしいことはしたくない。」と言う人は、そもそも『美濃』を読み直すことができないだろうし、それでかまわない。すべての小説がすべての読者に易しく開かれているわけでなく、読者——読者の態度——を選ぶ小説があるということを読者は知る必要がある。

私は話が逸れてしまった。「重層性」についてもっと書いておくべきことがあった。著者は自分が日頃考えていることとかいまこの『美濃』を書きながら考えていることとか——もっとも前半は『美濃』でなく『ルーツ　前書』だ——をとりとめもなく書いているようだが、いわゆる独白とか内面の表出というような感じとは全然違っている。このように構成がはっきりせず、どこに向かうともしれない話というか文章の連鎖が内面の表出だったら誰もそんなものにつき合わない。

『美濃』で書かれていることは、一見著者の考えをとりとめもなく書いているようなところがじつはほとんど、他の人の言ったことであり、本に書かれていることなのだ。そして他の人の言ったことのときにはそれが語られた情景が書かれていたり、本のときにはそれにまつわる経緯が書かれていたりする。人にまつわる情景とか本にまつわる経緯とかを書かず、必要な意味だけを書いていけば話はもっとずっとすっきりするかもしれない。しかしすっきりするということは同時に話が直線的になって、痩せてしまうことでもある。というか、意味だけですっきり繋げていってしまうと話は著者の手の内から出ていかない。書くということは著者の事前の予想をこえた地点まで著者自身を連れてゆくことだ。人が語ったときの情景を書いたり、本が自分の手元にやってくるまでの経緯を書いたりすることで、著者はギリシア悲劇的な完結した過去としてそれを記すのでなく、どこに連れてゆかれるとも知れない出来事の連鎖に身を置くことになる。

小説の主人公は出来事の中心に位置するのがふつうだが、現実を考えてみればそんなことは全然なく、自分というのは残念ながら出来事の一画に参加しているにすぎない。美濃ないし岐阜という郷里との関わりを書くことでそれがいっそう明確になる。

しかし、この小説はとりとめがないことは認めるとして、だらだらとしているだろうか？　小島信夫の小説は初期から一貫してそうなのだが、突如として速くなる。ごくささいなことのはずなのに狂躁的な騒がしさが突然やってくる。その瞬間に出合う喜びは何ものにも換えがたい。

私のこの解説文は小島信夫の小説に向かう態度や方法論について書いたものだが、狂躁的ページに出合うと、「そんなことどうでもいいじゃないか」と思う。

小島信夫は「たくらみ」という言葉をよく使ったが、たくらみにしろ方法論にしろ結局のところ中身——ということは読んでいる最中に襲いかかる喜び——がなければ、ただ痩せた考えでしかない。たとえば、「ルーツ　前書㈣」の後半部、ページで言えば120ページの「私は誰かの説の受売りかもしれないといくぶんおそれてはいるものの、……」から章の終わりまでの部分、これは112ページの「シナの百科辞典」についての話あたりからはじまり出すのだが、この七ページの狂躁はなんだと思う。

たいしたことが書かれているわけでもないのに、ブラスバンドがあちこちで高らかに不協和音を吹き鳴らしているような騒々しさに満ちる。このようなページに出合うと私は、小島信夫とは誰も真似することができない奥義に達した、天性の小説家なんだと感服する。

年譜

小島信夫

一九一五年（大正四年）

二月二八日、父捨次郎、母はつ乃の次男として岐阜県稲葉郡加納町大字東加納（現、岐阜市加納安良）に生まれる。父は仏壇師。兄一人、姉四人、弟一人の七人兄弟。

一九二一年（大正一〇年）　六歳

四月、岐阜市立白山小学校入学。

一九二七年（昭和二年）　一二歳

三月、白山小学校を卒業。四月、県立岐阜中学校（現、県立岐阜高校）に入学。作文「太陽が輝く」を校友会誌「華陽」八二号に。

一九三〇年（昭和五年）　一五歳

九月一五日、四姉峯子死去、享年二〇。

一九三一年（昭和六年）　一六歳

作文「春の日曜日の一日」を校友会誌「華陽」九〇号に。

一九三二年（昭和七年）　一七歳

作文「彼の思い出を盗んで」を校友会誌「華陽」九一号に。三月、県立岐阜中学校卒業。大阪の吃音矯正の学校へ入寮し一ヵ月通う。名古屋の兄のもとで浪人生活をする。この頃から、改造社版の文学全集などで本格的に純文学を読み始める。受験雑誌「考え方」を愛読し、同誌に掲載された講演記録で森敦の名を知る。

一九三四年（昭和九年）　一九歳

「考え方」の懸賞に、短編小説を送り佳作となる。その他、学科問題なども応募、論文「作文実力涵養法」が掲載される。八月一四日、父捨次郎死去、享年七二。森敦「酩酊船」の連載を読む。

一九三五年（昭和一〇年）二〇歳
四月、第一高等学校文科甲類入学。学生寮に入る。同級に宇佐見英治、矢内原伊作などがいた。

一九三六年（昭和一一年）二一歳
一一月八日、兄勇死去、享年二四。

一九三七年（昭和一二年）二二歳
文芸部委員になる。一年上に福永武彦、同級に中村真一郎、浅川淳、一年下に加藤周一などがいた。二月、「懐疑（主義）・独断（主義）」を、六月、「凧」を、一〇月、「鉄道事務所」を、それぞれ「校友会誌」に。また「巻頭言」（委員連名、六月）、「編集後記」（六月、一二月）を同誌に付す。この年「裸木」を「向陵時報」に。秋、世田谷の古賀宅に友人沢木譲次と下宿し、古賀の親戚である緒方キヨを知る。

一九三八年（昭和一三年）二三歳
四月、東京帝国大学文学部英文科入学。大学時代、ゴーゴリや梶井基次郎などを読み耽る。緒方キヨと結婚。杉浦明平と深交。

一九三九年（昭和一四年）二四歳
宇佐見英治、矢内原伊作、浅川淳、加藤周一らと「崖」を創刊（五号で廃刊）。一〇月、同誌二号に「死ぬと云うことは偉大なことなので」を。一一月一一日、二姉とめ子死去、享年三八。この頃、岡本謙次郎を介して福田恆存を知る。

一九四〇年（昭和一五年）二五歳
「崖」三号に「往還」、四号に「公園」を。三月、「崖」に発表した「山椒魚」が第五回新人コンクール小説として「作品」に掲載される。

一九四一年（昭和一六年）　二六歳
三月、東京帝国大学文学部英文科卒業。卒業論文「ユーモリストとしてのサッカレイ」を書く。論文ではスイフトなど諸作家も扱う。
四月、私立日本中学に英語教師として就職。
五月、徴兵検査を受け第一乙種合格。
一九四二年（昭和一七年）　二七歳
一月、妻を佐賀の実家に帰し、岐阜の中部第四部隊へ入隊。北支の大同へ行き渾源で訓練ののち暗号兵の教育を受ける。五月二七日、長男一男誕生。この年、幹部候補生の試験を受けるが不合格。福田恆存が来中し兵舎を訪ねてくるが外出のため会えず。
一九四三年（昭和一八年）　二八歳
三月、暗号兵教育の成績優秀で上等兵に進級。夏、今堀部隊として山東省塩山に移る。
一九四四年（昭和一九年）　二九歳
朔県で暗号兵として勤務。春、北京の燕京大学内の情報部隊に転属。原隊はレイテで全滅。
一九四五年（昭和二〇年）　三〇歳
八月、北京で敗戦を迎え、ポツダム伍長となる。領事館や司令部で渉外事務に携わる。一一月二一日、三姉照子死去、享年四〇。
一九四六年（昭和二一年）　三一歳
三月四日、佐世保にて復員。岐阜へ戻り、本巣郡上川内に疎開していた妻と四歳の息子に会う。県庁渉外課に嘱託として勤務。四月一日、異母姉藤江死去、享年四九。九月、岐阜師範学校に勤務。一二月、山田継男と「崖」を再刊。同誌に「男と女と神様の話」を。
一九四七年（昭和二二年）　三二歳
四月二八日、長女かの子生まれる。
一九四八年（昭和二三年）　三三歳
東京行きを決意し、四月、千葉県立佐原女学校に勤務。五月、白崎秀雄の尽力で、金沢の東西文庫から宇佐見英治、矢内原伊作らと「同時代」を創刊。創刊号に「汽車の中」

を。この年、吉行淳之介に千葉県の山野病院を紹介する。友人の薦めで初めてサローヤンの処女短編集を借りて読み影響を受ける。

一九四九年（昭和二四年）　三四歳

一月、「佐野先生感傷日記」を「玄想」に。四月二〇日、母はつ乃死去、享年七一。九月、都立小石川高校へ転勤、単身で早稲田諏訪町に下宿。愛読するサローヤンをテキストに用いる。一一月、「卒業式」を「潮流」に。

一九五〇年（昭和二五年）　三五歳

三月末、小石川高校の鍛錬道場であった国立市の見心寮へ家族を迎える。

一九五一年（昭和二六年）　三六歳

三月、中野区仲町の新居に移住。四月、明治大学文学部講師を勤める。この頃、森敦と知り合い、以後、度々訪ねて親交を深める。

一九五二年（昭和二七年）　三七歳

二月、「ふぐりと原子ピストル」を「草原」に。三月、「同時代」を復刊し発行人となる（編集は宇佐見英治）。「燕京大学部隊」を同誌に（続きは一〇月）。四月、「William Saroyan」を「英語研究」に。一二月、「小銃」が「新潮」同人雑誌推薦号に掲載される。三島由紀夫がいち早く取りあげ言及。同作をきっかけに、文芸雑誌から執筆依頼が来るようになる。

一九五三年（昭和二八年）　三八歳

一月、「小銃」が第二七回芥川賞候補となる。四月、「大地」を「文学界」に。七月、「雨の山」を「同時代」に。八月、「吃音学院」を「文学界」に。一一月、「丹心寮教員宿舎」を「同時代」に。一二月、「『勇ましさ』について―横光利一　人と作品」を「文学界」に。『小銃』刊。この年の初め、「文学界」編集部の発案で、新人一五名が集まる「一二会」が結成され参加。島尾敏雄、近藤啓太郎、安岡章太郎、庄野潤三、吉行淳之介、三浦朱門、結城信一、武田繁太郎、五味康祐、進藤純孝、奥野健男、村松剛、日野啓三らを知る。その後、会は「構想の会」となり、阿川弘之や遠藤周作らとも知り合う。雑誌を出す話もあったが立ち消えになる。阿部知二らの「『あ』の会」にも参加。

一九五四年（昭和二九年）三九歳

一月、「吃音学院」が第三〇回芥川賞候補となる（受賞作なし）。「夢」を「朝日新聞」に。宇佐見英治、岡本謙次郎らが発起人となり庄野潤三『愛撫』と『小銃』の合同出版記念会が東中野のモナミで開かれる。三月、安岡章太郎、島尾敏雄らとの座談会「『近代文学』の功罪―戦後派文学と第三の新人」を「三田文学」に。四月、小石川高校を辞職。明治大学工学部助教授となる。以後、週三回大学で英語などを教えながら作家生活を送る。「星」を「文学界」に。六月、「殉教」を「新潮」に、「城砦の人」を「群像」増刊号に。七月、「微笑」を「世潮」に、「最後の慰問演芸」（のちに「護送者」と改題）を「小説公園」に。八月、「家」を「近代文学」に、「馬」を「文芸」に。九月、「アメリカン・スクール」を「文学界」に、「自問」を「新日本文学」に。『アメリカン・スクール』刊。一〇月、「阿部知二の生活と意見」を「文学界」に、野間宏、安部公房らとの座談会「戦後作家は何を書きたいか」を「文芸」に。一二月、「神」を「文学界」に、「『第三の新人』とよばれて」を「朝日新聞」に。『文学の創造と鑑賞』（岩波書店）に「時代の傷痕―ブロンテ『嵐ヶ丘』」を執筆。この年、「星」「殉教」が第三一回芥川賞候補となる。同じ出版元のため庄野潤三『プールサイド小景』と『アメリカン・スクール』の合同出版記念会が開かれる。福田恆存らの「アルプスの会」に参加。斯波四郎と知り合う。

一九五五年（昭和三〇年）四〇歳

一月、「アメリカン・スクール」で第三二回芥川賞を受賞。選考委員の中では井上靖や川端康成らの賛意が強かった。「犬」を「文芸」に、「狸」を「新日本文学」に、「鬼―忍耐について」を「三田文学」に、「『近代文学』への要望」を「近代文学」に、「タゴール『視力』から」を「文学界」に。二月、「残酷日記」を「新潮」に、「花と魚」を「小説公園」に、「R宣伝社」を「別冊文芸春秋」に。三月、座談会「青春とは何か」を「婦人公論」に。『微笑』刊。四月、「憂い顔の騎士たち」を「知性」に、「温泉博士」を「文学界」に、「我が愛する文章」を「文芸」に。『アメリカン・スクール 殉教』刊。五月、「音」を「新潮」に、「チャペルのある学校」を「世界」に、「『困る』小説」を「文芸」(横光利一読本)に、「リズムを読む小説」を「日本読書新聞」に。六月、「待伏せするもの」を「新潮」に。『残酷日記』刊。八月、「島」を「群像」に連載(一二月まで)、「カメラ遭難せず」を「小説新潮」に。九月、限定版『凧』刊。一〇月、『チャペルのある学校』刊。一一月、「雄大な計算と構図」を「日本読書新聞」に。一二月、「声」を「文学界」に、「吉行淳之介」を「文芸」に、「私の志賀直哉観」を「文芸」(志賀直哉読本)に。後藤明生と知り合う。

一九五六年(昭和三一年)四一歳

一月、「離れられぬ二隊」を「文芸」に、「ある掃除夫の観察」を「新日本文学」に、「いいたいこと」を「近代文学」に。二月、「雪の降る夜」を「小説新潮」に、「伝染する文章」を「群像」に、「『死の家の記録』について」を「三田文学」に。『島』刊。同月から約一ヵ月間、山形県酒田市に住む森敦のもとに滞在する。その後、渡米までの間も度々酒田を訪問。三月、「教師の寝言」を「文芸」に、「私の見た映画―義仲をめぐる三人の女」を「群像」に。四月、「遅れる男」を「文学界」に、「受験シーズン」を「小説公園」に。五月、「勝手な人」を「群像」に、「滝壺先生とメーデー」を「小説新潮」に。七月、「摩擦音の如きグロテスク」を「新日本文学」に、「斬新な問題の捉え方」を「日本読書新聞」に。山本健吉、山室静と「創作合評」を「群像」で行う（九月まで）。八月、「わが精神の姿勢」を「文学界」に。九月、「無限後退」を「新潮」に、「草ぼうきの唄」を「小説公園」に、「宿り木」を「小説新潮」に。高見順、加藤周一と参加した第二回「文芸」学生討論会（於東京大学教養学部）の講演録「知識人とは」を「文芸」に。一〇月、奥野健男との対談「内部と外部の現実」を「新日本文学」に、「人間像より人間」を「文芸」に、「裁判」を同誌に連載（一二月まで）。一一月、「巡視」を「世界」に、「武田泰淳論」を「文芸」に。一二月、「愛の完結」を「文学界」に、「赤い布のついたビン」を「小説新潮」に。『裁判』刊。

一九五七年（昭和三二年）四二歳

一月、「やつれた上等兵」「処女作のころ」を「群像」に、「清瀧寺異変」を「小説公園」に、「〝変形〟譚への情熱」を「日本読書新聞」に。「感銘を受けた作品」を「文芸」に。二月、「消滅の文学―カフカにおける抽象性について」を「文芸」に。三月、「黒い炎」を「群像」に。この頃、サローヤンの下訳を田中小実昌に依頼。四月、ロックフェラー財団の招きで渡米。五月、『現代教養講座6』（角川書店）に「小説における表現」を執筆。七月、「神のあやまち」を「キング」に、「古くて新しい心理」を「日本読書新聞」に。『愛の完結』刊。八月、「ケ・セラ・セラ」を「小説公園」に。サローヤン『人間喜劇』に解説「善人部落の寓話―サローヤン」を付す。一〇月、「教壇日誌」を「別冊文芸春秋」に。

一九五八年（昭和三三年）四三歳

一月一二日、長姉ふさゑ死去、享年五九。四月、アメリカからパリ経由で帰国。「異国で暮すということ―言葉と習慣、一つのもの」を「朝日新聞」に。六月、「小さな狼藉者」を「別冊文芸春秋」に、「広い夏」を「中央公論」に、「人間と神の関係―カフカとヘミングウェイ」を「週刊読書人」に。七月、「贋の群像」を「新潮」に、「異郷の道化師」を「文学界」に、「視点について」を「近代文学」に、「冬の恋」を「學鐙」に。八月、「デイトの仕方」を「オール読物」に。九月、「城壁」を「美術手帖」に、「〝女性飼育法〟の提唱」を「婦人公論」に、「アメリカ人気質」を「新日本文学」に、「アメリカ映画の淋しさ―こんな画家はアメリカに多い」を「芸術新潮」に。一〇月、奥野健男、江藤淳との時評鼎談「状況設定とリアリティ」を「新日本文学」に。

一九五九年（昭和三四年）四四歳

一月、「汚れた土地にて」を「声」に、「宇宙への招待」を「近代文学」に、「オカシミ雑談」を「三田文学」に。二月、「家と家のあいだ」を「文学界」に、渋谷実、奥野信太郎らとの座談会「チャップリン映画のすべて―『ニューヨークの王様』を観て」を「芸術新潮」に。三月、「私のグループ」を「新潮」に、「善意による人間把握」を「日本読書新聞」に。四月、「市ケ谷附近」を「新潮」に、「横山操―明日を創る人々」を「芸術新潮」に、「塙善兵衛のこと」を「小説新潮」に、「奥野健男『日本文学の病状』」を「現代批評」に。五月、「夜と昼の鎖」を「群像」に連載（八月まで）、「墓碑銘」を「世界」に連載（翌年二月まで）、椎名麟三との対談「純文学のゆくえ」を「風景」に、「観念の造形」を「早稲田文学」に、『梶井基次郎全集

2』（筑摩書房）に月報「詩と骨格」を付す。八月、「ある作家の手記」を「新潮」に。九月、「斯波四郎との出会い―新しい芥川賞作家」を「文学界」に、「『自殺の危機』―『われらの時代』・大江健三郎」を「新潮」に、「甘やかされてはいないか」を「芸術新潮」に、「〝現今の意識〟の問題」を「日本読書新聞」に、「斯波四郎の世界」を「図書新聞」に。一〇月、中村真一郎、江藤淳と「創作合評」を「群像」で行う（一二月まで）。「私の初めて読んだ文学作品と影響を受けた作家」を「文学界」に。『実感・女性論』刊。一一月、「棲処」を「新潮」に、「困惑と疑惑」を「芸術新潮」に。一二月、『夜と昼の鎖』刊。

一九六〇年（昭和三五年）　四五歳

一月、「この車の乗手たち」を「群像」に、「来宮にて」を「新潮」に、「新人中本達也」を「芸術新潮」に、「文芸時評―批評家というもの（上）（下）」を「図書新聞」に、「この人はこんな人生を」を「家庭画報」に連載（一二月まで）。二月、「冷たい風」を「新潮」に。『新選現代日本文学全集9 阿部知二集』（筑摩書房）に解説「無念の爪」を付す。出版記念を兼ねた進藤純孝を励ます会に出席。三月、「季節の恋」を「別冊文芸春秋」に、「なぜテレビのそばを離れないか」を「群像」に、「江藤淳『作家論』」を「三田文学」に。『墓碑銘』刊。五月、「モームの眼とアタマ」を「図書新聞」に。六月、「家の誘惑」を「新潮」に、「片隅の現代風景」を「日本読書新聞」に。七月、「船の上」を「群像」に、「小さな歴史」を「文学界」に、「洪水」を「小説中央公論」に。八月、「怒りと笑いと怒り」を「文学界」に。九月、「第三の新人はどうなる」を「新潮」に、「文学と教育」を「文学」に。吉行淳之介、大江健三郎らとの座談会「戦後小説について（上）」

を『新選現代日本文学全集32』(筑摩書房)月報に(下は一一月)。一二月、「女流」を「群像」に、「暗い『国宝展』の会場」を「新潮」に、「日本のフレスコ壁画」を「芸術新潮」に。

一九六一年(昭和三六年) 四六歳

一月、「ある一日」を「文学界」に、「ガリレオの胸像」を「自由」に、「夫と妻の断層」を「家庭画報」に連載(一二月まで)。三月、インタビュー「ぼくのイメージですが……——ほとんど実在人と関係ない」を「朝日新聞」に、「受験シーズン」を「読売新聞」夕刊に。『女流』刊。四月、「雨を降らせる」を「小説中央公論」に、「ひまわり学級の少年たち」を「世界」に、「モデルとプライバシイ——一作家の実感的告白」を「週刊読書人」に。明治大学工学部教授に就任。五月、「靴の話」を「新潮」に。七月、「現代作家論——大岡昇平のシニシズム」を「群像」に、「ヘミングウェイ死す」を「図書新聞」に。一〇月、「昭和二十一、二年ごろに何をしていたか」を「群像」に、「わが家を建てるということ」を「家庭画報」に連載(翌年六月まで)。妻キヨが乳癌の手術を受ける。一一月、「四十代」を「文学界」に。一二月、「神楽坂の易者」を「風景」に。

一九六二年(昭和三七年) 四七歳

一月、「ここにこんな夫婦が…」を「家庭画報」に連載(一二月まで)。二月、「弱い結婚」を「群像」に、「眼」を「新潮」に。三月、「大学生諸君!」を「神戸新聞」に連載(九月まで、一九四回)。四月、「鷹」を「文芸」に、「アメリカ文学私見」を「新潮」に、『墓碑銘』に関するインタビュー「混血児のレイテ戦記」を「朝日新聞」に。国分寺町榎戸(現、国分寺市光町)の新居に移住。五月、妻の乳癌が再発。六月、「現代の寓意小説——水が出てくる場面にひかれる」を「週刊読書人」に。七月、「日本文学の気質―アメリカ文学との比較において」を「文学」に、「二つ小説をかいて見ませんか」を「群像」に。一〇月、「はっきり要求持て―住まいで性格の幅を広げる」を「朝日新聞」夕刊に。一一月、「郷里の言葉」を「新潮」に、「幽霊」を「現代の眼」に。一二月、「私の家の犬」を「風景」に、「アホらしい話―下水と池とシミコミマスと」を「図書新聞」に。この年、「秀作美術」に加わり美術家と交流。

一九六三年（昭和三八年）四八歳

一月、「女の帽子」を「群像」に、「『島』―吹浦の海岸を友人とあるく」を「週刊読書人」に。二月、荒正人、大橋健三郎らとの座談会「最近のアメリカ文学を語る」を「近代文学」に。四月、「〝状態〟への固執―サリンジャー覚書」を「文学」に、「須田さんと日本―国太郎遺作展を見て」を「芸術新潮」に。妻の乳癌が肺に転移。五月、「私小説と家庭小説」を「文学界」に、「イギリス文学の伝統つぐ」を「読売新聞」夕刊に。『大学生諸君！』刊。六月、「自慢話」を「文学界」に。七月、「大賞作家オノサト・トシノブ」を「芸術新潮」に。「大学生諸君！」原作のテレビドラマがTBS系で開始。八月、「あのころのこと―暗号傍受で敗戦知る」を「朝日新聞」に。九月、「実験住宅の悲しみ―私の家」を「芸術新潮」に。一一月、「十字街頭」を「群像」に、「釣堀池」を「新潮」に。『愛の白書―夫と妻の断層』刊。同月一七日、妻キヨ死去、享年五三。「妻の病気」を「日本経済新聞」に。この頃、アメリカから帰国した三浦清宏が約半年間同宿。

一九六四年（昭和三九年）四九歳

一月、「映画雑感―唐突な鮮かさ」を「群像」に。二月、「家内の死」を「東京新聞」に。『日本文学全集62 梅崎春生集』（新潮社）に「解説」を付す。三月、山本健吉、梅崎春生との鼎談「第三の新人」を「群像」に。四月、「街」を「世界」に、「サリンジャー私論」を「文学」に。『世界短篇文学全集14』に月報「私ふうのアメリカ文学の読み方」を執筆。五月、「返照」を「群像」に。六月、浅森愛子と結婚。八月、「最も印象に残った批評」を「群像」に。一〇月、「安岡章太郎」を「群像」に。一二月、勤務していた小石川高校の新聞に触れた「ある高校新聞の縮刷版」を「朝日新聞」夕刊に。

一九六五年（昭和四〇年）五〇歳

二月、「『このごろ』」を「朝日新聞」夕刊に。三月、『愉しき夫婦』刊。四月、『The Laughing Man and Other Short Stories ― サリンジャーについて』刊。六月、「たくまいアメリカの姿」を「週刊読書人」に。七月、「抱擁家族」を「群像」に。同作執筆前から単行本化までの間、上京していた森敦を訪問し書いたものへディスカッションを重ねる。吉行淳之介、遠藤周作らとの座談会「文学と資質」を「文芸」に、「第三の新人とアメリカ文学」も同誌に。八月、「複雑ということ」を「文学界」に。九月、北原武夫、吉行淳之介との鼎談「文学者と家庭」を「文芸」に、佐伯彰一との対談「『私』について」を「風景」に。『抱擁家族』刊。一〇月、『現代の文学36 安岡章太郎集』（河出書房新社）に「解説」を付す。一一月、「『抱擁家族』ノート」を「批評」に、昭和四一年度文芸賞の「選考経過・選後評」を「文芸」に。同賞選考委員を平成六年まで担当。一二月、庄野潤三との対談「文学を索めて」を「新潮」に、『戦争の文学8』に「作者のことば」を付す。

一九六六年（昭和四一年）五一歳

一月、「疎林への道」を「群像」に、「この結婚は救えるか」を「家庭画報」に連載（一二月まで）。「文芸時評」を「文芸」で行う（四月まで、三月休載）。三月、「私の考える『新しさ』ということ」を「群像」に、「精神の衛生保つ小話」を「週刊読書人」に。『小島信夫文学論集』刊。四月、「手紙相談」を「文学界」に。『現代の文学25 大岡昇平集』（河出書房新社）に「解説」を付す。『弱い結婚』刊。五月、「獣医回診」を「新潮」に。六月、『20世紀英米文学案内15 ヘミングウェイ』（研究社出版）に解説・梗概「『河を渡って木立の中へ』」を、『漱石全集7』（岩波書店）に月報「私と漱石」を執筆。八月、「郵便函」を「文芸」に、「花・蝶・鳥・犬」を「俳句研究」に。九月、『抱擁家族』で第一回谷崎潤一郎賞受賞。一〇月、「階段のあがりはな」を「群像」に、「奇妙な素直さ」を「朝日新聞」に。一一月、武田泰淳との対談「作家は何を見るか」を「文芸」に、安岡章太郎、大江健三郎らとの座談会「現代をどう書くか」を「群像」に、「『たんぽの女』など」を「新潮」に、「愚問の背景」を「朝日新聞」に。一二月、「蒸発する妻」「核心見失う放送の司会」を「朝日新聞」に。『梅崎春生全集2』（新潮社）に月報「記憶」を、『世界文学全集8 カフカ集』（集英社）に解説「カフカ氏との対話」を付す。定年退職まで毎年、英米文学の共同研究報告を「明治大学人文科学研究所年報」に執筆。

一九六七年（昭和四二年）五二歳

一月、「『映画』の中のある言動に似る」を「週刊読書人」に。二月、「下手な題？」を「群像」に。四月、山崎正和、高階秀爾らとのシンポジウム「現代と芸術」を「季刊芸術」に、中村光夫、佐伯彰一との鼎談「日本文学と外国文学」を「群像」に、「『ユトリロ』の人物—母との関係に興味」を「朝日新聞」夕刊に、「眼になることの意味—井上光晴『眼の皮膚』」を「文芸」に。五月、「わが運動部生活」を「群像」に。七月、中村真一郎、大江健三郎らとの座談会「作家にとって批評とは何か」を「文学界」に、「永遠の弟子―草平と漱石についてのノート」を「季刊芸術」に。『シェイクスピア全集7』（筑摩書房）に月報「マクベス夫妻」を付す。八月、「現代と諷刺文学」を「文学」に。九月、安岡章太郎、大江健三郎との鼎談「作家と想像力」を「文学」に。一〇月、大岡昇平、野間宏らとの座談会「現代文学をどうするか」を「群像」に、埴谷雄高、小田切秀雄と「創作合評」を「群像」で行う（一二月まで）。一二月、「ことしの回顧ベスト5」を「朝日新聞」夕刊に。これより約一年間「文芸時評（上）（下）」を「朝日新聞」夕刊で担当（月一回、連続二日形式）。同時期に、同じく旧岐阜中学出身の平野謙、篠田一士がそろって他新聞で文芸時評を担当したことで関心を呼ぶ。

一九六八年（昭和四三年）　五三歳

一月、「町」を「群像」に連載（九月まで、一〇月から「別れる理由」に改題）。二月、『世界文学全集Ⅱ－15　モーム』（河出書房）に「解説」を付す。三月、「云わでものこと（福田恆存氏の「日本文壇を批判する」に答える）」を「三田文学」に、佐々木基一との対談「恋愛小説の可能性―福永武彦『海市』をめぐって」を「波」に。六月、慶応大学で三田文学会文芸講演会。七月、「自由な新しさということ」を「群像」に、「友情」を「ポリタイア」に。八月、『愛の発掘』刊。一〇月、「長良川の鵜飼い」を「別冊潮」に。一一月、「教師と学生」を「新潮」に、平野謙、安岡章太郎との鼎談「文学における『私』とはなにか」を「文芸」に。一二月、「『ほんとうの教育者はと問われて』―藤森良蔵」を「朝日新聞」に、「ことしの回顧ベスト5」を同紙夕刊に。

一九六九年（昭和四四年）　五四歳
一月、「花・蝶・犬・人」を「新潮」に、武田泰淳、丸谷才一らとの座談会「文学表現の自律性」を「文芸」に、平野謙、中村真一郎らとの座談会「問題作をどう評価するか―文芸時評一九六八年」を「文学界」に。三月、「坂」を「文学界」に。四月、「隣人」を「文芸」に、「小説と演劇」を「現代演劇」に、平野謙との対談「『文芸時評』の限界」を「風景」に。「私の作家評伝」を「別冊潮」に連載開始（同誌は後に「日本の将来」に改題、七三年五月からは「潮」で連載続行、八三回で完結）。『日本現代文学全集106』（講談社）に月報「『小銃』のころ」を執筆。六月、「無意味と意味―『握手・握手・握手！』」を「文芸」に、「言葉のよごれについて」を「海」に。七月、「山門不幸」を「季刊芸術」に。八月、「言葉が見出され音楽が鳴る―江藤淳『崩壊からの創造』」を「文芸」に、「別れるということ」を「朝日新聞」夕刊に。九月、河野多恵子、大庭みな子との鼎談「文学の新しさとリアリティ」を「群像」に、「日記」を「風景」に、「自己宣伝」を「海」に。一二月、『フォークナー全集5』（冨山房）に解説「白痴の眼」を付す。

一九七〇年（昭和四五年）　五五歳
一月、「腕章」を「文学界」に、「おのぼりさん」を「新潮」に、「小説は通じ得るか」を「文芸」に、「一頁文芸時評」を同誌で一年間行う（一一月は休載）。三月、大橋健三郎との対談「混迷の季節」を「風景」に。四月、「変幻自在の人間（わが体験）」を「潮」に。五月、「夫婦交換の悪夢」を「読売新聞」に。『階段のあがりはな』、『現代文学の進退』刊。七月、山崎正和、江藤淳、高階秀爾らとのシンポジウム「近代日本の美意識と倫理〈1〉」を「季刊芸術」に（〈2〉は一〇月、〈3〉は翌年一月）。八月、谷川徹三、曽野綾子との鼎談「愛は何によって満たされるか」を「潮」に。『講座アメリカの文化6』(南雲堂)に「ユダヤ系作家の進出」を執筆。一〇月、吉行淳之介、大江健三郎との鼎談「現代文学と性」を「群像」に、「初めて戯曲を書いて―やはり小説とは異質のもの」を「読売新聞」に。一一月、初の戯曲「どちらでも」を「文芸」に。同作が俳優座で上演(一四日から三〇日まで、演出・増見利清)。「解放されない」を「読売新聞」に、『どちらでも』、『異郷の道化師』刊。同月八日、弟日出夫死去、享年四九。

一九七一年(昭和四六年) 五六歳

一月、「人探し」を「新潮」に、「観客」を「文学界」に、「『どちらでも』稽古立会日誌」を「季刊芸術」に。岐阜市民会館で母校の旧制岐阜中学創立百年記念講演「森田草平について」を行う。長女・かの子の結婚式に出席。『小島信夫全集』(全六巻)刊行開始。二月、日本近代文学館編『現代世界文学と日本』(読売新聞社)に「日常と性」を執筆。三月、「『文芸』らしさについて」を「文芸」に。四月、平野謙、瀬戸内晴美と「創作合評」を「群像」で行う(六月まで)。『小説家の日々』刊。五月、「『ソ連所蔵名品百選展』をみて―神髄は人生的なところに」を「朝日新聞」夕刊に。六月、「抱擁家族」が青年座で上演(七日より二四日まで、脚色・演出八木柊一郎)。八月、古林尚との対談「私から抽象へ飛躍する文学」を「図書新聞」に。九月一五日から一〇月一日までソビエト作家同盟の招きで中村光夫、巌谷大四らと訪ソ。一一月、「仮病」を「新潮」に。『変幻自在の人間』刊。一二月、大晦日に「京都におせち料理を買いに―人工的でない深い味」を「朝日新聞」に。

一九七二年(昭和四七年) 五七歳

一月、「わんこソバ」を「文芸」に。二月、安岡章太郎との対談「『私』から自由になり得るか―作者と人物の位置をめぐって」を「群像」に、「若い作家のための演説」を「文学界」に。三月、石川達三、井深大らとの座談会「親の責任と幼児教育」を「潮」に。五月、座談会「現代演劇の課題」を「心」に。『新潮日本文学54 小島信夫集』に月報「諷刺ということ」を執筆。『文学断章』刊。七月、ソウル・ベロー、佐伯彰一との鼎談「小説はどこへ行くか」を「群像」に。八月、『私の作家評伝I』刊（IIは一〇月）。九月、阿部昭、後藤明生との鼎談「小説の現在と未来」を「文芸」に。一一月、同年七月の早稲田大学文学部文芸科主催シンポジウム抄録「我々と文学」を「早稲田文学」に、中原佑介、ジョセフ・ラブらとの座談会「今日のリアリズム」を「芸術新潮」に。二度目の戯曲執筆に触れた「戯曲から芝居へ」を「朝日新聞」夕刊に。「一寸さきは闇」が劇団雲で上演、演出も担当（一七日から二四日まで）。吉田嘉七『定本ガダルカナル戦詩集』（創樹社）に序文「戦争と歴史」を付す。

一九七三年（昭和四八年）　五八歳

一月、「一寸さきは闇」（戯曲）を「文芸」に、「金曜日の夜十時」を「新潮」に、江藤淳との対談「『衰弱の文学』を排す」を「文学界」に。二月、清水邦夫、別役実との鼎談「小説と演劇のあいだ」を「群像」に。三月、山崎正和、柄谷行人との鼎談「漱石と鷗外の志と現代」を「潮」に。『私の作家評伝I・II』で芸術選奨文部大臣賞受賞。四月、『永田力個展』（南天子画廊）に「仮面の後ろにあるもの」を執筆。『一寸さきは闇』刊。五月、『夫婦の学校 私の眼』刊。六月、群像新人賞の選考委員を担当（七七年まで）。七月、「阿部さんの死」（追悼・阿部知二）を「文芸」に。八月、渡辺守章、ヤン・コットらとの座談会「悲劇・歴史・神話」を「文芸」に。九月、「ハッピネス」を「すばる」に、「思いつくことなど」を「日本近代文学館」に、浜本武雄との対談「小説家と戯曲」を「風景」に。『横山操の回顧』(山種美術館)に「訪問記を書いたとき」を執筆。一〇月、「スキット」を「文芸」に、「『月山』について」を「季刊芸術」に、『伊藤整全集20』(新潮社)に月報「伊藤さんの厳しさ」を執筆。一二月、『靴の話・眼』刊。後藤明生『挟み撃ち』の出版記念会に出席。

一九七四年(昭和四九年) 五九歳

一月、『公園・卒業式』、『ハッピネス』刊。二月、『城壁・星』刊。「舞台と芝居」を「文芸」に。三月、『樋口一葉全集1』(筑摩書房)に月報「激烈なるもの」を、『鏡花全集5』(岩波書店)に月報「『瀧の白糸』の上映」を執筆。四月、森敦との対談「『月山』をめぐって」を「文芸」に。五月、寺田透、久保田正文との鼎談「子規—写生理論の可能性」を「群像」に。六月、「『月山』への道」を「文芸」に、「諷刺の作家の克明な評伝」を「週刊読書人」に。長谷川修との対談「小説と遊びの精神」を「海」に。異母兄源一死去。親、兄弟姉妹の全てを失う。七月、シェークスピア協会の講演「シェークスピアと私」を行う。佐伯彰一との対談「作られた『私』の世界—牧野信一と梶井基次郎」を「國文學」に、佐伯彰一との対談「小説の〝回復〟を求めて」を「文学界」に、「東京ビエンナーレにおける『今日のリアリズム』」を「芸術新潮」に。九月、「歩きながらの話」を「文芸」に。『阿部知二全集7』(河出書房新社)に「解説」を付す。一〇月、佐伯彰一、越智治雄との鼎談「漱石—その宿命と相対化精神」を「群像」に。一一月、「リアリティの所在—佐伯彰一『日本の「私」を求めて』」を「文芸」に、「左右吉の正確さ」を「海」に。

一九七五年（昭和五〇年）六〇歳
一月、「泣く話」を「新潮」に、後藤明生、秋山駿らとの座談会「文学における『私』」を「早稲田文学」に。二月、高橋英夫、坂上弘との鼎談「梶井基次郎―私小説を超えるもの」を「群像」に。四月、中野好夫との対談「伝記文学の魅力」を「波」に。『私の作家評伝Ⅲ』刊。五月、「アジアの一七歳」を「海」に。六月、「切磋琢磨」を「別冊文芸春秋」に。七月、日野啓三との対談「表現のたのしみ」を「文芸」に。一〇月、限定版『小銃』刊。一一月、翻訳『レンブラントの帽子』の巻末に「心の中で花が開く」を付す。『名著復刻漱石文学館解説』（日本近代文学館）に作品解題「門」を執筆。一二月、佐々木基一、野呂邦暢との鼎談「梅崎春生―知的屈折を経た私小説」を「群像」に。

一九七六年（昭和五一年）六一歳
一月、「若い人に」を「早稲田文学」に。三月、インタビュー「現代文学とことば」を「言語生活」に、「Y君の訪問」を「文学界」に。五月、「膝を叩いて合槌を」を「現代詩手帖」に。六月、「三年六ヶ月」を「文芸」に。九月、『日本の名画11 坂本繁二郎』（中央公論社）に「喜怒なきマスクの如く」を執筆。一二月、「じっと思い出を楽しんでいたい」（追悼・武田泰淳）を「新潮」に、「いつも寄り添って」（追悼・武田泰淳）を「海」に。この年から、夏を軽井沢で過ごす。

一九七七年（昭和五二年）六二歳
一月、『子規全集18』（講談社）に解説「子規書簡の肌ざわり」を執筆。翻訳『人間喜劇』の巻末に「ウィリアム・サロイヤンについて」を付す。同月一日から一〇日間インド、ネパールを旅行。二月、「えがかれなかった女」を「文芸」に。三月、「答えられぬ質問」を「潮」に。四月、「『想い出の独立展』をみて」を「芸術新潮」に。五月、「外国語で小説を」を「新潮」に、「郷里の少年来訪す」を「文学界」に。六月、「球はオープンに出せ」を「群像」に、「妻への手紙」を「潮」に。七月、『名著復刻芥川龍之介文学館解説』（日本近代文学館）に作品解題「湖南の扇」を執筆。八月、ジョン・ガードナー、宮本陽吉とのシンポジウム「いま、どの舟を航海に出すか」を「すばる」に、「そんなに沢山のトランクを」を同誌に。九月、「ルーツ・前書」を「季刊文体」に連載（七九年一月から「美濃」と改題、八〇年六月まで、一二回）。一一月、大岡信との対談「愛の作家夏目漱石」を「ユリイカ」に。

一九七八年（昭和五三年）　六三歳

一月、「モンマルトルの丘」を「文芸」に（続は五月）、古屋健三、平岡篤頼との鼎談「アイドル、作家、その他」を「早稲田文学」に。四月、森敦、古山高麗雄との鼎談「むかしの小説・いまの小説」を「季刊芸術」に、磯田光一、河野多恵子と「創作合評」を「群像」で行う（六月まで）。五月、「白昼夢」（追悼・平野謙）を「日本近代文学館」に。六月、「深い深い思い出」（追悼・平野謙）を「文芸」に、「私の生きている限り」（追悼・平野謙）を「すばる」に、「昨年の暮から」（追悼・平野謙）を「海」に、篠田一士との対談「普遍性ということ」を「文体」に。八月、田中小実昌との対談「夫婦のバランスシート」を「潮」に。一〇月、「阿部知二の五周忌」を「新潮」に。

一九七九年（昭和五四年）　六四歳

六月、講談社文芸文庫『ワインズバーグ・オハイオ』刊。三木卓、柄谷行人との鼎談「読書鼎談」を「文芸」に。七月、『ゲーテ全集4』（潮出版社）に月報「読みなおしてみたい」を執筆。九月、「拍手喝采をおくる」を「海」に、「作品の中に生きる」を「文芸」に。

一九八〇年（昭和五五年）　六五歳

一月、「女たち」を「文芸」に。二月、「分かり易くはいうまい」を「新潮」に。『釣堀池』刊。六月、『夫のいない部屋』刊。九月、「ひとつの典型―横光利一『名月』」を「すばる」に。一〇月、「レオナルド・ダ・ヴィンチの夜」を「新潮」に。『黄金の女達―私の作家遍歴Ⅰ』刊。一一月、「年譜」（のちに「寓話」と改題）を「作品」（八二年から は「海燕」）に連載（八五年一〇月まで）。一二月、新谷敬三郎、桶谷秀昭との鼎談「日本文学の中のロシア文学―ゴーゴリ、ドストエフスキーからフォルマリズムまで」を「文体」に、大橋健三郎、浜本武雄らとのシンポジウム「小説はどう生きるか」を「文学空間」に。「ウェイクフィールドの妻」を『大橋健三郎教授還暦記念論文集・文学とアメリカ』（南雲堂）に執筆。『最後の講義―私の作家遍歴Ⅱ』刊。

一九八一年（昭和五六年）　六六歳

一月、『奴隷の寓話―私の作家遍歴Ⅲ』刊。二月、「『生きた小説』」を「新潮」に。『この結婚は救えるか』刊。三月、連載「別れる理由」が完結。四月、大庭みな子との対談「『別れる理由』の現在」を「群像」に、三木卓、宮内豊との鼎談「読書鼎談」を「文芸」に。五月、『私の作家遍歴Ⅰ～Ⅲ』で第一三回日本文学大賞受賞。『美濃』刊。六月、「菅野満子の手紙」を「すばる」に連載（八五年一〇月まで、五三回）。森敦との対談「文学と人生」を「文芸」に連載（翌年五月まで、二回以降には「追記」も掲載、一二回）。「わが『罪と罰』講演」を「群像」に、山崎勉、三浦清宏らとのシンポジウム「小説をどうとらえるか」を「文学空間」に。八月、「サローヤンの思い出」を「新潮」に。同月三日より三日間、七月末に文学碑を境内に建立した森敦の勧めで、山形県東田川郡朝日村注連寺に宿泊、出羽三山を見物。対談も同地で行う。九月、『定本横光利一全集3』（河出書房新社）に月報「四十何年前の講演」を執筆。一〇月、「返信」を「群像」に、「有縁」を「海」に、「私と『美濃』」を「郷土研究岐阜」に、江藤淳との対談「明治の青春と明治の終焉―漱石『三四郎』と『こころ』」を「國文學」に。

一九八二年（昭和五七年）　六七歳

一月、「『一寸さきは闇』」を「文芸」に。二月、後藤明生、キム・レーホとの鼎談「『方法』としてのゴーゴリ」を「海」に。三月、日本芸術院賞受賞。四月、「月光」を「群像」に。五月、『そんなに沢山のトランクを』、『女たち』刊。六月、橋本福夫、浜本武雄らとのシンポジウム「個性のない時代の主人公」を「文学空間」に。『墓碑銘・燕京大学部隊』刊。七月、「青衣」を「群像」に、「女神―『小泉八雲』追記」を「別冊潮」に、「人―八匠衆一」を「文芸」に。同月から九月にかけて『別れる理由Ⅰ～Ⅲ』刊。一〇月、「蜻蛉」を「群像」に。一一月、『別れる理由』で第三五回野間文芸賞受賞。高橋英夫との対談「祭りなき物語の宇宙」を「図書新聞」に、第一回海燕新人文学賞の選後評「積極的に訴える二作」を「海燕」に、同選考委員を第二回まで担当。一二月、「印象に残っていること」を「文芸」に。

一九八三年（昭和五八年）　六八歳

一月、「合掌」、野間文芸賞の「受賞のことば―飛躍ということ」を「群像」に。二月、『幸福が裁かれる時』刊。三月、「『異常なる散文の研究』」を「文学界」に。四月、「高砂」を「群像」に、中上健次との対談「血と風土の根元を照らす」を「波」に。五月、吉本隆明との対談「いま表出するということ」を「海燕」に。八月、「再生」を「群像」に。『正宗白鳥全集3』（福武書店）に月報

「白鳥の戯曲」を執筆。一〇月、福田恆存との対談「ギリシャ古典劇と現代」を「新潮」に。一一月、大橋健三郎、宮本陽吉との鼎談「日本から見たアメリカのユダヤ系文学」を「英語青年」に、「白昼夢」を「群像」に。第二回海燕新人文学賞の選後評「小説くさくない二作」を「海燕」に。一二月、浜本武雄、山崎勉らとのシンポジウム「『I』について」を「文学空間」に。

一九八四年（昭和五九年）六九歳

一月、「すばらしい一日」を「新潮」に。三木卓、高橋英夫と「創作合評」を「群像」で行う（三月まで）。『月光』刊。四月、「肖像」を「群像」に、後藤明生との対談「文学は『隠し味』ですか?」を「すばる」に。八月、「戦友会」を「群像」に。一一月、「『冷血』『カメレオンのための音楽』の作家」を「群像」に、『講座日本語の表現4』（筑摩書房）に「『私の作家評伝』から『私の作家遍歴』へ―その小説的傾向について」を執筆。

一九八五年（昭和六〇年）七〇歳

一月、「マリフ」を「群像」に、「夫の視点の意味」を「新潮」に。三月、黒川紀章によるインタビュー「中心のない状況」を『どうする21世紀1』（エフエー出版）に。明治大学を定年退職。四月、「小説とは何か―私の『最終講義』」を「群像」に。六月、「『アメリカの家庭生活』について」を「群像」に、「映画と小説のはざま―ワイダ監督『白樺の林』を観て」を「朝日新聞」夕刊に。同月一五日、井上有一死去。七月、秋山駿、加藤典洋と「創作合評」を「群像」で行う（九月まで）、「懸賞小説」を「早稲田文学」に。『小島信夫をめぐる文学の現在』刊。八月、「いかに宇野浩二が語ったかを私が語る」を「早稲田文学」に。九月、河北倫明、海上雅臣との鼎談「井上有一の書をめぐって」を「図書新聞」に。一〇月、「予兆」を「群像」に、

「三冊の本」を「文芸」に。連載「菅野満子の手紙」と「寓話」が完結。一一月、『隊長』ということ」を「文学界」に。一二月、インタビュー「男の領域と女の領域のせめぎあい」を「早稲田文学」に。島尾敏雄の野間文芸賞受賞祝賀パーティーに出席。

一九八六年（昭和六一年）七一歳

一月、「『自作を語る』」を「海燕」に、「平安」を「群像」に。三月、「タトエ話について」を「群像」に、『菅野満子の手紙』刊。四月二七日、岐阜にて森田草平忌に出席。五月、「浅き夢」を「文学界」に、「寓話補遺」を「海燕」に連載（八月まで）、「演劇の一場面」を「ユリイカ」に連載（翌年一二月まで、二〇回）。『平安』刊。七月、三浦清宏、千石英世らとの座談会「現代小説の手ごたえ」を「文学空間」に。

一九八七年（昭和六二年）七二歳

一月、「対での話」（追悼・島尾敏雄）を「海燕」に、「静温な日々」を「群像」に。二月、『寓話』刊。四月、三木卓、川村湊と「創作合評」を「群像」で行う（六月まで）。『静温な日々』刊。七月、森敦との対談「小説の背後論理」を「群像」に、『昭和文学全集21』に収録作品の自解「わが『鈍器』の意味」を付す。一〇月、小林恭二との対談「作者と作品の間」を「海燕」に、「黒い砂」を「群像」に、「小説における意味―森敦『われ逝くもののごとく』を読む」を「文学界」に。一一月、山田詠美との対談「『性』を視座として」を「文学界」に。

一九八八年（昭和六三年）七三歳

一月、三浦清宏が芥川賞受賞。「日光」を「群像」に、「日本文学の未来」を「海燕」に連載（九二年まで）。二月、講談社文芸文庫『抱擁家族』刊。三月、中国シルクロードを旅行。四月、三浦清宏との対談「全くの新しい小説」を「海燕」に。春の叙勲にて勲三等瑞宝章受章。五月、「これらの短篇群」を「群像」に、「夏目漱石『明暗』」を「新潮」に、「解きほぐされる宮口精二―幅と奥行きをあたえた万太郎と恆存」を「図書新聞」に。六月、「落花の舞」を「群像」に。七月、秋山駿、増田みず子と「創作合評」を「群像」で行う（九月まで）。八月、日本近代文学館主催の文学教室「日本文学・昭和―作家と作品」で講演を行う。九月、「旅の思い出など」（追悼・中村光夫）を「群像」に、「ベルイマンの『ハムレット』」を「文学界」に。一〇月、「六月の風」を「群像」に。

一九八九年（昭和六四年・平成元年）七四歳

二月、「ピクチュア・ハット」を「文芸」に。三月、「ブルーノ・タウトの椅子」を「文学界」に、「比類のない倫理の書」を「新潮」に。四月、「湖の中の小さな島」を「群像」に、『坪内節太郎展―東洋の雅趣』（岐阜県美術館）に「坪内さんの一筋の太い道」を執筆。七月二九日、森敦死去。同月三一日、NHKラジオ第一「森敦さんをしのぶ」に出演。八月、田久保英夫、後藤明生との鼎談「小説の方法」を「群像」に、「阿部昭の強い印象」を「文芸」に。同月二六日、山形県で月山祭、「森敦をしのぶ会」に出席、講演「森さんとわたし」を行う。一〇月、「収穫・演出」（追悼・森敦）を「群像」に、「名声（追悼・森敦）を「文学界」に、「『再起』への始動」（追悼・森敦）を「海燕」に。古山高麗雄らと発起人となり「森敦さんをしのぶ会」を開く。ボストン、ニューヨークを旅行、トロント文化祭に出席。一一月、「対談のことから」（追悼・森敦）を「文芸」に。日本芸術院会員となる。この年末から保坂和志と親交が始まる。

一九九〇年（平成二年）七五歳

一月、「それはハッピーなことですわ」を「群像」に。二月、「原石鼎―二百二十年めの風雅」を「文芸」に、「自作再見『女流』——私を息苦しくさせた兄と画家夫人との恋」を「朝日新聞」に。三月、「昂奮・絶望・哄笑・希望」を「群像」に。七月、「文学青年だった時期」を「神奈川近代文学館」に。八月、「森敦さんの墓」を「文学界」に。九月、『原石鼎——二百二十年めの風雅』刊。

一九九一年（平成三年）七六歳

一月、森瑤子との対談「人生・家族・文学」を「潮」に、『大庭みな子全集2』（講談社）に月報「最近の大庭さん」を執筆。三月、埴谷雄高、水上勉との鼎談「追悼 野間宏」を「すばる」に、「会葬の日」（追悼・野間宏）を「文学界」に、「一生すこしも変わらなかった」（追悼・野間宏）を「すばる」に。四月、「『私を苦しめた病気』の正体」を「朝日新聞」に。七月二九日、日本近代文学館主催の文学教室で講演「森鷗外——渋江抽斎」を行う。八月二四日、山形の月山祭で講演「森さんについて」を行う。九月、猪瀬直樹との対談「ノンフィクションと文学のあいだ——二つのジャンルの関係性、その可能性と限界を考える」を「潮」に（「再論」は一二月）。ロンドン、エジンバラ、ダブリン、スライゴーを旅行。

一九九二年（平成四年）七七歳

一月、秋山駿、木崎さと子と「創作合評」を「群像」で行う（一二月まで）。二月、「弁明の余地がない怖しさ——志賀直哉論」を「文学界」に、「A氏との雑談」を「文芸」に。三月、「『ゆきづまり』から展開へ——小劇場と小説」を「中央公論文芸特集」に。八月、「羽衣」を「群像」に。九月、増補新版『原石鼎——二百二十年めの風雅』刊。一一月、「殺祖」を「群像」に、「国立の喫茶店」（追悼・中上健次）を「文芸」に、「『樹下の家族』をめぐる思い出」（追悼・干刈あがた）を「海燕」に、「白鳥の恐怖心の斬新さ——『人も世

行う。

岐阜県美術館で講演「阿部知二先生の印象」を語った」を「朝日新聞」夕刊に。一二月、岐阜県美術館で講演「阿部知二先生の印象」を行う。

一九九三年（平成五年）　七八歳

一月、三浦清宏との対談「漱石と現代」を「海燕」に、「変るものと変らぬもの」を「群像」に。編集委員を務める『森敦全集』（筑摩書房、全九巻）が配本開始。『漱石を読む』刊。二月、「自娯」を「群像」に、「ニンゲンの顔」を「文芸」に。三月、「漱石作品の〈貧しさ〉の意味」を「海燕」に、「若い頃愛読し、自分でも翻訳したサローヤン」を「リテレール」に。四月、江藤淳、高橋源一郎と「創作合評」を「群像」で行う（六月まで）、「新人作家の条件」を「海燕」に。五月、「鴛鴦」を「群像」に。六月、「自由でいくらか正直で、しかもコッケイゆえに楽しめる」を「リテレール」に、インタビュー「いまの時代を漱石と歩む」（聞き手・知進也）を「THIS IS 読売」に。八月、「蓬萊」を「群像」に。九月、「出雲の神々」を「中央公論文芸特集」に、「井伏さんのフィクション」（追悼・井伏鱒二）を「新潮」に。一〇月三〇日、愛媛文学館の没後十年記念「阿部知二展」で講演「阿部知二先生の印象」を行う。一一月、「聖骨」を「群像」に。一二月、『漱石火山脈展』（東京都近代文学博物館）に「漱石のインスピレーション」を執筆。講談社文芸文庫『殉教・微笑』刊。

一九九四年（平成六年）　七九歳

二月、「天南星」を「文学界」に、「暮坂」を「群像」に（後篇は五月）。四月、『森敦全集1』（筑摩書房）に解説「『酩酊船』の出発」を付す。六月、「路上」を「中央公論文芸特集」に。八月、「野晒」を「群像」に。九月、寺田博を囲む会に出席。一〇月、文化功労者に選出される。一一月、「最晩年」を

「潮」に、『飯田蛇笏集成5』(角川書店)に月報「評釈を読む」を執筆。『暮坂』刊。

一九九五年(平成七年) 八〇歳

五月、李恢成、吉目木晴彦との鼎談「日本の現在」を「群像」に、石原千秋、小森陽一との鼎談「『明暗』から見た明治」を「漱石研究」に。同月一三日、日本近代文学館主催のイベント「声のライブラリー」で吉増剛造、津島佑子とならんで初の自作朗読を行う。七月、保坂和志が芥川賞受賞。一〇月、保坂和志との対談「小説のメリット」を「新潮」に、「自虐的ともいえる奇妙さ」を「潮」に。一二月、「『ねじまき鳥クロニクル』の涸れた井戸」を「新潮」に。この年、岐阜市民栄誉賞受賞。

一九九六年(平成八年) 八一歳

一月、「その一週間」を「群像」に、「読書日録」を「週刊読書人」に。三月、「『厳島詣』」を「リテレール」に。六月、『井上有一全書業』霊前献本式に出席。八月、後藤明生、古井由吉らとの座談会「われらの世紀の〈文学〉は——小説の20世紀と言語=方法の問題」を「早稲田文学」に。九月、「K・K氏の手ぶり」を「新潮」に、同月一一日より「麗しき日日」を「読売新聞」に連載(翌年四月九日まで、後に「うるわしき日々」と改題)。一〇月、「備前兼光」を「群像」に。一一月、小林恭二との対談「俳句と小説の間」を「新潮」に、小田実との対談「長篇小説について」を「群像」に。一二月、安岡章太郎、大久保房男との鼎談「遠藤周作と第三の新人」(追悼・遠藤周作)を「文学界」に。

一九九七年(平成九年) 八二歳

六月、講談社文芸文庫『ワインズバーグ・オハイオ』刊。八月、「夢」を「文学界」に。一〇月、「こよなく愛した」を「群像」に。『うるわしき日々』刊。一二月、「翻訳『寓話』について」を「ユリイカ」に。『X氏との対話』刊。

一九九八年（平成一〇年）八三歳

二月、「『大人のおとぎ話』」を「新潮」に。三月、『うるわしき日々』で第四九回読売文学賞受賞。四月、江藤淳との対談「雨漏りする戦後・〝家〟という思想―『うるわしき日々』をめぐって」を「新潮」に。同月一二日、岐阜市長良川国際会議場で講演「時代の雨漏りと生命のいやし」を行う。六月、河合隼雄らとの座談会「人間の幸福と『救い』のための文学」を「潮」に。八月、福田和也との対談「戦後日本をどう見るか―日本の美意識」を「Φ」に。一〇月一一日、岐阜県図書館での郷土の文化人とのふれあい交流「物語るということ」に参加。

一九九九年（平成一一年）八四歳

一月、「カフカの墓」を「群像」に、「養老」を「文学界」に。二月、「庭の紅葉」を「すばる」に。四月、『横光利一と川端康成展』（世田谷文学館）に「忘れられない人」を執筆。小島信夫文学賞が創設される。小島の年譜・書誌調査を行なっていた詩人の平光善久収集の資料が各務原市に寄託される。六月二〇日、愛知芸術文化センターで中部ペンクラブ文学賞授賞式の講演。一〇月、「江藤さんと『抱擁家族』」（追悼・江藤淳）を「群像」に。同月二九日、各務原市女性大学で講演「私のふるさと・各務原」を行う。一一月一九日、平光善久死去。

二〇〇〇年（平成一二年）八五歳

一月、「各務原」を「群像」に連載（五月まで）、保坂和志との往復書簡「日々のレッスン」を「一冊の本」に連載（翌年三月まで）、「ある話」を「新潮」に、インタビュー「そして小説は生き延びる」（聞き手・中村邦夫）を「文学界」に。三月、「村上春樹さんとめぐる」を「ユリイカ」に、大杉重男との対談「日本文学の未来―漱石と秋声を手がかりに」を「群像」に。六月、東京で後藤明生をしのぶ会に出席。七月、第一回小島信夫文学賞授賞式に出席。岐阜市で平光善久をしのぶ会に出席。八月、「名古屋」を「群像」に連載（翌年一月まで）、「私の散歩道」を「文芸春秋」に、「名古屋に来て話をする私」を「中部ぺん」に。一〇月、『こよなく愛した』刊。

二〇〇一年（平成一三年）　八六歳

一月、堀江敏幸が芥川賞受賞、春の受賞パーティーで初対面。二月、講談社文芸文庫『うるわしき日々』刊。岡田啓により資料が整理され『小島信夫文献「平光家所蔵書籍・資料」寄託一覧』（各務原市立中央図書館）が作成される。四月、「国立」を「群像」に連載（一一月まで）。五月、「二度のおどろき―坂内正『鷗外最大の悲劇』」を「波」に。八月、「『こころ』」を「文芸春秋」に。一〇月、『小説修業』刊。一二月、「素人の楽しみ」を「季刊文科」に、「一二八四年六月二十六日の出来事」を「新潮」に。

二〇〇二年（平成一四年）　八七歳

二月、「呼びかけてくる坂口安吾」を「文芸春秋」に。三月、『各務原・名古屋・国立』刊。四月、「老いのおしゃべり」を「本」に。五月、堀江敏幸との対談「われらが『小説』作法」を「新潮」に、大庭みな子との対談「老いてこそ」を「群像」に。優れた小説を翻訳し紹介する文化庁の事業で「抱擁家族」が選出される。

二〇〇三年（平成一五年）　八八歳

一月、「青ミドロ」を「新潮」に、「すべて倒れんとする者」を「群像」に。

二〇〇四年（平成一六年）　八九歳

四月、「ラヴ・レター」を「新潮」に。春の叙勲にて旭日重光章受章。五月、第三回小島信夫文学賞授賞式に出席。六月、「抱擁家族」を手がけた劇作家・八木柊一郎死去。七月、インタビュー「四〇年後の『抱擁家族』」を「図書新聞」に。一二月、「小さな講演のあと」を「新潮」に、「記憶」を「en-taxi」に。

二〇〇五年（平成一七年）九〇歳

一月、「死ねない理由」を「文芸春秋」に。三月「飴玉」を「文芸春秋」に。七月、「何という面白さ!―『別れる理由』が気になって』を読んで」を「群像」に。同月一五日、青山ブックセンター本店で保坂和志と公開対談を行う。一〇月、公開対談抄録が「考える人」に。一二月、「水声通信」で特集「小島信夫を再読する」が組まれる。同誌に語り下し「チェーホフを読みながら」を。

二〇〇六年（平成一八年）九一歳

一月、「読んでみて下さい」を「文学界」に。二月、「残光」を「新潮」に。講談社文芸文庫『対談・文学と人生』刊。誕生日を記念し保坂和志により『寓話』が自費出版される。三月二五日、世田谷文学館で保坂和志との公開対談「小説対話」を行う。五月、インタビュー「池袋モンパルナスの風景―青春を生きた画家・小島勇の苦悩」を「sai.」に。『残光』刊。七月、「『私』とは何か―『残光』をめぐって」を「新潮」に。一〇月、講談社文芸文庫『月光・暮坂』刊。同月二六日、肺炎のため東京都内で死去。享年九一。「お別れの会」が、東京と岐阜で行われる。

本年譜は、講談社文芸文庫『月光・暮坂』所収の編集部編の年譜をもとに、著作年譜として拡充した。平光善久氏、岡田啓氏、岐阜県図書館作成の年譜、『小島信夫文献「平光家所蔵書籍・資料」寄託一覧』（岐阜県各務原市立中央図書館）等を参照した。「著書目録」にあげた著書の発行所名は省略し、翻訳を含む文学全集類も「著書目録」に譲った。本掲載にあたり若干の訂正補筆を加えた。

（柿谷浩一・編）

著書目録

小島信夫

【単行本】

小銃　昭28・12　新潮社
アメリカン・スクール　昭29・9　みすず書房
微笑　昭30・3　河出書房
アメリカン・スクール
殉教　昭30・4　新潮社
残酷日記　昭30・6　筑摩書房
凧（限定版）　昭30・9　書肆ユリイカ
チャペルのある学校　昭30・10　筑摩書房
島　昭31・2　講談社
裁判　昭31・12　河出書房
愛の完結　昭32・7　講談社
実感・女性論　昭34・10　講談社
夜と昼の鎖　昭34・12　講談社
墓碑銘　昭35・3　中央公論社
女流　昭36・3　講談社
大学生諸君！　昭38・5　集英社
愛の白書—夫と妻の断層　昭38・11　集英社
愉しき夫婦　昭40・3　学習研究社
The Laughing Man and Other Short Stories—サリンジャーについて　昭40・4　南雲堂
抱擁家族　昭40・9　講談社
小島信夫文学論集　昭41・3　晶文社
弱い結婚　昭41・4　講談社

愛の発掘　昭43・8　講談社
階段のあがりはな　昭45・5　新潮社
現代文学の進退　昭45・5　河出書房新社
どちらでも　昭45・11　河出書房新社
異郷の道化師　昭45・11　三笠書房
小説家の日々　昭46・4　冬樹社
変幻自在の人間　昭46・11　冬樹社
文学断章　昭47・5　冬樹社
私の作家評伝Ⅰ、Ⅱ、Ⅲ　昭47・8、10、50・4　新潮社
一寸さきは闇　昭48・4　河出書房新社
夫婦の学校 私の眼　昭48・5　北洋社
靴の話・眼　昭48・12　冬樹社
公園・卒業式　昭49・1　冬樹社
ハッピネス　昭49・1　講談社
城壁・星　昭49・2　冬樹社
小銃（限定版）　昭50・10　成瀬書房
釣堀池　昭55・2　作品社
夫のいない部屋　昭55・6　作品社
私の作家遍歴Ⅰ、Ⅱ、Ⅲ　昭55・10、12、56・1　潮出版社
この結婚は救えるか＊　昭56・2　白夜書房
美濃　昭56・5　平凡社
女たち　昭57・5　河出書房新社
そんなに沢山のトランクを　昭57・5　創樹社
墓碑銘・燕京大学部隊　昭57・6　福武書店
別れる理由Ⅰ、Ⅱ、Ⅲ　昭57・7、8、9　講談社
幸福が裁かれる時　昭58・2　海竜社
月光　昭59・1　講談社
小島信夫をめぐる文学の現在＊　昭60・7　福武書店
菅野満子の手紙　昭61・3　集英社
平安　昭61・5　講談社
寓話　昭62・2　福武書店
静温な日々　昭62・4　講談社
原石鼎―二百二十年めの風雅　平2・9　河出書房新社

原石鼎—二百二十年めの風雅（増補新版） 平4・9 河出書房新社
漱石を読む 平5・1 福武書店
暮坂 平6・11 講談社
うるわしき日々 平9・10 読売新聞社
X氏との対話 平9・12 立風書房
こよなく愛した 平12・10 講談社
小説修業＊ 平13・10 朝日新聞社
各務原・名古屋・国立 平14・3 講談社
残光 平18・5 新潮社
小説の楽しみ 平19・12 水声社
書簡文学論 平19・12 水声社
演劇の一場面—私の想像遍歴 平21・2 水声社

【翻訳】

人間喜劇（ウィリアム・サロイヤン） 昭32 研究社
アメリカ短篇名作集 昭36 学生社
（ホーソーン「若いグッドマン・ブラウン」、サロイヤン「笑うサム」、ウオレン「光がみどりに変わるとき」）
世界文学100選3（サマセット・モーム編）（シャーウッド・アンダスン「種子」「別の女」） 昭36 河出書房新社
世界文学100選5（サマセット・モーム編）（ドロシー・パーカー「大柄なブロンド美人」、プレンティス「オクラホマ人種暴動」） 昭36 河出書房新社
世界人生論全集7（クラレンス・デイ「類人猿の世界」） 昭37 筑摩書房
世界短篇文学全集14 アメリカ文学 20世紀（ロバート・ペン・ウォレン「いちご寒」） 昭39 集英社

少年少女世界の文学10（マーク・トウェイン「ハックルベリイ・フィンの冒険」）　昭41　河出書房新社

現代の世界文学 アメリカ短篇24（ロバート・ペン・ウォレン「いちご寒」、アーウィン・ショウ「サマー・ドレスの女たち」、バーナード・マラマッド「借金」）　昭45　集英社

現代の世界文学 レンブラントの帽子（バーナード・マラマッド「銀の冠」ほか、浜本武雄、井上謙治との共訳）　昭50　集英社

文学のおくりもの16 人間喜劇（ウィリアム・サロイヤン）★　昭52　晶文社

世界文学全集87 アンダソン・ロンドン・ドライサー（アンダソン「ワインズバーグ・オハイオ」、浜本武雄との共訳）　昭54　講談社

集英社ギャラリー 世界文学17 アメリカII（バーナード・マラマッド「銀の冠」）　平1　集英社

世界文学の玉手箱7 ハックルベリイ・フィンの冒険（マーク・トウエイン）　平5　河出書房新社

ベスト版文学のおくりもの 人間喜劇（ウィリアム・サロイヤン）★　平9　晶文社

【全集】

小島信夫全集 全6巻　昭46・1〜7　講談社

創作代表選集14、15、16、17、20　昭29〜32　講談社
昭和名作選9　昭30　新潮社
戦後十年名作選集2　昭30　光文社
芥川賞作品集2　昭31　修道社
現代日本文学全集88　昭33　筑摩書房
現代教養全集9　昭34　筑摩書房
新選現代日本文学全集32　昭35　筑摩書房
新鋭文学叢書3　昭36　筑摩書房
生活の随筆4　昭37　筑摩書房
世界短篇文学全集17　昭37　集英社
芥川賞作品全集4　昭38　現代芸術社
新日本文学全集9　昭39　集英社
日本文学全集72　昭40　新潮社
昭和戦争文学全集7　昭40　集英社
戦争の文学8　昭40　東都書房
われらの文学11　昭42　講談社
現代文学大系66　昭43　筑摩書房
現代文学の発見3　昭43　学芸書林
戦後日本思想大系13　昭44　筑摩書房
日本現代文学全集106　昭44　講談社
日本短篇文学全集47　昭44　筑摩書房
日本の文学80　昭45　中央公論社
日本文学全集52　昭46　河出書房新社
現代日本の文学44　昭46　学習研究社
戦争文学全集3　昭46　毎日新聞社
日本文学全集39　昭46　新潮社
現代の文学16　昭47　講談社
現代日本文学大系90　昭47　筑摩書房
新潮日本文学54　昭47　新潮社
増補決定版 現代日本文学全集 補巻37　昭50　筑摩書房
筑摩現代文学大系77　昭51　筑摩書房
新潮現代文学37　昭56　新潮社
現代日本のユーモア文学5　昭56　立風書房
芥川賞全集5　昭57　文芸春秋
昭和文学全集21　昭62　小学館

日本随筆紀行12　昭62 作品社
岐阜県文学全集 美濃篇2　平7 郷土出版社
集成日本の釣り文学1　平7 作品社
戦後短篇小説選4　平12 岩波書店
戦後占領期短篇小説コレクション7　平19 藤原書店

【文庫】

抱擁家族（解＝大橋健三郎 案＝保昌正夫 著）　昭63 講談社文芸文庫
殉教・微笑（解＝千石英世 案＝利沢行夫 著）　平5 講談社文芸文庫
ワインズバーグ・オハイオ＊（解・年＝浜本武雄）　平9 講談社文芸文庫
うるわしき日々（解＝千石英世 年＝岡田啓 著）　平13 講談社文芸文庫
対談・文学と人生＊（解＝坪内祐三）　平18 講談社文芸文庫
月光・暮坂 小島信夫後期作品集（解＝山崎勉、年、著）　平18 講談社文芸文庫
墓碑銘（解＝千石英世 年＝柿谷浩一 著）　平19 講談社文芸文庫
アメリカン・スクール（改版）（解＝江藤淳・保坂和志）　平20 新潮文庫
小説修業＊　平20 中公文庫

本著書目録には重要なものを除き、原則として編著・再刊本等は入れなかった。／＊は対談・共著を示す。／【翻訳】の★は再刊本を示す。／【文庫】は本書初刷刊行日現在、入手可能なものに限った。（ ）内の略号は、解＝解説　案＝作家案内　年＝年譜　著＝著書目録を示す。

（作成・柿谷浩一）

本書は平凡社刊『美濃』（一九八一年五月）を底本とし、明らかな誤植と思われる箇所は正しましたが、原則として底本に従いました。なお、底本にある表現で、今日からみれば不適切なものがありますが、作品が書かれた時代背景、作品の文学的価値、および著者が故人であることなどを考慮し、底本のままとしました。よろしくご理解のほどお願いいたします。

美濃《みの》
小島《こじま》信夫《のぶお》
二〇〇九年一一月一〇日第一刷発行
二〇二四年一〇月一五日第五刷発行
発行者——森田浩章
発行所——株式会社　講談社
東京都文京区音羽2・12・21　〒112-8001
電話　編集（03）5395・3513
販売（03）5395・5817
業務（03）5395・3615
デザイン——菊地信義
印刷——株式会社KPSプロダクツ
製本——株式会社国宝社
本文データ制作——講談社デジタル製作

定価はカバーに表示してあります。

講談社文芸文庫
ISBN978-4-06-290066-9

講談社文芸文庫

青木淳選	建築文学傑作選	青木 淳——解
青山二郎	眼の哲学|利休伝ノート	森 孝一——人／森 孝一——年
阿川弘之	舷燈	岡田 睦——解／進藤純孝——案
阿川弘之	鮎の宿	岡田 睦——年
阿川弘之	論語知らずの論語読み	高島俊男——解／岡田 睦——年
阿川弘之	亡き母や	小山鉄郎——解／岡田 睦——年
秋山駿	小林秀雄と中原中也	井口時男——解／著者他——年
芥川龍之介	上海游記|江南游記	伊藤桂一——解／藤本寿彦——年
芥川龍之介 谷崎潤一郎	文芸的な、余りに文芸的な|饒舌録ほか 芥川vs.谷崎論争　千葉俊二編	千葉俊二——解
安部公房	砂漠の思想	沼野充義——人／谷 真介——年
安部公房	終りし道の標べに	リービ英雄-解／谷 真介——案
安部ヨリミ	スフィンクスは笑う	三浦雅士——解
有吉佐和子	地唄|三婆 有吉佐和子作品集	宮内淳子——解／宮内淳子——年
有吉佐和子	有田川	半田美永——解／宮内淳子——年
安藤礼二	光の曼陀羅 日本文学論	大江健三郎賞選評-解／著者——年
安藤礼二	神々の闘争　折口信夫論	斎藤英喜——解／著者——年
李良枝	由熙|ナビ・タリョン	渡部直己——解／編集部——年
李良枝	石の聲 完全版	李 栄——解／編集部——年
石川桂郎	妻の温泉	富岡幸一郎-解
石川淳	紫苑物語	立石 伯——解／鈴木貞美——案
石川淳	黄金伝説|雪のイヴ	立石 伯——解／日高昭二——案
石川淳	普賢|佳人	立石 伯——解／石和 鷹——案
石川淳	焼跡のイエス|善財	立石 伯——解／立石 伯——年
石川啄木	雲は天才である	関川夏央——解／佐藤清文——年
石坂洋次郎	乳母車|最後の女 石坂洋次郎傑作短編選	三浦雅士——解／森 英一——年
石原吉郎	石原吉郎詩文集	佐々木幹郎-解／小柳玲子——年
石牟礼道子	妣たちの国 石牟礼道子詩歌文集	伊藤比呂美-解／渡辺京二——年
石牟礼道子	西南役伝説	赤坂憲雄——解／渡辺京二——年
磯﨑憲一郎	鳥獣戯画|我が人生最悪の時	乗代雄介——解／著者——年
伊藤桂一	静かなノモンハン	勝又 浩——解／久米 勲——年
伊藤痴遊	隠れたる事実 明治裏面史	木村 洋——解
伊藤痴遊	続 隠れたる事実 明治裏面史	奈良岡聰智-解
伊藤比呂美	とげ抜き　新巣鴨地蔵縁起	栩木伸明——解／著者——年

▶解=解説　案=作家案内　人=人と作品　年=年譜を示す。　2024年9月現在